俺の召喚獣、死んでる
My summon Pandora. But dead.

終界の魔獣パンドラ
フェイルの召喚獣（死体）

「本気でサーシャに勝つ気なのか⁉」
シリル・オジュロック
フェイルのチームメイトで美形の大貴族
「本気で勝つ気だよ！
負けることなんざ考えて戦ってねえ！」
フェイル・フォナフ
召喚術師養成学校に通う苦学生

大天使セシリア
サーシャの召喚獣
「大人しく降伏しなさい」
「お姫様、恥ずかしがりもしなかった」
ミフィーラ
フェイルのチームメイトで
見た目は十歳児の大天才

「駆けろ我が魂！　ザイルーガ！」
「……フェイルが鼻血出るまでがんばるべき」

剣虎王
ザイルーガ
シリルの召喚獣
「連発は死ぬんだからな！」

「……あ、ありがとうございます先生……」
サーシャ・シド・ゼウルタニア
学院トップの召喚術師でシドの国の第三王女

「うちの妹が先生の大ファンなんです」
「楽しんでいただけて、嬉しいです」
リーフリズ
サーシャが大ファンの恋愛漫画家

【召喚術師】

魔術師の上位職。自らの『片割れ』となる存在の召喚を皮切りに、歴史上に存在した数多の怪物を召喚する術《すべ》を身につけた者たち。召喚獣との召喚契約には複雑な魔術知識と膨大な魔力が必要とされるため、召喚術師はもれなく優秀な魔術師でもある。

【召喚術師養成学校】

高度な魔術知識や召喚術の基礎基本だけでなく、魔術・召喚術を用いた戦闘経験まで叩き込む教育機関。今やほぼすべての召喚術師が通る道。基本的には国営であるが、世界を分かつ八大王国のすべてに存在するわけではない。〝シドの国〟では『学院』、〝ハドの国〟では『塔』、〝ノドの国〟では『門』と呼ばれている。

【召喚の詩集】

召喚術師と召喚獣の契約を記録(固定化)する魔具。百二十ページのものが一般的だが、『召喚の詩集』は契約した召喚獣の内容と召喚術師本人の許容量を可視化したものであり、ページ数はあまり意味がないことが知られている。

【終界の魔獣・パンドラ】

直立すれば三百五十メジャールにも達する伝説の魔獣。『竜人』とでも言うべき、人と竜を掛け合わせたような姿をしている。人と神が共にあった〝神の時代〟に突如として出現し、神々に戦いを挑むものの、最高神ゼンに頭を割られて地に倒れた。

最高神ゼンの友であったという伝承も辺境の地に残るが、その真偽を知る人はいない。

俺の召喚獣、死んでる

楽山

ファンタジア文庫

3173

口絵・本文イラスト　深遊

俺の召喚獣、死んでる

My summon Pandora. But dead.

Contents

1. 召喚術師、大天使にあがく……004
2. 召喚術師、食堂で絡まれる……029
3. 召喚術師、姫の裸と邂逅す……040
4. 召喚術師、片割れを登る……052
5. 召喚術師、労働を終える……067
6. 召喚術師、朝焼けに飛ぶ……073
7. 召喚術師、古き死に優しくされる……085
8. 召喚術師、右手から始める……111
9. 召喚術師、雷蜘蛛の魔術書を知る……117
10. 召喚術師、終焉の酔客に困る……126
11. 召喚術師、昼下がりを姫と行く……133
12. 召喚術師、夜の侵入者と戯れる……151
13. 召喚術師、元気の素を手に入れる……161
14. 召喚術師、呪いを受けている……169
15. 召喚術師、ついでに馬鹿にされる……187
16. 召喚術師、姫に神話を語らせる……214
17. 召喚術師、昏き夜に天使を見る……226
18. 召喚術師、誉れの舞台に立つ……239
19. 召喚術師、銀の始まりに戦慄す……253
20. 召喚術師、神話の理不尽に叫べ……273
21. 召喚術師、希望と共にあれ……293
22. 召喚術師、億万の賞賛よりも……324
あとがき……347

1．召喚術師、大天使にあがく

瓦礫《がれき》の中から見上げた空には、美しいものしか存在していなかった。

吸い込まれそうなぐらい深い青に色付いた虚空《こくう》、陽光を受けて明暗強く光り輝くちぎれ雲、そして――六枚の白翼を大きく広げた大天使が一人。

正直、驚愕《きょうがく》と感動で息が詰まる。

この世界には俺の想像の及ばない『壮麗たる美』があって、それが俺の命を狙ってきたということにひどく感心したのだった。

なんだか面白くなって思わず「ははははっ」と笑いが漏れた。

なんにせよ大天使の存在感が凄《すご》い。

だいぶ上空――それこそ、ちぎれ雲のすぐ下ぐらいに浮いているくせに、雲とあまり大きさに違いがないのである。余裕で大の男十人分ぐらいのタッパはあるはずだ。

大天使は、腰まで届く長い金髪を西風に流しながら、銀の仮面で目元を隠している。

ずいぶんな軽装、と言うべきなのだろうか。腕と膝下《ひざした》はしっかり銀の装甲に覆われているものの、それ以外は魅惑的な女性の輪郭が露《あら》わになるほどの薄着だった。

両肩は剝《む》き出《だ》しだし、装飾の美しい胸当ては乳房ぐらいしか覆っていない。色っぽい下腹部の更に下、股を隠す前垂れはむしろ扇情的と言えて……小さな腰鎧《こしよろい》が守っているのは大天使の腰側面だけ。大天使の尾てい骨辺りからは、純白で幅広な長布が尻尾のごとく一枚垂れて、風になびいていた。

この世には天使に恋慕する男も多いと言う。

それもそのはず。あんなにも人間に酷似し、あんなにも洗練され、あんなにも崇高なのだから、大体の人間は天使に心奪われるのが普通なはずだ。

無論、俺だって嫌いじゃない。例《たと》え即死級の攻撃を撃ち込まれた直後でも、だ。

「がっ——だっはあ‼」

渾身《こんしん》の力で瓦礫を押しのけると同時、一気に上半身も起こした俺。天使に見惚《みほ》れたことで抜けた緊張感を取り戻すため、自分の頬に力いっぱい張り手すると。

「おおい二人ともぉ‼　生きてっかあ⁉」

軽く咳《せ》き込みながらもそう呼びかけた。

「くっそ、あの女ムチャクチャだ。こっちを殺しに来てやがる」

聖職者の法衣《ほうえ》にも似た、すその長い魔術師服の砂ぼこりを払いながら立ち上がる。

と——すぐさま隣の瓦礫が噴き上がって、褐色の肌を持つ長身の色男が現れた。

「そんなの、お前が虎の尾を踏んだからだよ、フェイル」

そう言うなり、三つ編みでまとめるぐらいに豊かな金髪を掻《か》き上《あ》げる。自分が埋まっていた瓦礫の下に手を伸ばし、「大丈夫かミフィーラ？　どこも怪我《けが》はないか？」と、魔術師服の袖をだぶつかせて十六歳には見えない小柄な少女を引っ張り出した。

「スライムで服を溶かしてサーシャを止めようなんて、上手《うま》くいくわけがないだろうに」

シリル・オジュロック。

召喚術師養成学校——通称・学院——の一年生男子だ。

俺と〝学位戦〟のチームを組む一人で、彫りの深い顔立ちと宝石のような青い瞳が学院の女子連中に引っ張りだこの美形。鍛え抜かれた褐色の長身は俺よりも頭半分高く、その運動能力はほぼ間違いなく学院最上級だった。

男のくせに三つ編みなんておかしいと笑う輩《やから》もいるが、世の女性の大部分はシリルの三つ編みを可愛《かわい》らしいと断言するはず。そんな品の良さがシリルにはあった。

なにせ大貴族オジュロック家の跡取り息子である。気品・洗練・誇りという言葉はこの男のために存在し、本人の資質と努力も十二分。

性格だって十六歳になったばかりとは思えぬほどに落ち着いていた。

俺と同じ『召喚術師』のくせに、剣や槍の腕前で知られた軍人家系でもあるからだろう。

今日ばかりは学院指定の魔術師服の下に、実に貴族的な詰め襟の軍服を纏っている。腰にぶら下がるのは、中身のない大きな鞘だ。

「まったく。フェイルの思い付きも困ったものだ」

シリルは足下に転がっていた自らの大剣を拾い上げると、「天使の一撃で僕の召喚獣もやられた。生きてるのが不思議なくらいだよ」抜き身のそれを地面に深く突き立てた。空いた両手で、隣に立つ小柄少女の服の砂を手早く払い落としてやる。

「待ちなさいミフィーラ。女の子が砂だらけのまま動き回るんじゃない」

まるで過保護な父親のような物言い。

俺が「ミフィーラ、そういうのは自分でやれるってよ」なんて苦笑しても。

「フェイルもミフィーラも無頓着が過ぎるんだ。学院公認で観客も入っている。それなりの身だしなみを彼らに見せるのも、学生の役割だと思うがね」

シリルはそう言って小柄少女の髪までささっと整えてしまった。それから、俺たちの周囲をウロチョロ飛んでいた『羽の生えた丸鏡』へと優しく笑いかける。軽く手まで振った。

丸鏡に映った景色は、千人近い観客の前にあるスクリーンに繋《つな》がっているのだ。

だから今頃きっと、学院の多目的ホールでは、シリル目当てに詰めかけた婦女子たちが黄色い声を上げてぶっ倒れていることだろう。

……学院の広大な裏庭を舞台に戦っている俺たちは、マジで死にそうだってのに……。

「お姫様、恥ずかしがりもしなかった」

小柄少女がそう呟《つぶや》いて俺に向くと同時、彼女の頭頂部辺りで髪が一房ぴょこんと立ち上がった。シリルにいくら整えてもらっても元々が強烈なくせ毛体質、ミフィーラの爆発頭はいつものことだ。

ミフィーラ。彼女自身が苗字《みょうじ》を名乗らないので、ただのミフィーラ。

最小サイズの魔術師服を着てもすそを引きずるほどに小柄なせいか、街の市場を歩けばお使い途中の十歳児に間違えられる。

とはいえ、学院の中でミフィーラのことを知らない人間はいないだろう。

学院入学前に〝大奇書アウトピグラム〟の解読に成功したという大天才。

死と運命の観測者と目される〝死精霊〟が棲《す》み着いた亡骸《なきがら》をこよなく愛する変わり者。

感情の読みにくい淡々とした口調といい、くせ毛の前髪に半分隠れた顔といい、ミフィーラの魅力に気が付く男は滅多にいないが……小さな身体《からだ》でこちらを見上げてくる彼女をまじまじ見返してみれば、金色の瞳を持った超絶美少女がそこにいることがわかるはずだ。

「そうだな。割と良《い》いやり方だと思ったんだけどな」

俺は、ミフィーラの頭をくしゃくしゃと撫《な》でつつ、つい数十秒前と比べてずいぶんと景色の変わった辺り一帯をぐるりと見回してみる。思わず苦笑混じりのため息が出た。

大天使の放った光の槍《やり》、その尋常ならざる破壊力によって裏返った大地。

ところどころに岩が見え隠れしていた広い草原も今や、割れ砕けた大地がその下の地層ごと激しく隆起した荒れ地と化し、世界の終わりのごとき様相を呈していた。

よくもまあ全員生き残ったと思う。

一歩間違えれば、砕けた岩に押し潰されていたか、深く裂けた地面に落ちていたかもしれない。

……これほどの破壊をもたらした俺の同級生、『サーシャ・シド・ゼウルタニア』……。

正直、俺と彼女を比べれば、召喚術師としての実力差は天と地ほどもあるのだろう。どうあがいても埋めようのないぐらい大きな差が……。

そんなことを考えてほんの一瞬気を抜いてしまった隙。

「影盾《シャドウシールド》」

天に伸ばされたミフィーラの人差し指に光が灯《とも》る。日没間近の空のような、なんとも美しい紫色の光。光はすぐさま消えることなく、ミフィーラの指先の軌跡を空中に残した。

ミフィーラが簡易な魔法陣を一筆書きで描いた直後、地面にへばり付いていた俺の影がいきなり立ち上がり――死角から襲ってきた雷撃に対する盾となってくれる。

目の前で雷撃が弾《はじ》けてハッとした俺。

「ちっくしょ！　完全にボケてた！」

なんて舌を鳴らすと、即座に走り出すのだ。

「クソ真面目どもめ！　一息つく暇も与えちゃくれねえ！」

積み重なった岩の段差を乗り越え、ヒビの入った地面を踏み越え、何はともあれ全力疾走で逃げる。

空を見上げれば、大きな翼を広げた天馬が二頭、それぞれがサーシャ・シド・ゼウルタニアのチームメイトである女召喚術師を背中に乗せて飛んでいるだろう。そして見目《みめ》麗《うるわ》しい二人の女召喚術師は、今まさに次なる電撃魔法を放とうとしているに違いない。そんな当たり前のこと、わざわざ見なくてもわかる。


ほら。来るかもと思った瞬間、俺のすぐ真後ろに幾つもの落雷。

ミフィーラを抱きかかえて走るシリルが怒りの声を上げた。

「サーシャのチームメイトは、彼女の一番の崇拝者だ！　お前のスライムなんぞにおちょくられれば、本気にもなるだろう！」

「おちょくった覚えはないねえ！　見解の相違で殺されてたまるかよ！」

矢継ぎ早に撃ち込まれる雷撃。

当たったら死なないまでも昏倒《こんとう》は必至なはず。少しでも速度を弛《ゆる》めれば狙い撃ちされるのはわかっていたから、俺もシリルも格好をかなぐり捨てて走り続けた。

「そこに直りなさいフェイル・フォナフ！」

「よくもあのような下劣な真似《まね》を！　誇りはないのですか！」

上空から降ってきた女の怒号。俺は思い切り天を仰ぎつつ言い返す。

「馬鹿めがぁ！　跳ねたスライムなんぞに引っ付かれたサーシャがのろまなだけだぁ！」

直後、俺たちを狙う電撃魔法の数は倍以上に増えたが、狙いはさっきよりもだいぶ荒くなった。いや──違う。まるで俺たちをいたぶるような、追い立てるような雷の乱舞だ。

瓦礫の山を最高速度で跳び越えた俺、「余裕かよっ。遊びやがって……っ！」絶体絶命の窮地がなんだか面白くなって、笑いながらシリルとミフィーラに問いかけた。

「さあ、次は何だ⁉　何をやる⁉　何ができる⁉　何をやりたい⁉」

答えるシリルは、至近距離での雷鳴にも負けない大声を唾と一緒に飛ばしてくる。

「まだ諦めてないのか⁉　僕ら三人、サーシャたち相手によくぞここまで生き延びた！大怪我する前に降参した方が良い！」

俺も負けずに大声を返した。

「冗談！　さっきの一撃、向こうは『防御不可能な攻撃』で警告だ！　次の警告で反則負け！　絶好のチャンスだろうが！」

そして、遥《はる》か上空、ちぎれ雲の真下に浮かぶ大天使を指し示す。そこには、ついさっきまでいなかった大鷲《おおわし》の上半身と獅子《しし》の下半身を持つ怪物――グリフォンが飛んでいて、グリフォンに騎乗した魔術師服の男が、大天使に向かって何事か告げているように見えた。

俺が指し示した空を素早く確認したシリル。直後、その美形を驚愕《きょうがく》に歪《ゆが》ませて言った。

「本気でサーシャに勝つ気なのか⁉」

「本気で勝つ気だよ！　負けることなんざ考えて戦ってねえ！　いつもと同じだ！」

「怒ったサーシャなんて前代未聞《ぜんだいみもん》なんだぞ⁉」

「初めてだってんなら弱くなってる可能性もあんだろが！　百人が百人、怒りで強くなるわけじゃねえよ！」

雷撃の雨あられに追いかけられての全力疾走もはや一分以上。

筋肉優先で血液が回っているせいか、どうにも頭が回らない。試しに側頭部をガンガン叩《たた》いてみても反撃のアイデアは俺の中になかった。

何はともあれ、肺が痛い。酸素が欲しい。

もどかしい瞬間に、「フェイル。あれ、やろう」とミフィーラの静かな声。

「あれ？」

酸素不足の俺では、ミフィーラが口にした指示語の意味をすぐに思い付けず……三秒かかってようやく「合体召喚か」笑みをこぼした。

ブーツの踵《かかと》を地面に刺して急ブレーキをかける。

完全に静止するより早く、反転しながら片膝をついた俺。指先に精神を集中させると、人差し指と中指に青い光が生まれ――その光を地面になすりつけるように魔法陣を描いた。

描画時間はわずか二秒。

「大地隆起《ランドライジング》‼」

円の内部に四角形を二つ配置した魔法陣の完成と同時に、力強く呪文を唱えれば。

「フェイル・フォナフ！」

「小賢《こざか》しい真似を！」

次の瞬間、俺の触れていた地面から巨大な石柱が一本飛び出し、天馬二頭からの雷撃をもれなく防ぐ分厚い壁となった。

空を駆ける天馬たちは急停止できず、猛スピードで俺たちの頭上を抜けていく。あの調子では、百八十度旋回してこちらに向かってくるまでに、少々時間が必要となるだろう。

その隙だ。

俺は、魔術師服の内ポケットから小振りの革張り本を取り出し、不可思議な詩《うた》を唱え始めた。

「夜の内に蠢《うごめ》く者ども、大地の下に巣くう魂。数多《あまた》の眼《め》は暗き風を捉え、やがてヴァヌーカの巨森をも喰《く》らうだろう。古き花は開き、今、汝《なんじ》らの長き歴史に栄えの時が来たり」

見れば——シリルの腕の中でも、ミフィーラが俺と同じような本を開いている。

「涙の神クローカより出《い》でし静寂《せいじゃく》の子。月夜の果てに巨人は倒れ、骸《むくろ》にて夜明けを待つ。凍《こお》る朝に骸、静寂は風をしのぐ外套《がいとう》を纏《まと》うだろう。今、汝の沈黙に終わりの時が来たり」

それで慌てたのはシリルだ。

「待て待て待て待て！」

ミフィーラを抱えたまま俺のところまで走ってきて眉をつり上げた。

「待てって二人とも！　合体召喚ってのは、この前試したあれか⁉　あれは禁忌の技だぞ⁉」

しかし俺は「禁忌だあ？　何のルール違反だって犯しちゃいない。ただの創意工夫だぜ」なんて言ってシリルの制止を突っぱねる。何せ、手にした本からお目当てのページを見つけ、今しがたそらんじた詩文を指でなぞるのに忙しかったのだ。

勝負の分かれ目で妙な気を回してどうすんだ——そんなことを思って苦笑が出た。

「絶対に怒られるぞ⁉」

「いいじゃねえか。どうせやるなら、とことんやってこそだ」

そして、俺とミフィーラが、手にしていた革張り本を同時にパタンと閉じる。

その直後、俺の背後に青色の巨大魔法陣が一瞬浮かび上がり、シリルに抱きかかえられたミフィーラの場合は紫色の巨大魔法陣が地面を覆うのだった。

「あのサーシャ・シド・ゼウルタニアに、悲鳴上げさせてやる」

俺がそうニヤリと笑った直後——ガシャンッ——ガラスが盛大に割れるような音。

それで音の出所を探れば、俺たちの頭上の何もない空間から巨大な腕が伸びているではないか。筋骨隆々ながらも青白い、巨人の腕が、肘まで。

その腕は『世界の境界面』をぶち破って唐突に俺たちの世界に出現しており、ちらりと見えた境界面の裏側は星のような光が瞬《またた》く夜色であった。

腕だけではない。やがて、二階建て家屋すらも楽に見下ろせそうな巨人の全身が、境界を壊しながら現れる。

茶色い長髪で、腹回りにはでっぷりと肉のついた、腰布一枚だけの巨人。

真っ先に感じた印象が、雄々《おお》しさではなく不気味さだったのは、その巨体にもう命が宿っていないからだろう。

虚《うつ》ろな双眸《そうぼう》。半開きの口から垂れた長い舌。血の通うことのない青い肌。

ドラゴンとだって殴り合える巨体を動かすのは巨人自身の意思ではなく、その冷たい肉を住処《すみか》とした〝死精霊〟なのだ。

死臭を好み、死体の腐敗さえも操作する風変わりな精霊は、火・水・土・風の四精霊に次ぐ強大な存在として知られている。〝死の神クローカ〟の御使《みつか》いとして信仰している者も多い。

ミフィーラが召喚したのは、遥か昔を生きた巨人の亡骸《なきがら》に宿った死精霊をまるごと。

はたして……彼女は、どの時代の怪物を喚《よ》んだのだろう?

死精霊が腐敗を操作するとはいえ、我々〝人の時代〟なんかに巨人の死体が存在するわけがないし、気が遠くなるような大昔――〝神の時代〟の代物にしてはいまいち巨人に威厳がない。

多分、〝神の時代〟と〝人の時代〟の間にあった〝精霊と獣の時代〟。

神々すべてが隠遁《いんとん》を決め込み、精霊と獣たちが世界の広大さを謳歌《おうか》していた時代に存在した化け物だと思う。大いなる巨人たちの末裔《まつえい》。神々とも戦った種族の最後の世代。

召喚難易度としては、上の下ぐらいか。

そもそも死精霊が召喚に応じてくれることが珍しいし、末裔とはいえ巨人の亡骸付きというのが召喚難易度を跳ね上げている。

天才ミフィーラがやるから、容易《たやす》く召喚できているように見えるだけだ。

巨人の死体がひざまずくとさっそく「シリルもういい。もう自分で立つ」シリルの腕を抜け出て、差し出された巨大な右手を踏んだミフィーラ。

「ミフィーラ。俺も乗る。乗せてくれ」

彼女の後に続いて俺も手のひらに乗った。

巨人の死体が膝を伸ばし、背筋を伸ばすと、すぐさま俺の身長の二倍、三倍という高い景色だ。風が吹き抜ければ不安定な足場にゾッとする感じさえあった。

「僕は知らんからな」

足下からそんな声がかすかに聞こえ、見ればシリルが難しい顔をしているではないか。

俺はあえて歯を見せるような笑みをつくって言った。

「隙はつくる。でかい一撃を期待してるよ、英雄」

即座に返ってきたのは「僕は知らんからな！」という強い怒り。

……とはいえ、仲間思いなシリルのことだ。ああやって怒りながらも、締めるところはきっちり締めてくれるはず。そうじゃないと普通に困る。俺たちが勝つには、どうしたってシリル・オジュロックの攻撃力が必要不可欠なのだから。

巨人の死体に運んでもらってその右肩にぴょんと跳び乗ったミフィーラ。

俺は、大きな頭を挟んだ左肩に立つ。巨人の長い髪を一房、命綱代わりにしっかり握ると、空に浮かぶ大天使を指差して高らかに笑った。

「だーはっはあ‼ 来やがれ大天使ぃ！」

するとミフィーラも「大天使ぃ」と俺の後に続いて空を指差した。

普通、俺たちの挑発があんな高い空まで届くとは思わない。しかし俺たちが対峙《たいじ》しているのは神話に謳《うた》われるような大天使。どんな小さな祈りさえ聞き逃すことがないというその耳は、当然至極、大天使自身への不敬にだって対応しているらしい。

片側三枚ずつの大きな六枚翼を打つこともなく、大天使がゆっくり高度を下げてくる。

太陽を背負って実に眩《まぶ》しい。

だから俺は、流れゆく白雲が陽光を遮ってくれることを願った。

やがて、巨人の背丈の五倍程度………絶妙な高度で静止した大天使。強い西風に長い金髪をなびかせながら、目元を覆い隠す仮面越しに俺たちを見つめていた。

「くははっ。当たり前に見下ろしてくるじゃねえか」

俺は鼻で笑いながら、大天使のみぞおち辺りに視線をやる。

大天使はその手に剣や盾を握るでもなく、重ねた両手に人間の少女を乗せていた。大天使の金髪よりも色の薄い――白金色の長髪を風になびかせる、涼しげな美貌の少女を。

触れてみたくなるほどに綺麗《きれい》な鼻筋に、綺麗な桃色に色付いた瑞々《みずみず》しい唇、真っ白な肌。

それにしても……なんと魅力的な紫色の双眸だろうか。

珍しい色の瞳だけでなく、大きさと形まで完璧。綺麗な二重《ふたえ》まぶたで、切れ長のくせに目尻がほんの少し下がっているために、神秘的ながらもどこか優しい印象なのだ。睫毛《まつげ》は長く、涙袋だってくっきり。

きっと、地獄の悪魔だって、天上の神々だって、あの目に見つめられればきっと恋に落ちる。

昔々、〝愛と策略の女神パーラ〟がその眼差《まなざ》しだけで怒り狂う魔獣を止めたなんて神話があるが、今の時代にそれができる可能性があるとすれば、あの双眸だけだろう。

サーシャ・シド・ゼウルタニア。

その名を知らぬ者は、学院はおろか、この地から山脈を四つ越えた先にだっていない。

なにせ世界を分かつ八大王国が一つ、〝シドの国〟の第三王女。

正真正銘の姫君なのだ。正真正銘、王宮のテラスから民草に向かって手を振ったりする身分の少女なのである。

「ったく……少しぐらい恥ずかしがってくれりゃあいいのによ。苦労してスライム当てて、観客たちにサービスしただけって……悲しくなるぜ」

身につけた魔術師服の所々に大穴が空き、かろうじて胸と腰回りを隠せる程度のボロ布と化してしまっていても、王女サーシャは足を肩幅に開いて堂々と直立していた。

麗《うるわ》しき半裸の王女様が美しき大天使の手に乗っている理由――そんなの、あの大天使を召喚したのがサーシャだからに決まっている。

どれほど高位の存在であれ、召喚術師の声に応じた時点で一心同体だ。互いの魂が強く結び付き、身体感覚、喜怒哀楽すらある程度共有することになる。

つまるところ、俺たち召喚術師にとっては、ほとんどもう一人の自分。

だからこそ。

「勝ち目なんてありませんよ、フェイル・フォナフ。大人しく降伏しなさい」

サーシャの話した言葉を大天使がそっくりそのまま声にするなんて、実に普通なこと。

大天使の言葉は風によって消されることもなく……まるで天啓のように、雨のように、空から地上に降り注ぐのだ。何のかすれもない綺麗な声だった。

それで「くははっ！　はははははっ！」と天を見上げて笑い出した俺。

「悪いなあ！　人様に勧められた負けを受け取るほど、素直じゃねえんだ俺ぁ！」

なんて力いっぱいに叫んで空中に魔法陣を描く。

「炎弾《フレイムブレット》！」

短い呪文を唱えれば、魔法陣から大量の炎が飛び出した。たった一つで人一人燃やし尽くせるこぶし大の業火《ごうか》が合計三百以上、軍用の弓矢を凌駕《りょうが》する速度で大天使へと向かう。

「サーシャ様！」

「お守り致します！　光盾《ホーリーシールド》！」

しかし、巨大な光の盾が俺の火炎魔法の前に立ちはだかり——大天使の足下に飛来した天馬が二頭、それにまたがった女召喚術師が大天使を守る光の盾を発生させたのだろう。

「相変わらず良い腕《い》だ！　むかつくぜ！　ミフィーラぁっ、防御は任せたぁ！」

「了解フェイル。気絶する気でがんばって」

そこから先は——————俺と天馬の女召喚術師、意地の魔法戦。

深紅《しんく》の火炎槍。紫の雷撃。青い巨大水流。無機質な岩石弾。薄緑色に色付いた風刃。

俺はひたすらに思い付く限りの攻撃魔法を放ち続け、天馬の女召喚術師二人は光の大盾を展開しつつも破壊力を持った光線を撃ち返してきた。

「ちっくしょ、業罰光《カルマライト》たぁ厄介な魔法を——」

直撃はミフィーラが「氷盾《アイスシールド》ぉー」と分厚い氷壁を出して防いでくれたから良いものの、巨人の死体を逸《そ》れて地面に突き刺さった光線が爆発する。

俺は高く噴き上がった土を頭から被《かぶ》りながらも、必死に魔法陣を描き続けた。常に指先に全神経を集中し、青い魔力光を発生させ続ける。

不意に――ズキンッ――とこめかみに痛みが走ったが、本格的な魔力切れはまだだいぶ先のはず。なにせ俺の魔力量は召喚術師の平均以上。学院でも中の上程度だからだ。

少々大雑把に魔法を使っても、それでぶっ倒れたりはしない。

「どぅおーしたサーシャあ！　高みの見物たぁ、王女ってのは良い御身分だなあ！」

大量の攻撃魔法が激突しても崩れない光の大盾の向こう――魔法の撃ち合いを静かに眺めていたサーシャに向かって、目ん玉をひん剥《む》きつつ思い切り舌を出した。

俺の全力のあおり顔が癪《しゃく》に障ったのか、大天使がようやく大翼を打つ。

「馬鹿な。フェイル・フォナフたちにも見せ場が必要かと思っただけ。そんなに終わりたいのならば、今すぐにでも終わらせてあげます」

一つの苦笑もなく冷たくそう言い放った大天使に、大人しく道を譲った二頭の天馬。

次の瞬間、光の大盾も掻《か》き消え、俺の放った火炎魔法が高度を下げてくる大天使を直撃するが……人の使う魔法が、神話の存在にそうそう通用するわけがない。

真っ赤な火炎渦は大天使の下腹部中央に激突し、しかし激突した先からただの白煙と化

「くっそ！　嫌がらせか――」

していった。

「巨人の成れの果てが、あなたたちの切り札？　それともまだ姑息《こそく》な手があるのですか？」

「はんっ！　こっちゃあ大天使様と殴り合う気でデカブツ喚んでんだ！　一発二発は付き合ってもらうぜ！」

「……殴り合うとは。巨人といっても小さな末裔。セシリアの半分程度の体軀《たいく》で、よくもそんな大それたことが言えたものですね」

「くははははっ！　そりゃあ確かになあ！　だけどだからって、タッパのある奴《やつ》がいつだって喧嘩《けんか》に勝つわけじゃねえよ！」

「……弱い犬ほどよく吠《ほ》えると言いますが……なるほど。フェイル・フォナフは、よほど負け犬になりたいようですね。わかりました。今、踏み斬ってあげましょう」

『踏み斬る』などと聞き慣れない言葉を疑問に思った瞬間だ。俺は、視界全部がフッと暗くなったことに気付き、何だ？　と視線を上げた。

すると——俺とミフィーラ、巨人の死体のすぐ真上に大天使の存在。

太陽の光を遮ったのは、大天使の巨体とその背から伸びる六枚の白翼だったのである。

人間の意識を超えた神速。

俺にできるのは、銀の装甲に包まれた右踵《かかと》に光の剣身が出現し、それが巨人の脳天に突き刺さるのを眺めるぐらいだった。

大天使が地に降りるにつれ、巨人の死体が両断されていく。

崩れ落ちる巨人の死体。いくら巨人の長髪を握っていようが、死体自体が自立できなければ、それに巻き込まれるだけだ。流れゆく景色が途端に遅くなったように感じた。

低速の世界で俺が見つめたのは、大天使のみぞおち辺りから俺を見下ろしていたサーシャの冷たい美貌。

それで俺は、力を込めた人差し指で彼女を指差し、こう叫ぶのだ。

「引っかかったなぁサーシャああああああ‼」

直後——俺が見ていたサーシャ、大天使の姿が、巨人の死体の内部から溢《あふ》れかえった黒い雲に覆われる。

黒い雲の正体は、俺が召喚していた『羽虫・甲虫の大群』だ。何十万という虫の群れだ。

これぞ合体召喚。ミフィーラの召喚獣の腹に俺の虫たちを潜ませ、動く死体を倒した相手を虫まみれにするという奇襲戦法である。

「だぁっはっはあああっ‼　素肌に虫はキツかろう‼　どうだぁ、サーシャあああ！」

俺が硬い地面に叩《たた》き付《つ》けられる直前、真っ二つに割れて倒れたはずの巨人の死体が動き、地面と俺の間に手を入れてくれた。

どれだけ死体が破損しようが、死精霊がやられたわけじゃない。例《たと》え八つ裂きにされたってミフィーラの召喚獣は動き続ける。そこが実におぞましく、頼もしいところなのだ。

俺が大きな手のひらから転がり降りるやいなや——巨人の死体は、大量の臓物《ぞうもつ》をこぼしながらも高速で地を這《は》って、大天使の脚にしがみついた。縦に割れた身体《からだ》で片脚ずつだ。

大天使の上半身は何十万もの虫で真っ黒。

仮面の顔も、豊かな胸も、引き締まった腹も、みぞおち辺りにいたサーシャさえも、層を成して群がった虫たちによって輪郭を失っていた。

大量の羽音、外骨格の激突音と共に黒が蠢《うごめ》く。

そして次の瞬間——高く轟《とどろ》いた肉食獣の咆吼《ほうこう》。

〝剣虎王《けんこおう》ザイルーガ〟なる巨獣が大地を踏み切って、大天使へと飛びかかったのだ。

その四足獣は、ミフィーラの召喚した巨人の死体と比べて体高はないものの、全体としては一回り以上大きく、およそ比べものにならぬほどに力強かった。

普通の虎や獅子《しし》の四倍という異様な体軀。

毛色が灰色なのと、頭部を中心に全身のあちこちから剣のような鋭い角がやたらめったら伸びていること以外は、俺の知る虎によく似ている。太い前脚の先には、恐ろしい爪だ。

シリルがいた。

「これでいいんだろうフェイル‼」

軍服の色男は、体毛を手がかりにザイルーガの首にまたがり、片手で大剣を振り上げている。

刹那——大剣と獣の爪がまったく同時に振り下ろされた。

幾ら大天使とはいえ、視界を失っていてはシリルとザイルーガの一撃は防げまい。

俺は勝ったと思って唇を歪《ゆが》め——しかし、大天使の全身からいきなり噴き上がった純白の炎。俺の虫たちを瞬時に消し飛ばし、両脚にしがみつく巨人の死体さえ灰に変えた。

俺が絶句している隙、ザイルーガの爪が派手に弾《はじ》かれる。

ドラゴンすらも楽に狩れる巨獣の爪を受け止めたもの、それは純白の炎から伸びた長剣であり……重ねた両手にサーシャを乗せていたはずの大天使が剣を右手に握っている。

そのまま今度は大天使の左手が動き、顔の銀仮面をそっと外した。

そして、俺やミフィーラ、着地したザイルーガの上でバランスを取ったシリルは。

「ありがとう。楽しい小細工でした」

露《あら》わとなった大天使の素顔がサーシャの美貌そのままであることを目撃する。

俺たち三人、呆然《ぼうぜん》と呟《つぶや》くしかなかった。

「……『背中合わせ』……」

「サーシャができるっつー噂《うわさ》は聞いてたけどよ。大天使を相手に背中合わせかよ……」

「面白くないな。初めから、僕らに勝ち目なんてなかったわけだ」

自らの召喚獣と身体を合わせ、心を合わせ、完全に一つの存在になることを『背中合わせ』と呼ぶ。

俺たち召喚術師にとって最高位の奥義《おうぎ》だ。

今の時代、『背中合わせ』ができる召喚術師なんて、世界すべてを探したって滅多にいない。どう多く見積もっても、絶対、三十人以内だろう。

「ふう。気持ちいい風」

サーシャの顔をした大天使が翼を強く打つと、風が巻き起こって純白の炎が弾け飛ぶ。

強風が俺たちの魔術師服をバタつかせ――しかし俺たち全員、足を踏ん張ってその場に立ち続けるのである。召喚獣を倒された俺とミフィーラは、襲い来る心臓の痛みに魔術師服の胸元を強く握っていた。

やがて「さあ。フェイル・フォナフ」と、城すらも両断できそうな長剣を地面に突き立てた大天使――サーシャが、俺だけに冷たい視線を落として言った。

「降参しますか？」

俺はサーシャの美貌を睨《にら》み返すだけで何も答えない。胸を押さえたまま、「ぢ……ぃっ」

奇襲失敗の悔しさと召喚獣を倒されたことで生まれた胸痛に歯を噛《か》むばかりだった。

遠く、試合終了を告げる鐘の音が鳴り響いた。

試合を見守っていた審判役の教師陣に――試合続行は無意味。フェイル・フォナフたちに勝ち目はない――そう判断されたらしい。

2. 召喚術師、食堂で絡《から》まれる

「良《い》いものを見せてもらったわ、お三方」

「おう。サーシャ姫相手にああもしぶとく生き残るなんて、ただ事じゃない」

「最後――っ、特に最後とか！　サーシャ様に勝っちゃうかもって思いましたもん！」

大聖堂と見紛《みまが》うほどに広く、高い天井を有する学院の食堂。

縦長の大空間には重厚な長机が整然と並べられ、数えたことはないが椅子の数は三百を超えるだろう。学院の学生全員が集合することもでき、入学式や卒業式だってこの食堂で行われる。

「んあ？」

〝聖マリアンヌ、幼竜を慈《いつく》しむ〟なる壁画の前で食事中だった俺たちに声をかけてきたのは、学院一年生の中でも指折りの実力者である三人だった。

三人とも、学院章入りの黒い魔術師服を正しく着こなしている。

分厚いステーキ肉にナイフを入れていたシリルが不意に手を止め、「驚いたな――」卓上の紙ナプキンで口元をぬぐった。

リーダー格の茶髪少女にいつもの貴公子スマイルを送る。

「光栄だルールア。君らほどのチームに試合を見てもらえていたとは」

俺とミフィーラは一度だけ視線を送ったものの、訪問者との会話はシリルに任せて目の前の料理を口に入れ続けた。

午後三時を回ったばかりだってのに、腹が減って仕方がなかった。

「見るわよ。見ないわけないじゃない。あなたたちの試合はいつもビックリ箱だもの。何が起きるかわからなくて、勉強になって——でも今日は、いつもの倍驚かされた」

「リーダーが気合い入れて姑息だったからね」

「あはははっ♪　確かに、執拗《しつよう》に姫様の服を狙ったり、巨人をだまし討ちに使ったり。でも、姫様の前に立って一時間も戦い続けられたのは、あなたたちが初めて。それは誇っていいんじゃない？」

「そうかい？　心ない輩《やから》には、一時間も醜態を晒《さら》したと笑われそうだけど」

「そうかしら？　あれを醜態と言うのなら、姫様に勝てるチームはこの学院に存在しなくなるわ。ねえ、そうでしょう？　そう思うでしょう？　フェイル・フォナフ」

急に話を振られ、俺は口に物を入れたまま「知らねえ。俺たちは俺たちにできる戦い方をやっただけだ」と。

「恥ずかしいとかそうじゃないとか、そういうのは自分らで決めりゃあいい」

するとと、茶髪少女の隣にいた大柄な短髪男が俺の背中をバンバン叩いてくる。

「フェイル殿は言うことが違うな！　さすがは十八歳、年の功と言ったところか？」

「ちょ――ご、ゴウルさん。今、歳《とし》の話は関係ないんじゃ……」

「おっと失言。すまんかった、フェイル殿」

「別にいいよ。何も気にしてねえ。俺が二年遅れで学院に入ったのも事実だ」

はたして、その場の空気をなごませようとしたのだろうか。具材たっぷりのビーフシチューを可愛《かわい》くすすっていたミフィーラが、俺の後に続いてぼそりと言った。

「落ち着きのなさは年不相応だし」

言い返す言葉もない俺は肩をすくめ、シリルは「そうだな。同期生の三倍はうるさい」と深く嘆息し、立ったまま顔を見合わせた茶髪少女たち三人は苦笑いするしかない。

気を取り直した茶髪少女が微笑《ほほえ》みと共に俺たちを見た。

「今日はもう講義もないし、三人ともしばらく食べてるんでしょう？　一杯おごるわ」

「いいのかい？」

「もちろん。わたしたちももっとできるはずって思わせてくれたお礼」

「ははは。学年二位のルーアたちにこれ以上やられたら、それはそれで困るんだが

──じゃあ、そうだな。僕はもう一杯ワインをもらえるかな？」

　シリルが手元にあったワイングラスの縁を指でなぞる。

　赤色の葡萄酒《ぶどうしゅ》はグラスの中に一口分しか残っておらず──だからこそ茶髪少女は俺たち全員におごってくれようとしたのだろう。

「銘柄は？」

「ヨルランドの赤で」

「あら。オジュロックの御子息は、存外お手頃なワインがお好みなのね」

「値札が味を決めるわけじゃないさ。安酒場であおられるような酒にも、美味はある」

　ミフィーラが空のグラスを両手で突き出して言った。

「オレンジジュース」

　そして茶髪少女が、平皿の上の野菜炒《いた》めをフォークでつついていた俺を見る。

「フェイル・フォナフは？」

　俺はわざと目を伏せて茶髪少女から目を逸《そ》らして答えるのだ。

「俺は、いいよ。水もまだ残ってるし」

　せっかくの厚意を断る気まずさをまぎらわすため口いっぱいに野菜炒めを入れた。

「遠慮してくれるなフェイル殿！　いつも水ばかりの貴公が、酒を飲める良い機会ではないか⁉」

「だからゴウルさん！　どうしてあなたはそんなデリカシーがないんですか⁉」

茶髪少女のチームメイトによる突然の無礼。

とはいえ——シリルが苦言を呈した先は「フェイル」俺だった。

「お前の『おごられ嫌い』もわかるが、学友の厚意を素直に受け取るのも礼儀だぞ」

「……わぁってるよ。でも、本当に、俺は水でいいんだよ」

わかっている。この件について悪いのは俺の強情だ。

茶髪少女に下心はなく、食堂の飲み物を一杯おごることなんか、彼女にとっては自然な行為の一つなのだろう。

茶髪少女——ルールア・フォーリカー。確か、名門魔術師一族の出身だったか。金に苦労したことのないお嬢様。蝶《ちょう》よ花よと大切に育てられた御令嬢。

それでも俺は、どうしてもおごられたくないのだ。

——今おごってもらっても、今後おごり返せる見込みがまったくない——

そのことが心に重くのしかかってくるのである。

ルールアが「ま、まあ、大丈夫だから。無理強《じ》いするつもりはないから」と気を遣ってくれた瞬間だった。

「見ろよ！　百姓の息子がまた『クズ野菜定食』食ってんぞ！」

　一際《ひときわ》うるさい集団が食堂に雪崩《なだ》れ込んでくる。見れば、嫌みったらしい笑みを浮かべた『アヒル頭』を先頭に、六人の男がこちらに向かってくるではないか。

　前髪をうんと高く盛り、側頭部を刈り上げたアヒル頭の召喚術師は——ベルンハルト・ハドチェック。

　シリルとタメを張れるほどの名門貴族の後継者で、シリルとは真逆の品性下劣な金持ちとして有名だ。今日も今日とて派手派手しい金のネックレスとブレスレットを身につけて、馬鹿じゃねえかと思う。

　ベルンハルトに媚《こ》びへつらう子分連中も身体《からだ》のどこかしらに金装飾をつけ、きっと親分ベルンハルト様から分け与えてもらったのだろう。

「よおシリル。たっぷり逃げ回ってご苦労だったじゃねえか」

「ああ、疲れてる。だから用がないなら話しかけないでくれないか。ハドチェックの人間の声を聞くと蕁麻疹《じんましん》が出る体質でね」

「嫌うなよ幼馴染《おさななじ》み。てめえらの後にあった試合結果、聞きたくないか？」

「聞きたくない。興味がない」

「圧勝だよ！　オ・レ・の！　楽勝すぎて腹も減ってねえが、三連勝の祝いぐらいはやっとかねえとって思ってなあ！」

ベルンハルトが俺の注文した料理を覗《のぞ》き込み、「ふんっ」鼻で笑った。

「相変わらず臭そうなもん食ってんな、貧乏人は」

すると後ろに控えていた子分の一人が「味覚がバカになってんだよ！　この男、クズ野菜定食しか食ったことがないから！」と言って、ベルンハルトの侮蔑に続くのだ。

刹那——何言ってやがる馬鹿野郎どもが——と、怒りの感情に脳みそが沸き立つ感覚があった。

いきなりコケにされて黙っていられる人間じゃない。売られた喧嘩《けんか》を買う時だってある。握った拳を感情任せにテーブルに叩《たた》き付《つ》けようとして——しかし俺は機先を制されてしまった。無言で立ち上がったシリルに、だ。

いつもの貴公子オーラはどこへやら。この場の誰よりも恵まれた肉体から冷たい気配を放ちつつ、ベルンハルトとその子分連中を見下ろす。

「武勇、計略で名を馳《は》せたオジュロック家を愚弄するとは良い度胸をしているな……よほど僕と戦争をしたいと見える」

普段朗らかな人間ほど怒ると怖いと言う。

シリルの静かなる激怒を見て、俺は急速に落ち着いてしまった。

親分の前だからと調子に乗りすぎた悪ガキどもは、俺が怒りに任せて怒鳴りつけるよりもだいぶ怖い思いをしている。

シリルに見下ろされた子分の一人が、オドついた声で言い訳した。

「ち、違――オレらが馬鹿にしたのはフェイル・フォナフで――」

「だから悪い。友人を馬鹿にされて、僕が笑って許すように見えるのか？」

すると……………もう誰も何も言えない雰囲気。

動いたのはベルンハルトだった。俺に暴言を吐いた子分の顔をいきなり殴りつけると。

「行くぞ！　オレ様の勝利に水さしてんじゃねえよカスが！」

そう吐き捨てて広い食堂の奥へと歩き出すのである。殴られて尻もちをついた子分も「ま、待ってくれよ！　ベルンハルトさん！」と彼らの後を追う。

「……………………」

何事もなかったかのように着席したシリル。ワイングラスの残りを飲み干してから、「至近距離の雷撃魔法は、本気で死人が出るからやめておきなさい」と、俺がコケにされた瞬間に魔法を使おうとしたミフィーラをたしなめた。

一連のやり取りを見ていたルールアが俺に言う。

「良いチームね」

「俺以外、血の気が多いのが難点だがな」

「ぷ――あっは！　学年一の型破りがよく言うわ！　じゃあ――ちょっと待ってて。シリルとミフィーラの飲み物を取ってくるから」

食堂の注文カウンターは入り口すぐ横だ。仲間二人を伴ったルールアの後ろ姿を眺めていた俺は、ふとこんなことを思い付いてそのまま言葉を漏らした。

「サーシャは腹減ってねえのかな。さすがにあいつだって結構な魔力使っただろ」

別に反応が欲しかったわけじゃないが、シリルが応えてくれた。

「知らないのかフェイル。サーシャのチームは、今日もう一試合あるぞ」

「マジかよ。同日二試合とか普通に死ぬだろ」

「学年一位かつ学院一位の辛《つら》いところだな。とはいえ、今頃、普通に三年生たちを叩きのめしてるんじゃないか？　アグニカ・アルーカ。サーシャが不覚を取る相手とは思えん」

「……ふうん」

学院では、学生である召喚術師同士のチーム戦が、毎日午後から行われている。

三対三の至極シンプルな戦争ごっこ――〝学位戦〟。その勝った負けたで実技の成績が決まるのだ。

ちなみに俺たちのチームは一年生五位、学院総合二十二位。

かなりがんばっている。可もなく不可もなくと言ったら、強欲だろう。

「フェイル。食事が終わったら寮に戻るのか？　魔術書――昨日も見せた〝猜疑《さいぎ》士遺訓〟の解釈で、お前とミフィーラの意見を聞きたいんだが」

「悪い。今日は日跨《また》ぎでバイトだ」

「サーシャと戦った日ぐらい休んだらどうだ？　いいかげん過労で死ぬと思うぞ」

「馬鹿野郎。金なしなんだから働かにゃあ『おまんま』は食えねえ」

「……僕が毎月の生活費くらい援助してやるって言っても、フェイルは聞かないしな」

「いいんだよ。天涯孤独っつーのは気楽なもんだが、それなりの苦労もあるってこった」

3. 召喚術師、姫の裸と邂逅《かいこう》す

「しっかりしろ親父《おやじ》！　目ぇ閉じるんじゃねえよ馬鹿！」

腕の中で消えゆく命の火。十秒前より更に浅くなってしまった呼吸。

俺は、何としてでもそれを守りたくて、一秒でも意識をもたそうとして、とにかく親父の頬を叩くのである。

「魔法はかけてる！　今、傷は塞がってっから！　もうちょっとなんだよ！　頼むよ！」

べったりと血に濡《ぬ》れた俺の両手が、血の気を失った親父の顔に赤い手形を付けていった。

「……神様……っ！」

思い出せる限り、俺が、神に何かを真剣に祈ったことなんかない。

それでも今は、親父の命がもつ奇跡を願うしかなく――それが叶《かな》うならば、全財産・全才能・全未来を神に献上してもいいとさえ思うのだった。親父さえ助かるならば、召喚術師という目標を捨てて神の使徒になったってよかった。

「なんで、なんでこんなことに――何やってたんだよ親父っ、お前よぉ‼」

薄い玄関戸は開きっぱなしで、季節外れの猛吹雪が容赦なく入り込んでくる。玄関の奥に見えるのは深夜の闇だけで、まるで暗闇そのものが命を得て雪を吐き出しているように見えた。

「普通刺されねぇんだよ！　金なしの百姓なんて！」

天井に吊《つる》したロウソクの火が、大量出血のあまり血の池と化した親父の腹を無情に照らす。

いったい何度、回復魔法を重ねがけしただろう。

もしも俺が、親父が刺された現場にいたならば、こんなにも狼狽《ろうばい》することはなかった。

肝臓に達する深い刺し傷には慌てただろうが、一縷《いちる》の望みを胸に、治療に専念したはずだ。

「親父っ、目ぇ開けろ親父ぃ！　生きて……生きてくれよ！　俺を一人にする気かよ⁉」

——回復魔法の限界——

時間をかけることでいつか傷は塞がるが、失った血潮までが補塡されるわけではない。

家に帰ってくるなり何も言わずに倒れ込んだ親父の姿に、もう駄目かもとは一瞬思った。

出血量が多すぎる、と。今さら回復魔法なんかが間に合うわけがない、と。

「何か言え馬鹿！　ちゃんと起きてっ、何か言えよ！」

見たくない見たくないと目を背けても……腹の傷口から流れ出て、俺の手、俺の腹、俺の太ももへとこぼれ落ちていく生温かい液体が、肉親の最期《さいご》を俺に囁《ささや》くのだ。

「……フェ、イル……」

俺の腕の中、親父の右手がゆっくり動いた。弱々しく震えながらも外套《がいとう》の内ポケットから麻の小袋を取り出すと、「こ――」それを俺に差し出して言った。

「これ、で……十六歳で……学校、行けるだろう……？」

ジャラッと小袋が鳴り、それは袋の中の貨幣が発した音だ。

その瞬間すべてを察した俺は、小袋ごと親父の手を握り締め、「金なんか――‼ 親父がいなけりゃ、召喚術師になったって誰にそれを見せるんだよ⁉」悲痛に顔を歪《ゆが》める。

それでハッとしたような親父。もはや苦笑いする余裕も時間もなく。

「こんなはずじゃ、なかったんだ」

最後の最後に、後悔の表情を浮かべるのである。今にも泣き出しそうな痛ましい顔を。

「こんなはずじゃ――」

俺は歯が割れそうになるぐらい強く歯嚙《はが》みし、「ふざけんな。ふざけんな馬鹿野郎がぁ」止めどなく溢《あふ》れる涙、鼻水をぬぐいもしなかった。

そして、ふとした瞬間、全身からあらゆる力が喪失し――疲れた――その一心に思考のすべてを支配されるのである。

親父を腕に抱いたまま、涙と鼻水も垂れ流したまま、動けなくなる。

やがて濡れた顔を血まみれの左手でぬぐおうとして――そこで『夢』から目が覚めた。

「…………………けったくそ悪《わり》ぃ……」

目蓋《まぶた》を上げると俺は石の上に突っ伏しているらしく、生々しい夢から引きずった感情のせいで寝覚めは最悪だった。剝《む》き出《だ》しの背中、両肩も冷え切っている。

どこだここ？　どういう風に寝たんだっけか？

夢の記憶を脇に寄せて現実の記憶を掘り起こしてみるが、すぐには答えを得られなかった。深夜一時までバイトして、這々《ほうほう》の体《てい》で学生寮に帰り着き、最後の力を振り絞って寮の共同浴場に入り………そこまでだ。湯船に浸《つ》かった後の記憶がまるでない。

「……危ねえ……死ぬとこだ……」

溺死せずに目覚められた幸運をうめき、石の上に手を突いて身体《からだ》を起こす。

どうやら俺は大浴槽の縁に上半身を乗り出した形でうつ伏せに寝ていたらしく、下半身はまだ湯の中にあった。

共同浴場の天井に並ぶ魔術灯のおかげで、辺り一面、昼間のように明るい。

二十四時間風呂《ふろ》入り放題の大盤振る舞いは、バイトで遅くなることも多い俺にとってはありがたいばかりだが、とにもかくにも寝落ちが怖い。寝落ちで死んだら、死んでも死にきれない。

「はあ――」

湯船の側面を背もたれに、首まで沈めた俺。

冷えた背中と肩が温まったらすぐに出ないと。今何時だろう？

そう思って視線を持ち上げたら。

「うおっ⁉」

顔を上げた俺の真っ正面に、誰かが足を開いて立っているではないか。死ぬほど驚いたが、湯船のせいで後ずさりもできなかった。

「ようやく起きましたね」

薄い湯気を纏《まと》って俺を見下ろしていたのは、純白の湯浴み着で肌を隠した白金髪美少女。

腕組みをして堂々たる立ち姿のサーシャ・シド・ゼウルタニア。

とはいえ……薄衣《うすぎぬ》の湯浴み着が濡れて素肌に張り付き、ほとんど全裸のようなものだ。

腕組みした腕に乳房がたっぷり乗るほどの巨乳。しっかりくびれがある分、腰回りの色気も凄《すご》い。

古《いにしえ》の聖者や古竜さえ誘惑できそうな、美の女神に近しい肉体だと思った。

「……………驚いたな、姫様と混浴とは」

「驚いたのはこちらです。お風呂に入るなり、湯船にフェイル・フォナフが引っかかって

いたのですよ?」

「叩《たた》き起《お》こしてくれりゃあよかったのに」

「揺り起こしはしました。でも、ウンともスンとも言わなかったものですから、ひとまず様子を見ていたのです。フェイル・フォナフと言えど、寝ている分には静かでしょう?」

平然と俺を見下ろしているサーシャだが、俺に見返されて恥ずかしくはないのだろうか。

利用者の少ない深夜零時から夜明けまでは混浴の時間帯。寮生ならば男でも女でも共同浴場が利用できる。

ただ、異性の利用中は利用を控えるのが一般的だし、そもそもサーシャの部屋は内風呂《うちぶろ》付きだったはずだ。実技成績が学年一位の学生には特別豪華な部屋があてがわれる。

「……今何時だ?」

「じきに朝が来ます」

「やべえな。何時間寝てたんだ俺。……ていうかサーシャ、そろそろ『王様立ち』はやめてくれ。いいかげん目のやり場がない」

俺の苦々しい困り顔を見て、サーシャがお湯の中に腰を下ろした。俺の顔から一切目を離すことなく、「またアルバイトですか?」とまっすぐに問うてくる。

俺は湯船から上がるわけにはいかなかった。

サーシャのせいでどうにも下半身が熱い。そしてそれを見せ付ける趣味もないので、この白金髪娘がどこかに行ってくれるまでこの場に留まらざるを得ないのである。

「人手が足りてなくてね。店が流行《はや》ってんのはいいが、ここ一ヶ月ずっと日跨ぎだ。厨《ちゅう》房《ぼう》は過酷だし、時給八百六十ガントじゃあ割に合わねえ」

「八百六十？　それが大衆酒場の普通なのですか？」

「普通だよ。麦酒《ビール》一杯二百ガントの安酒場だぞ？　大通りの高級料亭じゃねえんだ」

「……なるほど。私もまだまだ勉強不足ですね」

さっさとどっか行ってくれ――そう思ったりもするが、なぜだかサーシャは動く気配を見せない。だから俺は、新しく生まれた疑問に「ん？」と首を傾《かし》げ、言葉を投げかけた。

「なんでサーシャ、俺のバイト先が酒場って――？」

するとサーシャはもったいぶることもなく、至極当然のことのように答えてくれる。

「あなたの労働許可申請を承認したのが私だからです。私は、あなたの同期生ではありますが、シドの王族として学院の理事の一人でもありますので」

初耳の事実。俺は目を丸くするしかなかった。

「そりゃ凄《すげ》え。全然知らなかったな」

「ずるいと思いますか？　学院運営側の人間が、学年一位の召喚術師で」

「いいや。大天使といい、あの召喚術を見れば、誰だってサーシャが一位と思うだろ。ただ、なんつーか……姫様と学生の掛け持ちは、大変そうだと思ってよ」

「あなたほどではありません、フェイル・フォナフ」

「ん？」

「今、街で働いている学生はあなた一人です。普通にやっても術式研究と戦闘訓練で一日潰れるのに、そこから更にアルバイトだなんて。そのうち死にますよ？」

歯に衣着《きぬ》せないサーシャ。

俺は思わず「くははは っ」と笑い、湯船の縁に思い切りもたれかかると——ガラス製の魔術灯が並ぶ天井を見上げるのだ。百年前に発明されたという白色光に目を細める。

「魔術師はあれだが……上級職の召喚術師ともなると、金持ちのボンボンが多いからな。学院の学費はクソ高《たけ》えし」

その仕草がひどく疲れて見えたのだろう。サーシャが神妙な声で聞いてきた。

「どうしてそこまで必死に？」

俺は力なく苦笑して「そりゃあ金も時間もねえからさ」と。お湯をすくって軽く顔を洗う。

「……他の一年と違って、もう十八だ、俺は」

疲労困憊《ひろうこんぱい》のため息は湯気にまぎれて消えた。風呂から出たら、一限目の〝精霊召喚形成論〟が始まるまで図書室で借りた魔術書を読み返しておこうと思う。

「遠回りした分、どこかで無理はせにゃあならんだろうよ」

「……学院に入学を認められたのは、三年前——十五歳の時とも聞きましたが」

「恥ずかしい話、入学金を貯《た》めるのに手こずってね」

「……そうですか」

この話題を続ければ俺の地雷を踏みかねないと直感したのかもしれない。サーシャがそれ以上突っ込んでくることはなく、「そういえば——昨日の試合、よくも舐《な》めた真似《まね》をしてくれましたね」と言って、がらりと話を変えた。

「はあ？　俺たちが好きでおちょくってたと思っているのか？」

「違います。服を狙ってきたり、虫まみれにしてくれたり——それはよろしい。でもフェイル・フォナフ。あなた、私を前にしても、最後まで『片割れ』を召喚しなかったではありませんか」

「……ああ、そのこと……」

「私は、私の『片割れ』であるセシリアを喚《よ》びました」

「こっちはシリルがザイルーガを出したじゃねえか。ザイルーガだってあれだぞ？　その辺のチーム相手なら、一頭で無双できるバケモンだぞ？」

「足りません。戦闘向きではないミフィーラの『片割れ』ならまだわかりますが、いつになったらあなたは『最高の召喚獣』を出すのです？　いつまでも隠し続けて」

「…………」

言ってくれる。こっちの事情も知らないで。

シリルなら〝剣虎王《けんこおう》ザイルーガ〟、ミフィーラなら〝星空の口笛吹きパロール〟。すべての召喚術師には、例外なく、魂の相棒と呼べる召喚獣が存在する。

俺たち召喚術師は、『時代を超えて無条件に応えてくれる相棒』の力を借り、『他者を召喚するという感覚』を手に入れるのだ。ともあれ、その経験がなければ、どれほど優れた魔術師とて召喚術師になれはせず――俺だって当然、入学式の前日に、ひっそり召喚童貞を捨てた。

最初に召喚に応じてくれた召喚獣のことを『片割れ』と言う。

そして往々にして、その『片割れ』こそが、その召喚術師にとって最強・最高の召喚獣であるのだった。

「俺に似て聞き分けのない奴《やつ》でね。試合に出すには色々準備が足りてねえんだ」

「スライムや虫の群れが、フェイル・フォナフの本領ではないと？」

「無論。策を練るのは嫌いじゃねえが、真っ向からでもやれるってことを見せてやるよ。次回は、な」

するると、「ふふふ。次回、ですか」ようやくサーシャがお湯から立ち上がり――肌に張り付いた湯浴み着のすそから滴《したた》り落《お》ちる水滴がやけにエロい。

「確かに、あなたたちのチームとはまた戦う気がします。それも近いうちに」

俺は湯上がりのサーシャを見上げつつ口の端を持ち上げた。

男の視線を気にしない度量も、深い谷間をつくった胸の肉も、色っぽい肉付きの腰回りも、十六歳のくせに立派すぎると、もはや笑うしかなかったのである。

姫君の色気なんぞに気圧《けお》されたくなくて無理矢理強がったら。

「召喚祭で待っててくれ」

「召喚祭で待っています」

ちょうど言葉が重なった。

4. 召喚術師、片割れを登る

「フェイルー。諦めた方がよくないかー？　そんなことやって動くわけないだろー」

ずいぶん下の方からかすかに聞こえたシリルの呆《あき》れ声。

俺は半ばヤケクソになって叫び返すのだ。

「こちとら詩集が九割埋まっちまってんだ！　死活問題なんだよ！」

下を見ると、岩盤剝《む》き出《だ》しの地面に立つシリルとミフィーラが米粒の大きさだった。

生半可な高さじゃない。街一番の高さを誇るセイドラ大聖堂——豪華絢爛《ごうかけんらん》にそびえ立った尖塔《せんとう》の先に立てば、ちょうどこれぐらいの高さになるだろうか。今ここから落っこちたとしたら、地表に叩き付けられるまでに五秒近くかかりそうだ。

荒野特有の強い風が吹き、魔術師服のすそや背中が大きくバタつく。

「ちょ」

身体《からだ》全体が持っていかれる感覚——さすがにヒヤッとした。

前ボタンを閉めているとはいえ、なにしろ服の布量が多い。今さらになって俺は、ちゃんとした格好で登り始めるべきだったな……と強く後悔するのである。

「……動いてくれ、パンドラ……」

身体強化の魔法で握力を増した俺の指が、手がかりとなるわずかな出っ張りを掴《つか》む。

「お前が動けば……そりゃあ、とんでもないことだろうよ……」

軽々と身体を引き上げ、青黒色の壁を一つ、また一つ登っていく。

しかし壁のてっぺんはまだやってこない。魔法によって三倍の膂力《りょりょく》を得た俺でさえ手こずるロッククライミング。命綱はなく、滑落の恐怖に股間は縮み上がりっぱなしだった。

「パンドラ——いったい何をふて腐れてんだよ？　命懸けてんだ、そろそろ応えてくれたっていいだろう？」

息を上げながらも壁に語りかける。まるで不機嫌な家族か親友をなだめるかのように。

ふと、登る手を止め、「……パンドラ……」青黒色の壁面にひたいを当てれば、奇妙な感触である。鋼鉄並みに硬いくせに、どこかしっとりとした質感。肌のようにキメ細かいというか。

「強情な奴め。俺以上に面倒な野郎なんて、相当だぞ」

そうぼやいて天を見上げると、午後の逆光の中に巨大な存在があった。

切り立った崖——いや、崖の上の方は丸みを帯び、どこか人の肩のようにも見える。

「ったく……」

だ瞬間だ。

登攀《とうはん》を再開しようと、腰ベルトに装着していた滑り止め用の石灰袋《チョークバッグ》に左手を突っ込ん

絶妙のタイミングで今日一番の強風。右手一つでは耐えきることができず、指先が手がかりから離れてしまった。そのまま空中に投げ出される。

――やば。死んだ――

空気の冷たさを全身で感じ、本気でそう思った。反射的に壁面へと腕を伸ばすが、もうどう足掻《あが》いても届かない距離だ。緊張と恐怖。血液が一気に脳に流れ込み、眼球奥に痛み。

俺は身の丈一つ分ぐらい落下し。

「がふ――っ」

突然の衝撃に、肺の中の空気すべてを吐き出した。

咳《せ》き込《こ》みながら真下を見れば、地面の景色は縦横に流れるものの近づいては来ないのである。俺の周りだけひどく暗くなったぐらいだ。

俺に影を落とした存在を見上げれば……翼長が十メジャール――成人した男の平均身長が一・七メジャール程度――にもなる怪鳥《かいちょう》が、俺の腹を鷲摑《わしづか》みにしているではないか。

虹色の翼を持ち、顔付きはとにかくドデカい大鷲《おおわし》。

子牛だって摑めそうな足の黒鱗が胴体へと広がり、首元までの皮膚を硬質化させていた。まるで大鳥が胴鎧《どうよろい》を着込んでいるような風貌だった。

こんな驚嘆すべき怪鳥が、都合よくそこらを飛翔《ひしょう》しているわけがない。

当然、シリルの召喚獣だ。

その証拠に怪鳥の黄色い嘴《くちばし》が、「それ見たことか。無茶するからだ」とシリルの落ち着いた声を発す。人間の声帯がなくとも、魔力を有する古代の怪鳥ならば容易《たやす》い芸当だ。

俺が手を滑らせた時に備えて召喚していてくれたのである。

「……悪いシリル……マジで助かった」

「別にいいさ。フェイルがムキになる気持ちもわかる。僕だってザイルーガが同じ状況だったなら、何だってやっただろうしな」

怪鳥が翼で空を一度叩《たた》き、それだけで巨体が新たな風に乗った。大きな弧を描きながらの上昇だ。俺は、ゴツい鉤爪《かぎづめ》に内心ビビりつつも、怪鳥の足先から岩石地帯の全景を視界に収めた。

アゴーナ山麓——不毛のアゴーナ山の裾野《すその》に広がる無人の荒野である。

学院から南方に山を一つ超えた先。大規模破壊魔法の練習に使う学生もたまにいるらしいが、基本的には人の目がない場所だ。学院との行き来に有翼の召喚獣が必要になるものの、週末の休日、『大きすぎる秘密』を取り扱うにはうってつけの穴場として活用しているのだった。

「……今日もパンドラは大きいな……」

「デカすぎだ。俺のどこに、こんなのを召喚する素質があったんだか……」

そう。俺、フェイル・フォナフの『片割れ』を躊躇《ちゅうちょ》なく喚び出せる大地として。


シリルの鳥が天高く昇り、地上五百メジャールは優に超えただろう。

それは一見、赤い岩石地帯の最中に突如として現れた青黒い岩山であった。

だが、山にしてはなめらかすぎるし、山にしては形のあちこちが複雑すぎるという、奇妙な岩山であった。

いったい誰が——超々巨大な人型生物が力なく座り込んでいる——なんて気付く？

巨人ではない。人型生物の表面すべては、材質不明の外骨格で覆われていた。

神ではない。豪奢《ごうしゃ》な騎士兜《かぶと》とドラゴンの顔を足して割ったような顔といい、極端に逆三角形な上半身といい、身体に比べて長大すぎる二叉尾《ふたまたお》といい、身体の各部がひどく禍々《まがまが》しかった。

悪魔ではない。俺の『片割れ』の背中には、青黒い炎をそのまま固めたみたいな歪《いびつ》な十枚翼があり、悪魔とは四枚以上の翼は持たないものだ。

「まあ……終界の魔獣、パンドラ……だものな」

「貧乏くじだ。さすがに、神様とドンパチやった奴が来るとは思ってないし——正直、望んでもなかったよ。程度ってもんがある。人一人が担《にな》っていい程度ってもんが、な」

立ち上がれば身の丈三百メジャール以上。

座り込んでうなだれた今の状態でも、百五十メジャール近く。

俺がさっきまで登っていたのは、俺自身の『片割れ』——終界の魔獣・パンドラ——の右腕だった。

俺の命が危機に晒《さら》されれば、いくらなんでも反応してくれるだろう……そう目論《もくろ》んで。

「……フェイルが落ちても動かなかったな」

「知ってる」

「また失敗だったわけだ」

「知ってる」

「あまり言いたくはないが、どこかで割り切るというのも必要なことだと思うぞ」

「…………、………知ってるよ……」

シリルの鳥が魔獣パンドラの頭上をゆっくり旋回する。

すると、座り込んだままわずかだって動くことのない魔獣パンドラの頭部が視界に入ってきて、俺は目を逸《そ》らしたかった。

今日この場所で最高神と大魔獣の最終決戦が行われたわけじゃない。

俺の『片割れ』は、今朝方に俺が召喚したままの姿形で……それなのに、彼の頭部は、左側半分が盛大に潰れていたのだ。

分厚い外骨格が大きくへしゃげ、広くヒビ割れ、おそらく鈍器のようなもので斜め上から叩き潰されたのだろう。最も深い亀裂は頭蓋骨の裏側まで達し、脳みそが外気に触れていた。

昔も昔――精霊たちがまだちっぽけな存在であった〝神の時代〟に起きた争乱である。

いやしくも天上の神々に戦いを挑んだ大魔獣パンドラは、数多《あまた》の神をちぎり殺した後、最高神ゼンの雷鎚《いかづち》に頭を砕かれて打ち倒された。その後、生き残った神々は、世界の諸々《もろもろ》を精霊と力ある獣、正しき天使たちに託し、〝果ての園〟への隠遁《いんとん》を決め込んだ。

どこの国の子供だって知っている有名な神話だ。

俺だって村の教会で幾度となく聞かされた。

…………だからって…………。

だからって、俺の『片割れ』が、最高神ゼンに頭を叩き潰された直後の魔獣パンドラなんて、まったく訳がわからない。

　いくら召喚術が時空を超える奇跡とはいえ、どんな時と場所から相棒を喚《よ》んできてる？

　こんなにも大きく、こんなにも世間的に面倒くさく、こんなにもどうにもならない存在
……しかも、現状、俺が抱えている問題はそれだけではなかった。

「おかえりフェイル」

「お疲れだったな、フェイル」

　やがてシリルの鳥が地上に降り立ち、しばらくぶりに俺も平らな地面を踏んだ。

　魔獣パンドラの足下には、ピクニックマットが広げられ、コーヒーの匂いが広く漂っている。シリルとミフィーラはマグカップ片手に魔術書を読んで、暇を潰していたようだ。

「コーヒーでも飲むか？　気晴らしになるぞ？」

「いや、いいよ。えっと俺の水筒――」

　革製の水筒から生ぬるい水をがぶ飲みして喉を潤す。ピクニックマットの端にドカッと腰を下ろした。地面に足を投げ出してから、魔獣パンドラの偉容を見上げる。

「……いいアイデアだと思ったんだが……」

　俺の独り言に反応したのはシリルだった。

「中々やれることじゃない。召喚獣の気を引くためだけに、危ない目に遭おうだなんて」

するとと俺は思わず鼻で笑ってしまう。自嘲だった。

「普通の召喚術師は、『片割れ』にそっぽ向かれたりなんかしねぇさ」

軽い気持ちで口にした言葉なのだが、二人は笑ってくれず、ずいぶん真面目な顔で俺を見るのである。哀れみを隠そうとしたら、自然その顔になったのかもしれない。

「ちょっと聞いてくれるか、二人とも」

前屈《まえかが》み気味にあぐらを組んでシリルとミフィーラと相対した俺。ため息混じりにこう続けた。

「間違いない。俺のパンドラ、完全に死んでる」

返ってきたのは真摯な視線、そして仲間思いの沈黙だ。

コーヒータイムの雑談という雰囲気にはならず、俺も一言一句発するのに力がいる。

「こんな近くにいるのに——あんなすぐそばで俺が死にかけたのに、パンドラの鼓動も何も感じなかった。さすがに認めにゃあならんだろう。……俺の『片割れ』は、〝終界の魔獣・パンドラ〟じゃなくて、〝パンドラの死体〟だ。前代未聞《ぜんだいみもん》だぜ、死体が相棒だなんて」

俺があえて軽口を叩いても、またも沈黙が返ってきた。シリルは何か言おうとしてくれたようだが、結局、唇がかすかに動いただけ。言葉はなかった。

当然だ。一人の召喚術師の前途に陰りが落ちた瞬間である。生半《なまなか》な慰めなんて言えるわけがない。俺だって言えない。二人と同じように深刻な顔をするばかりだろう。

だからこそ、俺が、「ま、あれこれ嘆いてもしょうがねえ」と強がるしかないのだった。

「入学から半年かかったが、『片割れ』の正体がわかった。成果といえば成果だろ。なんで意識のない死体が俺の召喚に応えたのか——それよりまず、こいつの使い道を考えにゃなるまい」

そこまで言うと、さすがにシリルの唇も曲がる。感心というか、苦笑というか、なんとも微妙な笑い。

「強いなフェイル」

「単に貧乏性なだけだ。ただで転んでたまるかよ」

次いで、ミフィーラがポツリと妙なことを言った。

「パンドラは死んでたって最強」

俺はその言葉が意味することを考え、「まあ——」と魔術師服のポケットから小振りの革張り本を取り出すのである。一ページから百十ページまでをつまみ、その分厚さを二人に見せた。

「死体のくせにこんだけ詩集のページを埋めてんだ。サーシャの大天使でも、せいぜい二十ページだろ」

召喚術師は、人生に一冊、『召喚の詩集』を創り出す。

自らの召喚獣一つ一つを、散文詩という形で残すのだ。というより……召喚獣と契約した瞬間、勝手に生まれた詩文が、勝手に詩集に載っていくと言った方が正しい。

スライムや小悪魔であれば数行、ドラゴンのような強大な怪物ならば数ページ。十ページ行けば神話・伝説級の化け物だ。二十ページ超えの召喚獣と契約できた召喚術師は、歴史上、何人かしかいない。

どれだけ偉大な召喚術師だろうが、召喚できるキャパシティは詩集一冊分。それなのに俺の詩集の九割は、魔獣パンドラに関する記述だけで埋まっていた。

一度召喚したが最後、詩集の文面を削除することはできない。魔獣パンドラが駄目なら別の大魔獣を相棒に——みたいな都合の良いこと、俺たち召喚術師の世界では起こり得ないのだ。

フェイル・フォナフは、残り少ないページ数で召喚術師をやっていくしかないのだ。

「百ページも何が書いてあるんだ？」

「そんなの、俺が知りたいよ。カタグマータ文明以前の文字なのか、そもそもこの世界で使われた文字じゃないのか……召喚に必要な枕詞《まくらことば》ぐらいだ。死ぬ気で集中して、なんとなく頭に入ってくるのは」

「……絶望に抗《あらが》うための獣。昏《くら》き海より上がりて、空へ向かうための翼……だったか」

「絶望したいのはこっちだぜ」

あぐらの膝の上に頬杖《ほおづえ》をついた俺。しかしすぐさま、今さらふて腐れたってどうにもならないと思い、「まあ、それはいいよ。それよりパンドラの使い道だ」と話題を戻した。

「死んでんなら死んだままでいい。動かす方法はないか？」

すぐさまシリルが怪訝《けげん》な顔をする。

「操り人形みたいにか？」

俺はパチンと中指を鳴らし、その手の人差し指でシリルを指差した。

「問題はでかさと重さだ。拘束魔法の応用で四肢の遠隔操作はできるが、人獣用じゃあ、パンドラの指先すら効果範囲に収まらねえ」

「植物魔法ならどうだ？　魔力を延々注げば、いくらでもツタは伸びるだろう」

「伸びるだけだな。ツタの強度は、茎の断面積に比例する。まずもってパンドラを吊り上《あ》げられる植物の選定から始めなきゃならん」

俺が腕組みした瞬間、ミフィーラが「世界樹を召喚すればいい」と話に参加してくる。

「世界樹ならパンドラよりも大きいし、パンドラを持ち上げてひっくり返ることもない」

ミフィーラらしい淡々とした提案。

とはいえ、俺もシリルも苦笑いするしかなかった。

「世界の一部じゃねえか。世界樹が召喚できるんなら、パンドラうんぬんで悩んでねえ」

「枝の一本なら、万が一、喚べるかもしれないが」

もしかしたらミフィーラは真面目だったのかもしれない。まともに耳を貸さなかった俺とシリルに、「むうー」可愛《かわい》く頰を膨らませるのだ。

彼女の機嫌を取るわけではなかったが、こんなことを問いかけてみた。

「普通に考えて、死体があるなら死精霊の出番だろ。天才死精霊使いはどう思う？」

「無理」

即答。実現の可能性が最も高いと踏んでいた方法をミフィーラに完全否定されて、それでも俺は諦めることができなかった。ミフィーラの意見をそのまま受け取ることができず。

「四、五体同居させるのはどうだ？　そりゃ一体だけでパンドラを動かすのは酷だろうが、それぞれ腕一本、脚一本を動かすぐらいなら」

自然、早口になってしまう。

ミフィーラがパンドラの巨体を見上げつつ言った。

「魂はなくても、フェイルの喚び出したパンドラはきっと息絶えた瞬間。これだけ身体《からだ》に生気が残ってたら、死精霊は入れない。一秒触っただけで死精霊の方が殺される」

「つまり、全部腐らせる必要がある、と？」

「グジュグジュになってれば指一本ぐらいは動かせるかも」

「そうか、そりゃあ詰んでる。召喚獣は術者の意識が消えた瞬間に強制送還だ。どんな魔法使ったって二日三日でパンドラは腐らんだろ。いくら俺でも四徹以上は死ねるぜ」

「パンドラなら百年後も腐ってなさそう」

そして俺はシリルに向かって「時間操作の魔法があればな」と。当然、一笑に付された。

「フェイルが百年徹夜する方がまだ簡単だろうな」

「……それか死の根源精霊を喚ぶか。根源精霊だったら、このパンドラにも入れるかも」

「無茶言うな。世界樹と同じじか、それ以上の伝説じゃねえか」

打つ手なし。思わず頭を抱えた俺を見かね、シリルが次なるアイデアをひねり出してくれた。

「ええと、そうだ――いっそ魔法扱いしてみてはどうだろう？　動かすんじゃなくて」

「……空に召喚して落とす、とかか？」

「……なんだ。僕と同じこと、フェイルも考えていたのか」

「そりゃあな。だが、少なくとも、学生のうちは駄目だ。空からパンドラなんか落としてみろ。普通に死人が出る。学位戦で使っていいやり方じゃない」

「まあ、そうか。結局ただの試合だものなあ」

八方塞がり。召喚術師が三人寄っても『神懸かった知恵』とはいかない。俺たちから更なるアイデアが湧き出ることはなく、荒野の乾いた風が沈黙を埋めるのだ。

やがてミフィーラが、コーヒー入りのマグカップに唇を付けながら、ポツリと言った。

「……根源精霊じゃないけど……偉い死精霊に、パンドラ見てもらう？」

俺とシリルは何のことだか全然わからない。

ただ、ミフィーラが指差した青空を見上げ――虚空《こくう》の広さ、太陽の眩《まぶ》しさに目を細めた。

5. 召喚術師、労働を終える

今日も今日とて鉄鍋を振り続け、さすがに腕の筋肉が張っている。

夕方六時から七時間ぶっ続けだ。

百姓だった親父《おやじ》に死なれた十五歳の時分——故郷の村にいた頃から雇われ料理人で厨《ちゅう》房《ぼう》に慣れているとはいえ、バイト終わりともなれば疲労困憊《ひろうこんぱい》。

「ふぃ〜〜〜」

俺は汗でべったり濡《ぬ》れた頭巾《バンダナ》をもぎ取りながら、灼熱《しゃくねつ》の厨房から広々としたホールに出た。

壁に取り付けられた十数個のオイルランタンが、ホール全体を橙色《だいだいいろ》に染め上げている。

ついさっきまで飲んだくれたお客でごった返していた客席だ。総数三十八脚の丸椅子は数々倒れ、角テーブルの並びもあちこち斜めとなり、どれだけ盛り上がってたんだか……と苦笑するしかない。

「……疲れたぁ……」

足下に転がっていた椅子を直し、ドカッとそこに座り込んだ。

すると「お疲れー。今日もお客さん多かったねー」なんて若い女の声である。

視線を上げると——胸元が大きく開いたエプロンドレスを纏《まと》った茶髪女性。疲れを感じさせない微笑《ほほえ》みと共に、木製ジョッキを俺に差し出している。ジョッキには冷えた水がなみなみだ。

「すみません、イリーシャさん」

俺は頭を下げつつジョッキを受け取り——ジョッキの水を一口で飲み干した。「今日、忙しすぎて水飲む時間もなかったです」と笑って、湿ったため息をこぼす。

イリーシャさんが首を傾《かし》げて笑うと、ゆるくカールした長い髪がふわりと揺れた。テーブルの端に軽くお尻を乗せて俺と談笑し始める。

「倒れないでよぉ。フェイルくんに倒れでもされたら、忙しくなった親方がまた怒り出すから」

「にしても、この一ヶ月、マジで何が起きてんですかね？　出て行く酒だって普段滅多に出ないような高い奴《やつ》ばかりで……」

「ああ、それね。なんでも変な連中がお金配ってるらしいわよ」

「お金？　交易都市に義賊ですか？」

「あたし今日、クーロンじいさんに聞いたのよ。そしたら、貧乏通りの人らを使って人探ししてる奴らがいるって。何かの学者さん？　役人？　よくわかんないけど、ちょっと訳ありの人間が〝ラダーマーク〟に流れ着いたみたい」

「……学者、ねえ。古代遺物でも盗んだかな」

「それで店の常連連中の羽振りがよくなって、そのお金のいくらかがうちに流れてるってわけ。まあ、じきに落ち着くんじゃない？　後先考えずに大酒あおってんだから」

交易都市ラダーマーク――〝シドの国〟と〝ロドの国〟を結ぶ主要街道上に発展した三十万都市である。

召喚術師を養成する『学院』が市街地の北側一面を占め、東には今晩の食材から魔術書までが揃《そろ》う大市場。外壁のない広大な土地には貴族邸宅や貧困街、大聖堂や遊郭、図書館や劇場、上下水道や地下墓地までもが完備され、間違いなく〝シドの国〟の首都に次ぐ大都市だった。

そして俺が働く〝大衆酒場・馬のヨダレ亭〟は、大市場と遊郭のちょうど境界にある。

客単価は下の上辺り。市場の下働き、遊郭の下男といった安月給の労働者が常連客だ。

「今日またお尻触られたのよ？　未来の大女優に失礼だと思わない？」

「つっても、酔っ払い相手ですからね。それか、メニュー表に載せておきますか？　一撫《な》で五万って」

「あははは っ！　五万は取り過ぎ！　撫でるだけでしょ？　一万ぐらいが相場かしら。舞台のヒロインやって名前が売れたら、五万に値上げしてやるわ」

バイト終わり、イリーシャさん――女優志望の二十一歳――と話していると。

「おらフェイル。おめぇ、朝にゃあ学校あんだろうが。これ食ってとっとと帰れ」

いきなり目の前のテーブルに大皿が現れた。揚げ鶏《どり》と揚げ野菜が山盛りになっている。

「あらやだ親方。こんな夜更《よふ》けに揚げ物だなんて」

「いいんだよ。召喚術師ってのは体力勝負なんだろ？　なら、肉と野菜と油が、一番いいんだ」

まかないを出してくれたのは禿頭《とくとう》の筋骨隆々。

背丈は俺より低いが、半袖から伸びる腕の筋肉が凄《すご》い。一重《ひとえ》の双眸《そうぼう》だって鷲《わし》のような眼光だ。どこぞの騎士団の元団長とか言われても鵜呑《うの》みにするほどの威圧感を漂わせていた。

「すみません親方。いただきます」

この人が俺の直属の上役――〝馬のヨダレ亭〟の料理長。俺は、椅子から立ち上がって頭を下げるのだ。

「おう。それとな、オーナーがお前ら二人の時給、百ガント上げてくれるってよ」

即座、イリーシャさんが前のめりになって「マジ⁉　親方、それマジな話⁉」と盛り上がる。拳を掲げて力強く言った。

「よっしゃあ！　化粧品買えるぅ！」

俺も思わず拳を握っていた。突然の百ガントはでかい。

「お前ら二人がいないと店回んねえからな。イリーシャ以外のホールは十一時に帰っちまうし。フェイルは、もう店の味を出せるようになったからよ」

「あのケチオーナーがよく認めたじゃん。さすが親方ぁ」

「それでな、二人とも——来週のシフトはどうする？　今週と同じで、毎日最後まで出られそうか？」

「あたしはいいですよー。時給も上がったことだし」

そして次は俺の番、「すみません親方。来週の土曜なんですけど、一日休みをもらえないですか？」と、親方に向かって深々と頭を下げるのだ。

親方は少し困ったように禿頭を掻《か》いたものの、嫌とは言わなかった。

「そりゃもちろんいいが……。学校のことか？」

「チームの二人と〝空中墓園〟に行くことになりまして。ちょうど来週、通りがかるんです。すみません。迷惑かけます」

俺の言葉に地方出身のイリーシャさんは首を傾げたが、親方はひどく納得したようだ。

「そうかそうか。もうそんな時期か。召喚術師だものなあ」

低い声でそう笑いつつ、厨房に戻っていくのである。

6. 召喚術師、朝焼けに飛ぶ

世界の空には、意外なほど色んなものが浮かんでいる。

積乱雲の上に建造された白亜の城だったり。とぐろを巻いて眠り続ける長大なドラゴンだったり。奇跡を起こして浮かび上がった女神タリアの巨像だったり。

〝空中墓園〟もその一つだ。

事の始まりは今から千二百年前――破滅の召喚術師オルデニア・ガローとの戦いまで遡る。オルデニアは七匹の邪竜を喚《よ》んで世界を焼いたが、国を越えて結集した召喚術師連合に倒された。その後、召喚術師連合の天才たちの手によって、『空飛ぶ墓園』が建造されるのである。

〝空中墓園〟の目的は、鎮魂と抑止。

世界中の空を巡りながら、墓園を見上げたあらゆる召喚術師に、第二のオルデニアになってはならぬと、オルデニアを目指せば必ずや討ち滅ぼされると、自制を説いているのだという。

とはいえ、オルデニア・ガローと召喚術師連合の戦争なんて――俺たち現代の召喚術師からすれば、遠い遠い過去の出来事でしかなかった。荒唐無稽なおとぎ話とほとんど大差ない。

ただ一つ重要なのは――〝空中墓園〟が今もなお飛んでいるということ。

〝空中墓園〟には神々の奇跡すらも再現できる宝物《アーティファクト》が数多《あまた》収められ、偉大なる死精霊トーリが死者の眠りを見守り続けているのだという。

死精霊トーリといえば、〝神の時代〟、〝精霊と獣の時代〟、〝人の時代〟を延々生き続ける大精霊だ。『この世界に死という現象をもたらした』とされる死の根源精霊より生まれ出で、オルデニアが喚んだ邪竜の一匹さえ呪い殺した。

「結構集まってるな。夜明け前から百人超えたぁ……」

「墓園のアーティファクトは希少品揃《ぞろ》いだ。歴史書に載るような召喚術師たちの遺物、ここにいる九割はそれ目当てだろう」

遠くに見える山並みから太陽が顔を出す夜明け前――厚めの外套《がいとう》を身につけた俺とシリル、ミフィーラの三人は、学院の校舎屋上で人混みにまぎれている。

「……ねむ……シリル、おんぶ……シリル……」

激烈に朝に弱いミフィーラはシリルと手を繋《つな》ぎ、まるで今にも崩れ落ちそうな操り人形のようだ。かろうじて右腕一本で吊《つ》り上《あ》げられていた。

「アグニカ・アルーカに、ありゃあソシエ・レコルドか――三年の有名人も結構いる」

「五年に一度だからな。卒業前に大怪我《けが》するリスクを取っても、挑戦する意義があるのかもしれない。無敵のサーシャに勝つために、反則級のアーティファクトが必要、とか」

大きな音はない。

とはいえ……塀も柵もない校舎屋上に集まった百人超の潜め声、衣擦《きぬず》れの音が集まって、辺り一帯それなりに騒然としていた。いかにも『お祭りの日の朝』という感じがした。

「おはようフェイル・フォナフ、シリル。あなたたちも飛ぶのね」

そう声をかけられて振り返ると、男二人を引き連れた茶髪少女がそこにいる。ルールア・フォーリカー。学位戦のチーム順位を言えば、一年生二位、学院総合六位の強者だ。

ゆるふわカールの長髪をマフラーにしまい、子羊の毛をふんだんに用いた高級コートで十一月上旬の朝の寒さを防いでいた。

「意外だわ。トレジャーハントには興味がないと思ってた。特にフェイル、あなたは」

眠気や気だるさの一切ない明るい笑顔。

逆に俺は、あくびを噛《か》み殺《ころ》しながら応えた。

「人様の墓に手を突っ込むつもりはねぇさ。墓守と話してみたくてな」

「死精霊のトーリと？」

「気難しいって噂《うわさ》の大精霊が、俺たちの話に興味を持ってくれれば、だが」

「気になること言うじゃない。面白い話が聞けたら、わたしたちにも教えてもらえる？」

「悪いな。ちょっくら込み入った話でな。……つーか、学年二位なんだから週末ぐらい寝てりゃあ良《い》いだろうに。墓園のお宝まで手に入れて、まだ強くなるつもりかよ」

「あははは♪ 案外ね、強欲なのよ、わたし」

「嫌だねぇ、なりふり構わない天才って奴《やつ》は。手が付けられねぇ」

と、俺が苦笑を浮かべた瞬間だ。周囲の雑踏が急に大きくなる。

何かと思えば――ちょうど日の出を背負う形で、屋上に純白の天馬が三頭現れていた。

大きな白翼をゆったり羽ばたかせてその場に浮遊する天馬の背には、それぞれ美しい少女がまたがっており、すぐさま学院最強チームの三人だとわかる。

儀礼用に彩色された軽甲冑《かっちゅう》を纏《まと》って姫騎士姿のサーシャ・シド・ゼウルタニアが中央。

どこの誰が発注したかは知らないが……サーシャの頭を守るのは鳥が翼を広げたような額当てだけで、胸元は乳房の谷間が大きく剝《む》き出《だ》しになっている。短いスカートと膝上までしかない脚甲のせいで、染《し》み一つない太ももが、天馬の毛並みと直接触れ合っていた。

両脇の少女二人は、サーシャと比べれば重装だ。

女性的なシルエットの全身甲冑で、太ももが丸出しということはない。胸元も金属板に覆われている。〝シドの国〟の王宮を守る近衛《このえ》騎士団の鎧《よろい》が、ちょうどあんな感じだっただろうか。

――――

学院屋上に集まった召喚術師たちのざわめきはすぐに収まった。

いくらか「サーシャ姫来たあー‼」「姫様おっぱいでっけー‼」「もっと太もも見せてくれー‼」なんて騒ぐ輩《やから》はいたが。

「うるさいぞ馬鹿者ども‼」

サーシャのチームメイトが一喝すれば、そんな声も一蹴された。

朝の静けさの中。

「我が名はサーシャ・シド・ゼウルタニア。王権の継承者である父、ジークフリート・シド・ゼウルタニアの名代として参上しました」

腰の剣を抜いたサーシャが、美しい声を張って名乗りを上げる。そのまま剣の切っ先を、眼下の召喚術師百人超に向けた。

「古き知恵を求める学徒、死者の安寧を踏みにじってなお知識を望む若人《わこうど》たちよ」

そして俺たちは、神妙な顔と沈黙をもって、〝シドの国〟第三王女の御言葉を聞くばかりである。

この場にいて、いったい何が行われているかを知らない召喚術師などいない。

「本来、〝空中墓園〟は鎮魂の地であり、その地に封じられし力の強大さゆえ、八大王家の総意をもって何人《なんぴと》の立ち入りも固く禁じています。墓荒らしとは、恥知らずもいいところ」

これは古来より連綿と続く『叱責と許可の儀礼』なのだ。

古今東西、お上が管理している禁域に立ち入るには、それなりの手続きがいる。

「……しかしながら、墓園に眠る賢者たちも、かつては学院の門を叩《たた》いた者たち。先達《せんだつ》として後進に英知を託すべきなのも道理」

俺たちが今から向かおうという〝空中墓園〟もそんな禁足地の一つで、立ち入る方法が、『五年に一度、学院上空に墓園が現れる日の夜明け、学院屋上に集合すること。そこで王族による叱責と許可を受けること』と明確に定められているのであった。

「そのため！」

語気を強めて天空に剣を振りかざしたサーシャ。

その瞬間俺は、お姫さんも大変だなぁ……と思う。こんな朝っぱらから儀礼甲冑を着させられて、こんな欲深な俺たちを怒らなくちゃいけなくて。

「八大王国の慣例にのっとり——！　日の出より太陽が天頂に達するまでの間、ここより飛び立つ学徒に限り、〝空中墓園〟への立ち入りを認めます！」

多分サーシャ自身、〝空中墓園〟に興味はない。

しかし、王女という立場をまっとうしようとする美少女、風に揺れるその白金髪——

神々《こうごう》しい朝陽《あさひ》にきらめいて、誰もが呼吸を忘れるほどに美しいのだった。

そして。

「墓園に撃ち落とされても嘆かぬ者のみ、飛びなさいっ‼」

一瞬呆《ほう》けた俺たちを叱りつけるような叱咤激励《しったげきれい》の直後。

「天空に光る雷《いかずち》の眼《め》、星の名を持ちし者——」

「大地の炎より生まれし石の翼——」

「カローマの風を見よ。咆吼《ほうこう》は夜に響き——」

「ギズマガズマ。雨雲を運べ夜明けの大ガラス——」

屋上のあちこちで召喚術の詠唱が始まった。

当然、すぐさましっちゃかめっちゃかだ。翼長が何メジャールもある怪鳥《かいちょう》、前脚が膜状の翼となった飛竜《ワイバーン》、節ごとにトンボの羽が生えた大ムカデ、オオカミ顔の巨大悪魔などなど、大量の翼が一斉に広がったのだから。

とはいえ百人全員が焦《あせ》って飛び立つわけではない。混乱は最初だけで、やがて自然に順番のようなものができあがるのだ。一チーム飛び上がったら、次のチームと。

「さてと。そろそろ俺たちも行くとするか」

「待てフェイル——こ、こらっ、寝るんじゃないミフィーラ。起きろ。起きなさーい。起きてくれー」

「ま……まあ、一刻一秒を競ってるわけじゃねえしな」

ミフィーラの二度寝をどうすることもできなかった俺たちは、ぶっちぎりで最後尾。

「それじゃあ、お先に失礼するわねフェイル・フォナフ。健闘を祈ってるわ」

「お互いに、な。無理して死んでくれるなよ」

「ミフィーラ。ちゃんと起きてくれるといいわね」

鱗《うろこ》ではなく美しい長毛に包まれた巨大な白竜——そのほっそりした首にチーム三人でまたがった茶髪少女ルールアを、軽く手を振って見送った。

そして…………である。

一時はどうなることかと焦ったが、「シリルうるさい。フェイルもほっぺ引っ張らないで。ちゃんと起きてるし」と、ようやく目覚めてくれたミフィーラ。彼女が寝起きに召喚したのは、翼持つ生物の王たるドラゴン——その死体だった。

死精霊が操れる限界ギリギリの存在で、ミフィーラが召喚できる死精霊の中でも最大最強の存在でないと死体に入り込むこともできない。

翼も含めれば学院屋上のほとんどを覆い尽くした漆黒の巨体を見上げ、シリルが呟《つぶや》いた。

「案外、最後の召喚でよかったかもしれないな。この強い悪臭、僕たちはだいぶ慣れたが……何人か医務室送りにしてしまいそうだ」

俺は、ミフィーラの華奢《きゃしゃ》な腰を両手で摑《つか》み、そのまま高々持ち上げて言う。

「竜の腐肉はウジすら喰《く》わねぇ。一部の細菌と死精霊しか付かないから、意外と清潔って話だぜ？　臭いの原因は、死んでも残る魔力貯蔵の性質が悪さしてるって研究があったな」

すると、死した黒竜が長い首を伸ばし、俺とミフィーラの眼前に長い鼻先を下げた。ここから身体《からだ》に上がれとでも言いたげに、だ。

眼球を失って空洞となった眼窩《がんか》と目が合う。

中途半端《ちゅうとはんぱ》の魔法では傷も付かない黒鱗がびっしりと全身を覆い……死体とはいえ、圧倒されるような存在感だった。馬三頭が丸ごと口に入る大きさである。

多分きっと、命尽きるその時まで威厳ある覇者として世界の空を支配したのだろう。もしかしたら命を弄ぶ暴虐の王だったかもしれない。黒竜は気性が荒い個体も多いから。

「ミフィーラ、一気に上空まで上がってくれ。街に臭いを下ろしたら、学院に苦情が入りかねねえ」

黒竜の上にあがってそう言った俺は、広い背中に座りやすい場所を見つけるのだ。分厚い鱗をしっかり摑んで、身体を固定する取っ手とする。

「ずいぶん手間取ったではないですか。これから皆を追いかける私たちの身にもなってください」

いきなり声をかけられて視線を回せば、サーシャを乗せた天馬が頭上にいた。

「時間かかっちまってすまねえ。今から先頭グループを追いかけるのか？」

「脱落者のサポートをしないといけませんからね」

「獅子奮迅《ししふんじん》だ。王族として見送りをやって、今度は学院一位として墓園にやられた奴らの回収か。週末が丸潰れじゃねえか」

「仕方ありません。そういう立場ですから」

「そもそも学院一位のチームが脱落者の回収係とか――いつ頃始まった慣習かは知らねえが、とんだ貧乏くじだよなぁ」

「貴重な召喚術師を失うよりはマシです。『あちら』は容赦なしですからね」

「せいぜい迷惑かけないよう気を付けるよ」

「ええ、是非ともお願いします。この臭いが染み付いたあなたたち三人を抱き留めるのは、私もセシリアも躊躇《ちゅうちょ》しそうですから」

最後、少しだけ困ったように微笑《ほほえ》んだサーシャ。彼女の天馬が安全圏まで離れるのを待って、黒竜の死体が大きく一度翼を打つ。

真上に飛び上がった俺たち三人は、黒竜の背中から眼下のサーシャへと手を振った。するとサーシャが、さすがはお姫様という仕草で手を振り返してくれるのだ。

「それじゃあなサーシャ！」

「待たせてしまって申し訳なかった！」

「ばいばーい」

たった五度の羽ばたきで雲よりも高く。朝の空気はとんでもなく澄み切っていて、空の上部に残っていた深い紫色の向こうに星空が見えそうだった。

不意に――――黒竜の死体が、首をくねらせながら猛々《たけだけ》しい咆吼を上げる。

それは、この巨体に潜り込んだ死精霊の意思なのだろうが、生前の黒竜を鮮明に思い起こさせる重低音だった。そして、黒き巨翼は、西に向かって舵《かじ》を切るのだ。

「なあシリル。墓園までどれくらい飛ぶかな」

「そうだな――今日は風が強いし。一時間半は見ておいた方が賢明だろうな」

「うへぇ。だいぶ身体冷えちまってさ。トイレ付いてねえんだよなぁ、このドラゴン」

「付いてるわけないだろ。王族専用の飛竜船《ワイバーン》じゃあるまいし」

「おしっこなら適当にそのへんでしちゃえばいい」

「…………致し方ねえ。森のド真ん中か、山のてっぺんなら、誰もいねえか」

長い旅ではない。険しい道のりでもない。

しかし俺は一時間半後に待ち受ける『試練』を思って、トイレが近くなる程度には緊張していた。目の前に広がる大空が美しいことが、せめてもの救い。

7．召喚術師、古き死に優しくされる

「昔の召喚術師ってのは、やることがぶっ飛んでんなぁ」

「僕が子供の時の話だが、下から墓園を見上げたことはある……真横からは、こんな感じなんだな。恐怖すら覚えるよ」

初めて実物を目にした〝空中墓園〟は、俺たちの想像を絶する恐ろしい代物だった。

墓園という言葉から連想される牧歌的な雰囲気などほとんどない。今この瞬間、地上三千メジャールの高さに浮かんでいるのは、数えきれぬ魔法砲塔を備えた巨大要塞であった。

まず中央に、平面を上にした半球。半球の周囲には、縦方向に伸びた六面体が八基接続され、どことなく豪華なシャンデリアを思わせる。

墓園全体の広がりは小さな町ほどだろうか。

半球の上には緑があり、芝生が生い茂っているようだ。四角い建造物も幾つか見えた。

すべての問題は、半球を取り囲む八基の六面体。

六面体の六面すべてが開放され、その中から大量の砲塔がせり出しているのだ。一面当たり三十門はあるだろう。それが六面八基だから……砲塔の数は、少なくとも千四百四十門以上。

何か、果てしない執念のようなものを感じた。

墓園の宝物《アーティファクト》を狙う墓荒らしへの怒りか、それとも召喚術師連合が戦い尽くした邪竜復活への恐れか。少なくとも、墓園に近づけば俺たちも敵認定される。

現に――〝空中墓園〟に群がるも、誰一人として弾幕を突破できない学院の召喚術師たち。

三百六十度絶え間なく破壊光線を放つ砲塔の群れが、召喚術師を乗せた有翼の召喚獣を一匹、また一匹と撃ち落としていた。

「ええとルールアたちは、と――いた。まだ飛んでる。……なるほどな。ルールアの光盾《ホーリーシールド》でさえ、墓園の前には紙同然かよ。見た感じ、耐えて進むのは悪手っぽいな」

「見ろフェイル。サーシャのセシリアがいる」

「そりゃそうだろ。いくらサーシャでも大天使なしじゃあ、脱落者の回収は無理だ」

「いや、ちゃんと間に合ったんだと思ってな」

「ま、まあ。先頭に追い付くために、だいぶ急いだだろうけどな」

「……速い。墓園の砲撃を全部かいくぐってる」

「速い、硬い、強いの三拍子だからな、サーシャの大天使は。それでも、速度ならザイルーガだって負けてない。むしろ勝ってるだろ」

「ふふっ。ずいぶんとおだててくれるじゃないか」

「おだててねえ。それこそフェイルのザイルーガが要《かなめ》だぞ？」

「馬鹿な。それこそフェイルのがんばり次第だ。僕もミフィーラも、そう思ってる」

「……フェイルが鼻血出るまでがんばるべき」

シリルとミフィーラにそう言われ、苦笑代わりに口笛を吹いた俺。墓園の砲塔が俺たちに向くと思うと息が詰まるが、ここまで来て挑戦すらしないなんて考えられない。

「しゃあねえ。行くかシリル、ミフィーラ」

〝空中墓園〟の攻略に残っている召喚術師も半分を切ったようだ。

すごすごと逃げ帰る者、召喚獣を失ってサーシャの大天使に拾われる者と、脱落者が増えるほどに残る挑戦者への砲撃は苛烈になっていく。悠長に構えている時間はなかった。

「事前の作戦どおりだ！　ビビっても止まってくれるなよ！」

俺の言葉を皮切りに――――ドラゴンの死体が一気に高度を上げる。

墓園を見下ろして一度旋回。距離があるせいか、砲撃は威嚇程度の三、四発だった。

だが、それでも。

「こっわ！　ルールアの奴《やつ》っ、こんなの受けてたのかよ！　すげえな！」

半泣きのまま笑いたくなるほどの破壊力だ。

臆病心は、顎がきしむほどに歯を噛《か》んで殺す。幾つかの砲塔がターゲットを変えたタイミングを見計らって「頼むミフィーラ‼」と。

直後、黒竜の巨体が、大きく身をくねらせて頭を下げた。

翼で空気を叩《たた》いて初速を稼ぐと、その後は風と重力に逆らわない。

あっという間に息もできなくなる速度に達し――ほんの一瞬遅れて発射された破壊光線の嵐の中に突入するのだ。

たった五秒。

死体とはいえ、大空の覇者たるドラゴンの巨体が、たったの五秒で解体される。

破壊光線を受けて弾《はじ》け飛ぶ黒鱗。

光線に貫かれた箇所から大穴が広がって千切れる肉片。

散々に破損して原形をとどめない黒竜の頭が、背中にしがみつく俺たちの頭上を転がっていった。

折りたたんでいた翼は、根元を撃ち抜かれて空に投げ出された後、集中砲火で粗みじんにされた。

――死なないことだけを祈る――

周囲の空には黒竜の肉片が散らばり、まるで墓園を目指して落ちる雪のようだ。

いよいよ俺たち三人がしがみついた肉塊にも破壊光線は迫り——その時俺は、猛獣の短い咆哮《ほうこう》を聞いた。外套《がいとう》の背中をあり得ない力で引っ張られ、景色が回った。

〝剣虎王《けんこおう》ザイルーガ〟。

見れば、空にいるはずのない巨大四足獣が俺とミフィーラをまとめて口にくわえていた。子猫を運ぶ母猫の要領で、二人分の外套を一緒くたに噛み締める。

シリルだけがザイルーガの背中の上だ。長めの体毛を両手でしっかり握り締めると、限界まで体勢を低くして、巨獣を乗りこなす。

そして。

「駆けろ我が魂！　ザイルーガ！」

大地を疾駆するかのごとくに駆け出したザイルーガ。灰色の身体《からだ》から伸びる角の数々が、風を裂いた。

ザイルーガに翼はない。

巨大虎の足場となったのは、ここまでの道中で空にばらまかれたドラゴンの肉片だった。

人の目で見れば残像すら現れていそうな超速度で、右へ左へと縦横無尽に切り返す。

「い、息が、できね……えっ」

「我慢しろフェイル。気絶するなよ」

ジグザグの軌跡を描いて、何十もの破壊光線そのことごとくをかわしきった。

いくら〝空中墓園〟とて『落雷』を捉えることはできない。

ザイルーガを撃ち抜くよりは、その足場を一つ一つ消し去っていく方がまだ容易《たやす》い。

〝空中墓園〟で砲塔の引き金を引く何者かも同じことを考えたのだろう。次の瞬間、破壊光線の一斉発射がドラゴンの肉片だけを狙い撃った。

シリルが叫ぶ。

「フェイル！　出番だ！」

振り回されて鼻血を噴きそうになりながらも俺は、「ちくしょお！　来やがれ大群！」と目の前の景色に魔力を集中させた。

呪文詠唱なしの即効召喚術だ。簡単に喚《よ》び出せる召喚獣限定で、魔力消費もはなはだしいが、とにかく速い。俺の思考と時差なしで召喚できる。

突如として虚空《こくう》から大量の羽虫が湧き、一塊になった何万という小さな虫が、ザイルーガの新たな足場となった。

「連発は死ぬんだからな！」

ザイルーガが跳んだ後は、召喚した羽虫の大群を即刻送還し、次なる場所に改めて召喚し直す。羽虫の飛行ではザイルーガの神速に付いていけないからだ。

多少のタイミングのズレは、ザイルーガがなんとかしてくれる。俺はめまぐるしく視線を回し、ザイルーガの行く手に虫の飛び石を送り続けた。

「フェイル！　召喚速度が落ちてるぞ！」

「知ってるよ！　今ぁ黙ってろシリル！」

休みなく撃ち込まれる破壊光線の一つが、ザイルーガに踏まれた直後の虫の群れを捉え、半数が消し飛ぶが――正直、それがどうしたという感じだ。

俺の召喚獣は『虫の大群』そのもの。半分消えたぐらいは損傷とも言わない。一旦送還してもう一度召喚し直せば、虫の数は元に戻っている。

ドラゴンの急降下で稼いだ距離もあって、墓園の芝生まであと少しだった。くるぶしを隠す程度まで伸びた芝生が風になびく様すら見えた。

俺たちの目論見《もくろみ》どおり、ザイルーガの速度ならば墓園の砲撃をかわしつつ降下することができる。足場がある限りは。

「きっつ――キツいぜこれは……っ！」

魔力の使いすぎで眉間の奥とこめかみが痛い。股間がひゅんっと縮み上がり、腰が抜けそうになる。一瞬視界がぶれたと思ったら、景色の周囲が真っ黒に塗り潰されて一気に視野が狭くなった。とっくの昔から心臓は高鳴りっぱなしだ。

あとどれくらいだ⁉　あと何回即効召喚すれば、砲塔の射程圏外まで潜り込める⁉

ここで失敗すれば命はない。いくらサーシャの大天使とて、こんなところまで救いの手は届かせられない。

俺たちの未来は、墓園に到達するか、落命するかの二択に絞られたのだ。

〝終界の魔獣・パンドラ〟を動かしたい一心だけでここまで来た。しかし、〝空中墓園〟なんかに命を懸けるなんて、馬鹿なことをした。

魔力の枯渇《こかつ》で薄れゆく意識の中、不意にそんなことを思った。

シリル、ミフィーラと話し合って決めた今日の挑戦を後悔してしまった。

だから俺は、「うるせえ。やるっつったらやるんだよ」と外套の上から懐《ふところ》を握る。肌身離さずに愛用している首掛け財布を全力で握り締める。

血の気が引いてだいぶ遠くなった耳でも、硬貨の鳴る音がかすかに聞こえた。

その瞬間、俺の心中に生まれた不愉快な感情。怒り、ムカつき、喪失感。

それを最後の燃料にして召喚術を放つ。

「もう二度とっ‼　絶対やらねえからなっ‼」

心の底からの叫び。直後、羽虫の足場が現れ——それを踏み台にして加速したザイルーガが真横からの破壊光線を避けた。

「抜けたぞフェイル！　もういい！」

シリルがそう叫んでくれなかったら、もう一度召喚術を使ってどうなっていたかわからない。脳の血管が切れていたか、それとも心臓が爆発していたか。

荒っぽい着地は直前の最高速の証左だろう。

前脚が柔らかい芝生に触れるや否《いな》や、首を振って俺とミフィーラを横に投げたザイルーガ。シリルは抜群の反射神経で飛び降りたらしく、獣だけが激しく転がって破滅的な着地衝撃を逃がす。

俺は草の上にうつ伏せに丸まって、「はあ、はあ——っ！　がは——っ」激しくあえぐばかりだった。滑り込むような着地を痛がる余裕はない。まるで全力疾走の直後だ。

「よくやった！　凄《すご》いぞフェイル！　本気で駄目かと思った！」

「連続三十六回はさすがに前人未踏」

シリルとミフィーラが背中をさすってくれるが、今はねぎらいの言葉より空気が欲しかった。

実際、魔力の使用は駆け足のような全身運動とほとんど同じだ。一定以上に力を使えば、心臓と肺が酸素を求め、人体における魔力の貯蔵庫である筋肉すべてが疲労する。

「はあ、はあ――ぜは、はあ、は――は、あっ――」

「ゆっくりだ！　ゆっくり呼吸しろフェイル！　息を吐くことに集中すればいい！　大丈夫だ！　もう砲撃は飛んでこない！」

指先一つ震えてまともに動かない。それでも俺は、力を振り絞って仰向けになった。

すると――視界に広がったのは清々《すがすが》しい青空の景色だ。太陽があり、流れる白雲があり、視界の端には俺たちを砲撃しまくった六面体構造物の先端の一つも。

……どうやら俺たちは、比較的墓園の隅の方に着地したらしい。

「ザイルーガも格好よかったよ。撫《な》でてあげる」

「やめておけザイルーガ。今はフェイルの顔を舐《な》めてやるな」

しばらくは空気をむさぼるだけだった俺もやがて、鼻腔《びこう》を満たしていた草の香りに気付いてホッとできるまでに回復する。じゃれついてきた巨大ネコ科動物――剣虎王ザイルーガに髪の毛を思いっきり舐められながら、仰向けに倒れたままこう漏らすのだ。

「……着いたぁ……」

「そうじゃよ。ぬしらは確かに辿《たど》り着《つ》いた」

その時突然、聞き覚えのない少女の声。

俺は身体を起こすことができなかったが、シリルとザイルーガがきっちり反応したようだ。ザイルーガが前に出ると、猛獣の威嚇が大空に響き渡った。

俺は亀のように鈍重に、しかし今の俺にとっては全速力で起き上がる。

シリルに肩を貸してもらいながらどうにか立ち上がると――前方の草原、距離にして十歩ほどの場所に、肩出し白ドレスの少女が足を開いて立っていた。

「ようこそ、ゼレーム空中墓園へ。特別愉快な命知らずどもめ」

十二、三歳ぐらいに見える黒髪ロングな美少女だったが、その表情には違和感しかなかった。

愉悦と悪戯心《いたずらごころ》を足して二で割ったニヤニヤ笑いなのだ。人間社会の悲喜こもごもを見守り続けた、老練なひねくれ者にしかつくれないような……。

黒髪少女の正体はすぐに思い付く。俺は疲れ切った声でこう尋ねた。

「あなたが、死精霊のトーリ？」

直後、「いかにも」と返ってきた声は笑い混じり。墓園に入り込んだ俺たちをとがめることもなく、吹き抜けた風に目蓋《まぶた》を下ろして鼻を鳴らすのだ。

「二十年ぶりになるかの。あやつらの墓前に生者が立つのは。――さあ、そのでかい猫を送り返して、手でも合わせていくがいい」

「……警戒を解けるとお思いで？　ついさっき殺されかけたってのに」

「殺され？　ああ――そりゃあそうじゃろうよ。ここを造ったゼレームは実に真面目な男じゃった。身の程知らずはもれなく死すべしと豪語するぐらいには、の」

「なるほど。なら俺たちも身の程知らずだ。立派に死にかけたんですから」

「じゃろうな。外でウロチョロ立ち回っておる大天使――あれの召喚術師のレベルじゃ。この墓園が本来認めておる墓参りの客は」

「すると？　招かれざる客は死精霊トーリにぶっ飛ばされると？」

「いんや。ワシは何もせぬけど？」

「は？」

「邪魔もせぬし、手も貸さぬ。墓漁《あさ》りが目的ならば好きにするがいい。墓の中を守る警備機構は、ぬしらが抜けてきた外周防御網の比ではないがの」

俺とシリルは顔を見合わせ、まったく同じタイミングで首を傾《かし》げた。

大精霊の機嫌を損ねるべきではないと思ったのだろう。シリルがザイルーガを送還しようとしたので、俺は咄嗟《とっさ》にそれを制して、もう一つだけ質問を投げかける。

「……あなたはこの墓園の墓守では？」

「違う。墓守はれっきとした労働者ではないか。ワシはここに隠居しておるだけじゃ。眠りたい時に眠り、思索にふけり、気が向けば下界に降りてみたりもする」

言葉の途中、突然の大あくびだ。手で口を塞ぐこともなく、「ふぁ～～」と喉の奥まで俺たちに見せつけてくる。そしてあくびし終えれば、パチンと頬を軽く叩《たた》いた。

どことなく『休日のおじさん』っぽい仕草。

ザイルーガと召喚術師三人を前にして、緊張感は皆無。

「今だって、面白そうな奴《やつ》が来たから話しかけてみただけのこと。入ってきたのがぬしらではなく大天使の飼い主であれば、普通すぎると出てきておらぬわ」

黒髪少女――死精霊トーリの完全無防備な雰囲気にあてられ、俺たちの警戒もゆるんだ。

決定打は「トーリがその気なら、みんなもう殺されてる」というミフィーラの言葉。今度はザイルーガを送還するシリルを止めなかった。小声で言葉を交わす。

「噂《うわさ》は噂だな。気難しいどころか普通に話せる相手じゃないか」

「そうじゃねえ。今、この状況が奇跡なだけだ。気を引けたことが」

「現れないから気難しいと？」

「ここの防衛システムそのものが精霊の仕業と思われた可能性もあるな」

見れば、トーリに駆け寄っていくミフィーラ。死精霊が依《よ》り代《しろ》としている肉体を舐め回すように眺めて一言。

「いいじゃろう。千年前に拾ったんじゃ。悲恋の末に命を絶った娘でなぁ」

俺もシリルに肩を貸してもらったまま歩き出した。華奢《きゃしゃ》で小柄なトーリに会釈《えしゃく》する。

「お会いできてよかった。命懸けで来た甲斐《かい》がありました」

「ほう？　この年寄りが目当てとな？　ぬしら、奇特にもほどがあるぞ」

俺を見上げた美しい少女が悪い顔をした。片側の口端《くちは》にだけ歯を覗《のぞ》かせた笑い方。

「名を聞いてやろう」

「フェイル・フォナフと言います。こいつはシリルで、可愛《かわい》いのがミフィーラ。ラダーマークの学院生です」

「学生ならば師を頼ればよかろうに。昔話でも聞きたいのか？」

「死精霊の限界を」

「なんだと？」

単刀直入な俺の言葉にトーリが目付きを変える。

偉大なる大精霊の気分を害したかもしれないが、長々と前口上を並べるつもりはなかった。懐から小振りの革張り本を取り出して、適当に開いたページをトーリに突き付ける。

「俺の『片割れ』が魔獣パンドラの死体なんです。どうにかして、動かしたくて」

「綺麗《きれい》な身体《からだ》」

パンドラ──遥《はる》か太古に神々と戦《や》り合《あ》った大魔獣の名前は、さすがにトーリの興味を引いたらしい。一瞬キョトンとした後、極端な早口、極端な小声でページの文章を一気に読み上げる。

「─────────────────────────────────」

まったく聞き覚えのない言葉だった。俺では読めない文字も、トーリほどの大精霊ならばその知識にあるのだ。いったい何が書いてある？　しかしそれは今回の目的ではない。

「確かにパンドラの記述……本当か？　本当に人間が、パンドラを召喚したのか？」

トーリの声が驚愕《きょうがく》に震えても俺は素直に喜べなかった。自然と苦笑が浮かんだ。

「神に殺された直後のパンドラですが」

「動かぬのか？」

「指一本さえ」

聡明《そうめい》な死精霊はそれだけで大体を察したらしい。大きく息を吐いて気を取り直すと、

「それで死精霊の限界か。パンドラを出されては、無礼と怒るわけにもいかぬ」ゆっくり笑みをつくった。

何気ない仕草で俺の手を取って、そのまま歩き出す。

シリルの支えから離れた俺はトーリの為《な》すがまま。足取りは不安だが、どうにか歩けた。

「生前のパンドラを見上げたことがある。ワシが根源の精霊から分かれ、今のぬしみたく手を引かれておった時分のことじゃ。……パンドラは神の誰よりも雄々《おお》しく、山脈すら粘土細工のごとく叩き潰した。寡黙な奴での。女神や妖精らにしつこく言い寄られて、いつも迷惑そうにしておったよ」

　昔を思い出すトーリの言葉には優しい笑いが混じり、それはきっと悪くない過去なのだろう。

　シリルとミフィーラも俺の後ろに付いてきていた。芝生を踏む音をうるさいと思うほどに静かなのは、墓園を守る砲塔が音や反動もなく破壊光線を撃つからだ。

「神話では、パンドラは、魔獣の妻となった女神パーラの昔の名だと」

「あの獣はいつの間にかそこにいた。呼び名もなかったのでな。与えたと言うより押し付けたのじゃ、パーラのたわけが」

「あなたは知っているのですか？　〝神の時代〟の終わりについて」

「さあ？　どうかのぉ。その場にはおったがのぉ」

「教会で話される神話の終わりは唐突です。主神の座を求めたパンドラが神々相手に戦争を起こし――最後には討ち果たされる」

「とっくの昔に終わった事じゃ。人が神の歴史を知って何の意味がある？」

「……相棒の死の訳を知りたいと思うのは、傲慢でしょうか？」

トーリへの警戒を解いた俺が打ち明けた本心。その後の沈黙は何秒ぐらいだっただろう。

年を経た大精霊は、やがて、真面目な声色でこう教えてくれるのだ。

「不名誉な死ではない。誰かにそそのかされたわけではないし、糞《くそ》の役にも立たぬ名誉に目がくらんだわけでもなかった。それは、このトーリが保証しよう」

「十分です。あとは、パンドラを動かす術《すべ》さえわかれば」

その時だ。俺の手を引き続けるトーリが、不意に足を止めた。

何かあるのか？　そう思って視線を回してみても、すぐ近くに墓や建物があるわけではない。振り返ったトーリがまじまじと見上げたのは俺の顔だった。

「にしても、フェイル・フォナフよ。ぬしはあれじゃの、苦学生じゃの」

「――――!?」

予想外の言葉。俺は反射的に手を引っ込める。

過去を盗み見られたことはすぐにわかった。トーリほど強大な死精霊ともなれば、触れた手から俺の記憶すべてを読み取ることぐらい朝飯前だろう。

トーリと手を繋《つな》げば何をされるかわからない――最初からわかっていたことだ。

嫌悪《けんお》感に身体が動いたわけではない。ただ素直に、本当に記憶を読まれた!?　と、初めての経験にびっくりしただけのこと。

「すまぬすまぬ。何がどうなって、パンドラがぬしの『片割れ』になったか、さすがに気になっての」

俺の反応に気分を害した様子もなく、腰の後ろに両手を回してトーリは笑う。

「それで、共通項はありましたか？　俺と神話の魔獣に」

はっきりした返答はなかった。「んふふふ～」と意地悪く微笑《ほほえ》んだだけのトーリ。肩にかかった黒髪を払うと、森羅万象を見通すような余裕たっぷりの表情で言った。

「勝手に覗いた詫《わ》びじゃ。ぬしの疑問に答えてやろう」

願ってもいないことだった。パンドラのことで死精霊トーリにアドバイスをもらえるなら、いくらだって記憶を覗いてくれていい。そのために〝空中墓園〟まで来たのだから。

瞬間、トーリの言葉の行方に死ぬほど緊張した俺は。

「ワシとて、いや、ワシの親たる根源の精霊とて、ぬしの召喚するパンドラは操れぬ」

絶望を誘う内容に膝が折れかけ。

「じゃが――絶対に動かせないわけでもない」

希望を残すニヤリ顔に頭が真っ白になった。「聞いたかフェイル⁉」とシリルに背中を叩かれ、思わず前のめりによろける。

転びそうになった俺を受け止めてくれたのはトーリだった。

「なんじゃなんじゃ。情けない子じゃ」

「いやぁ……ここ何日か、生きた心地がしてなかったもんで」

千年前に死んだという少女の遺体に腐臭はない。花の香りだけがしていた。

一刻も早く答えが知りたくてトーリの両肩を摑《つか》む俺。精霊の顔を覗き込むように問いかけた。

「して、そのやり方とは？」

「そこまでは教えてやらぬ」

ニヤリ顔の即答。逆に俺は、期待に口元が弛《ゆる》んだ顔のまま固まるのだ。

「学生じゃろう？　自分で考えてみよ」

パンドラを動かす目処《めど》が立ったと思ったからこそ、そのまま答えを教えてもらえないことが一際辛《ひときわつら》い。人前だというのに「そんな……」と気落ちした声を漏らしてしまった。

消沈した俺がツボに入ったのか、トーリがくすくす笑い出す。

俺のひたいを人差し指で突っつくと――突然の瞬間移動。

眼前から消え失《き》せ《う》ると、次の瞬間には俺の肩に腰掛けていた。尻の感触はかすかにあるものの重さはない。完全に浮いている。

「フェイル・フォナフよ。答えはぬしの中にあるのだ。ただ思い付いておらぬだけ」

俺が首を振ったその時には——また瞬間移動。

今度はシリルの頭上の空に立って、俺を見下ろした。

「かつて魔法はワシら精霊と一部の獣のものじゃった」

その次はミフィーラの目の前。ミフィーラの顔に手を伸ばし、柔らかほっぺをこねくり回す。

「しかし人もいつしか魔法の力を手に入れるに至り——強く、ひたすら強くなるように発展させてきた。その中で本流を外れた使い方もあるということじゃ」

ミフィーラが一切抵抗しないものだから、トーリのこねくり回しは止まらない。俺に振り返りつつも柔らかほっぺの堪能《たんのう》に忙しいようだ。

「大層なことではない。それに、ぬしらはパンドラを特別視しすぎじゃ。死があるというは、他の生き物と何も変わらない。あれも生き物ということを忘れねば、すぐに思い付くじゃろう」

「…………………………なるほど」

俺はその場の芝生にあぐらをかき、膝の上で頬杖《ほおづえ》をついた。

みっともないぐらいに上半身を崩しながらしばし考える。

——パンドラとて所詮は生き物——

この何ヶ月間か、どうしてそのことに思い至らなかったのだろう？

天を衝《つ》く巨体と古来からの神話に翻弄され、自分勝手に神格化して、相棒そのものを見ていなかった。馬鹿だ俺は。

「……十何年も魔法を学んで、このていたらく……」

村の魔術師だった母さんがまだ生きていた頃を思い出す。

魔法を覚えたての俺は何をしていた？　幾らかは残酷なイタズラだってしたはずだ。未熟な魔法で何ができるか、いつも試行錯誤していたはずだ。

——近所の池に雷撃魔法を流して魚を捕ったり——

——友達を殴ったガキ大将を驚かすために、草むらに隠した大ガエルの死体を時限式の雷撃魔法でジャンプさせたり——

「とんだクソガキだ」

俺が魔法でイタズラする度にゲンコツで叱ってくれた村の大人に感謝の念が湧く。何一つ名物のない貧しい村だったが、お上品に生きているだけでは得られない経験もあった。

「その顔、ちゃんとわかったようじゃな」

思い切り口端《くちは》を持ち上げて俺を見るトーリ。

「土下座してキスしたい気分ですよ」

俺は後頭部を掻《か》きつつの苦笑いだ。突破口を見つけた嬉《うれ》しさだけじゃない。アドバイスがあったからとはいえ、こんなすぐに思い付くとは……なんて気まずさも混ざっていた。

「ふふふふ。今すぐ試してみろと言いたいところじゃが、ここでパンドラは召喚してくれるなよ？　重さに耐えきれんで普通に墜《お》ちるでの」

そしてトーリが墓園の外へとゆっくり視線を移す。俺たち三人もつられて墓園の外を眺め、この時初めて、六面体構造物の砲撃が止《や》んでいることに気付くのだ。

弾切れではない。墓園の周りを飛んでいた召喚術師たちが撤退を始めただけのこと。

「最近の若いもんは不甲斐《ふがい》ないのぉ」

「墓園の砲撃がアホみたいな威力だからですよ。何ですかあれ。ドラゴンの死体をたった何秒かで木っ端微塵《こっぱみじん》とか」

「見ろフェイル。ルールアは墜ちずに済んだようだぞ」

「召喚獣の力で光盾《ホーリーシールド》をブーストさせてたんだろうが、あの砲撃に耐久戦法は無理だぜ」

「……ルールアにできなくて、僕らが成功するとはな」

「命懸けのやり方だったたし、帰ったら先生かサーシャ辺りに怒られそうだけどな」

今さらになって、とんでもない無理難題をやり遂げたことを実感し始めた。

その上、死精霊トーリにも会えて、ボロ雑巾になった甲斐《かい》があるというか……あれこれ上手《うま》くいきすぎて少し怖い。

「さて——」

モチモチほっぺを堪能しきったトーリがようやくミフィーラを解放する。俺たちに背を向けると、墓園中央に向かって一人歩き出した。

とはいえ、ワシに付いて来いとでも言いたげなゆっくりした歩みだ。

「どうせ夕方にはラダーマークの上を通るじゃろうし、それまで空飛ぶ墓園を見ていくがいい。なんならトレジャーハントに挑戦してみるか？　墓に潜る入り口ぐらいは教えてやるぞ？」

疲れ切った俺とシリルは顔を見合わせ、そしてトーリの華奢《きゃしゃ》な背中に苦笑を送った。

「勘弁してください。こちとら、とっくに魔力切れですよ」

「記憶を覗《のぞ》いたならご存じでしょうが、この男、人のものは盗《と》れないのです。おごられることすら、借りを返せないと嫌うのですから」

ちくしょうシリル。余計なことを——しかし、トーリは笑えるぐらい納得したらしい。

「ふはっ！　かっかかっ！」

青空に向かって高笑いすると、わざわざ足を止めて俺たちを見るのだ。愉快という感情が三日月形の目にはっきり表れている。

「清貧というわけではない。貧乏人が妙なこじらせ方をしとるだけじゃからのぉ。だが、嫌いではないぞ」

シリルに肘で突っつかれ。

「いいんですよ俺は、これで。親父《おやじ》が死んだ時からこうなんですから」

俺は口を尖《とが》らせた。外套《がいとう》のポケットに両手を突っ込む。

「金がねえからこそ、施しを受ければ、そういう奴《やつ》と噂《うわさ》される。盗みはもっと悪い。金食い虫の俺を必死に育てた親に、申し訳が立たなくなるじゃねえか」

自分自身に言い聞かせる独り言のようなもの。

それなのにトーリは、俺の小声を拾って言葉を返してくれるのだった。

「ちゃんと優しい子じゃよ、フェイル・フォナフは。蘇《よみがえ》りのないこの世界で、死者に報い続けるには情がいる」

祖父母というものを知らない俺ではあるが……じいちゃん、ばあちゃんがいれば、こんな感じだったのかもしれない。

だから、今日が過ぎればもう二度と会うことはないのだろうが、トーリに会うためだけにまた墓参りに来るのもいい。そんなことを、ふと思ったりもした。

「ライルとロゼルも、親孝行な息子を持ったものじゃ」

久しぶりに聞いた親父と母さんの名前。

〝神の時代〟から存在する死の大精霊が、有名な空飛ぶ墓園で二人の名前を口にしてくれた。それだけでも特別な弔いになったはずで、親父と母さんに直接感想を聞いてみたくなる。

冷たい風が、俺の胸に居座る寂しさを呼び起こしていった。

8. 召喚術師、右手から始める

「どうだフェイル。ちゃんと映ってるか？」

頭上から届いたシリルの声。俺は壁面に投影された景色の映像を確認し。

「バッチリだ！　そのままの高さで頼む！　全体を見ておきたい！」

声の源へと叫び返した。

視線を持ち上げれば、天井にできた大きな裂け目から陽の光が差し込んでいる。そこに動く人影──大鳥を召喚したシリルが、魔法で外の映像を送ってくれているのだ。

昨日は〝空中墓園〟から帰還したばかりということでてんやわんやだった。

破壊光線の雨嵐を突破できずに逃げ帰った連中からは、何十年かぶりの墓園攻略者ということで、出迎えと拍手をもって祝福されたし。

噂を聞きつけた同学年の奴らからは、墓園の宝物《アーティファクト》は持って帰れたのか？　死精霊トーリには会えたのか？　と、飯時《めしどき》に押しかけられて根掘り葉掘り聞かれたし。

俺たちの無茶な突入を見ていたサーシャには、いきなり教室に呼び出されて普通に怒られるし。『あなたたちは命を何だと思っているのです？　あんなことをされたら助けに行けないでしょう？　無理をするにしても、限度というものがあります』床に正座させられてガミガミ言われるなんて、だいぶ昔、母さんにイタズラを叱られた時以来だったかもしれない。

泥のように眠った次の日──つまり今日──俺は、朝からずっとそわそわしていた。ちょうど日曜日で講義もない。朝食後すぐに三人集まると、「魔力は回復したか？」「余裕。久しぶりにちゃんと寝たからな」パンドラを召喚するためにアゴーナ山麓に飛んだ。

無人の大荒野でパンドラを召喚。

そして今。

「フェイル。まだ？　早くして。早く見たい」

「待てって急《せ》かすな。ここ良さそうだ。膜みたいなのが破れてて腕が入る」

俺とミフィーラは、パンドラの頭の中にいる。比喩などではない。実際に頭蓋骨の割れ目から内部に潜り込み、巨大な灰色の脳みそを踏んでいるのである。

もともとは頭蓋いっぱいに脳が詰まり、人が入れる空間なんかなかったはずだ。最高神ゼンの雷鎚《いかづち》で頭を砕かれた瞬間、脳髄もだいぶ蒸発したのだろう。パンドラの頭蓋骨内にできた空間は、教室の半分ほどの広さ、高さは十メジャールもあった。

割れ目から差し込む陽光だけでなく、ミフィーラが映像投射用の光球を二つ浮かべてくれているから、割と明るい。

「つっても、さすがはパンドラ。普通の生き物とはだいぶ違うな。人間が頭割られりゃあ、この辺全部、血の海になりそうだが」

「ちょっと柔らかいセメントみたい。あんまり脳みそっぽくない」

パンドラを操作するにあたってまず発生した問題は、視界に関するもの。

俺がパンドラの頭に入ったら、外を見ることができなくて、操作に支障をきたすことがわかったのだ。しかし、これはすぐに解決した。

シリルが召喚した鳥の視界を映像で出してしまえばいいのである。

学位戦の中継と同じやり方だ。映像投射の魔法は俺たち全員が使えたし、パンドラの頭蓋の壁面がちょうどいい大スクリーンになった。

「フェイル！　まさかもう動かしてるのか⁉　指がちょっと動いたんじゃないか⁉」

「まだだ！　期待しすぎで見間違えてるだけだぞ！」

光沢のない白壁に映し出されているのは——上空からみたパンドラの姿。この何ヶ月かうんざりするほど見続けてきた、動かないパンドラの姿だった。

「三、二、一で合図する！　集中するから、ちょっとだけ時間くれ！」

「わかった！　終わったら紅茶で乾杯しよう！　嫌でも飲んでもらうぞ！」

「成功したらな!」

そして俺は、ミフィーラに見守られる中、パンドラの脳みそに両膝をつく。

「悪いな相棒。少しくすぐったいぞ」

そう呟《つぶや》きつつ、分厚い膜が破れた灰色の肉に両腕を突っ込んだ。

……冷たいな……。

埋まるのは肘までだ。俺は長く息を吐き、肺の中を空っぽにした。鼻から空気を吸い込むと、パンドラの臭《にお》いがする。ほんのり鉄っぽい臭いだった。

結局——雷撃魔法こそが今のパンドラを動かす唯一の方法なのだろう。

動物が電気信号を使って身体《からだ》を動かしていることは、医者や学者の間じゃあ、結構昔から知られている。雷撃魔法の魔術書だったか、俺も子供の頃、何かの本で読んだことがあった。

とはいえ、脳みそ自体に未解明な点が多く、脳のどこにどう電気を流せば身体が動くか、確立した研究はまだない。だから盲点だったのだ。

「フェイルがんばって」

「わかってる。俺にしかできないことだからな」

シリルやミフィーラの雷撃魔法では、パンドラが反応することは絶対ない。

だが、俺であれば――『片割れ』として魔獣パンドラの死体と深く繋《つな》がった俺であれば――パンドラの身体が動く雷撃魔法の撃ち方を、感覚的に摑《つか》めるかもしれなかった。

…………………………。

「三！」

魂がないなら、俺がパンドラの魂になればいい。

「二ぃ！」

生前どおりの動きはできなくとも、山のような巨体が動けば、それだけで最強だ。

「一っ！」

次の瞬間、俺が全神経を集中させて撃った雷撃破《サンダーボルト》。パンドラの脳神経に入り、次から次へと神経を伝っていくのがはっきりわかった。

これこそが深く繋がっているということ――俺の脳みそを極小のムカデが這《は》い回《まわ》るような感じがしたのだ。

ムカデを操っているのは俺。ムカデの感触を気持ち悪く思っているのも俺。

ならば、ムカデを腕の筋肉へと差し向けることだってできる。迷路のような神経のどこをどう走ればいいかも、なんとなくわかった。

「これ、で――どぉ、だあっ！」

思わず声を出した俺。そのまま睨《にら》み付《つ》けたのは、頭蓋の壁面を光らせる映像だ。

——パンドラの右手が動いていた——

まずは五本の指が固く握られ、巨大な握り拳がゆっくり空に掲げられる。

「フェイル！　腕が！　パンドラの腕が動いてるぞ！」

シリルの慌てふためいた声。

ミフィーラも呆然《ぼうぜん》と壁の映像を見つめるばかりのようだ。

そして俺は、今さらになって気付くのだが……雷撃魔法を長く撃ち続けるのは結構辛《つら》い。

9．召喚術師、雷蜘蛛《ぐも》の魔術書を知る

「ダぁーメだぁ！　やっぱ無理！」

たまらず尻もちをついた俺。犬のような荒い呼吸で酸素を求めつつ、天を仰いで目を閉じた。滝のような汗が目に入ってきて目蓋《まぶた》が上がらない。

「ドラゴンや精霊じゃねえんだ。そんな三十分も、雷撃破《サンダーボルト》なんか撃てるかよ」

魔術師服を脱いで『耐久雷撃破《サンダーボルト》』に臨んだのは正解だった。腕立て伏せとスクワットを一秒も休むことなく同時に行う感覚だ。ある一点を超えると一気にキツくなって、息が上がり、全身の毛穴から汗が噴き出すのである。

黒のタンクトップと綿のズボンが汗を吸ってベタベタだ。たかが思い付きで俺自身の限界に挑戦してみるんじゃなかった。せめて着替えぐらい持ってきておけばよかった。

午前の講義を終えた昼食後。

学院の校舎一階にある魔術練習室。

ドラゴンが三匹寝そべられるぐらいに広く、やけに天井が高い円形空間は、二千度を超える猛火にだって耐えられるように総耐熱レンガ造りである。下は硬い白土の床。

魔術練習室を使っているのは俺たち三人だけ。

大迫力の放電現象を離れた場所から眺めていたシリルとミフィーラが、俺のところにやって来て言うのだ。慰めのような言葉を。

「五分二十秒は、普通に凄《すご》いと思うけど」

「出力を抑えたとはいえ、雷撃破《サンダーボルト》はそれなりの大魔法だ。並の魔術師なら一分で魔力が枯れる。五分もパンドラを動かせるんだ、十分じゃないか?」

それで俺は吐き捨てるように言い返した。

「馬鹿野郎。指一本を五分動かしてどうする」

ヨロヨロと立ち上がって、足下に投げてあった魔術師服を右肩に引っかける。

「立って、走って、ぶん殴らにゃあ、お話にならん。全身を動かすとなると、雷撃破《サンダーボルト》を何発も同時使用する羽目になるし、今の感じだともって十秒ちょっと。パンドラが立っただけで、からっけつだ」

「それで三十分三十分言ってたのか」

「サーシャの大天使に一発くれてやるぐらいはできるからな、一分動ければ」

「できるか? 速いぞ、セシリアは」

「シリルが近接格闘を教えてくれりゃあいい」

「パンドラでボクシングをやるつもりか。それは見物だな」

と――次の瞬間、魔術練習室の両開き扉が開け放たれ、大勢の男がゾロゾロ入ってきた。

「精が出るじゃねえかぁ貧乏人。金のねえ奴《やつ》ぁ、たかが魔法の練習で汗をかくのかよ」

今日も今日とて特徴的なアヒル頭が馬鹿っぽいベルンハルト・ハドチェック、そしてその取り巻きたちだ。

俺のついさっきまでの苦行も知らないで、散々好きなことを言ってくれる。

「墓園攻略者様だろうがぁ。墓の宝物《アーティファクト》を売っ払えば一財産築けるんじゃねえかぁ？　――あ。何も持って帰れなかったんだったか。ひゃはっ！　ざぁんねんだったなあ！　せっかくオレ様が高値で買ってやろうと思ってたのによぉ！」

ベルンハルトが両手を広げた瞬間、それに合わせて大笑いし始めた取り巻きたち。

ついこの間シリルの激怒を買ってだいぶ大人しくなっていた馬鹿どもだが、〝空中墓園〟を攻略した俺たちへのやっかみ一つで復活を遂げたらしい。

ここ何日か、いちいち突っかかってきてうざったいことこの上ない。

とはいえ――

「午後一の試合のウォーミングアップか？　がんばれよ」

俺は、誰一人相手にすることなく、開きっぱなしの出入り口へと向かうのだった。シリルに「わからせておくか？」と提案されても、「言わせておきゃあいい」と鼻で笑う。

「クソ坊ちゃんなんぞに付き合ってられるか。それよりも電撃の持続時間だ。何かしら手立てを考えねえと。さすがに雷撃破《サンダーボルト》三十分は、人間業じゃねえ」

「威力はいらない？　フェイル、凄く弱く撃ってた」

「神経の最短距離を選べば、百分の一でも十分だろうな」

「フェイルも無茶を言うものだ。それはもう雷撃破《サンダーボルト》じゃないぞ。そこまで魔力を絞ったら、そもそも発動自体しないだろう？」

「だから困ってんだ。そうは言っても、雷撃破《サンダーボルト》が一番楽に出力調整できる。電属性は、無駄に魔力喰《く》いやがるからなぁ」

シリル、ミフィーラと会話しながらの退出。ベルンハルトの自尊心を傷付けただろうが、知ったことか。不機嫌なお坊ちゃまに殴られるのはどうせ取り巻きの誰かだ。

俺たちは誰一人振り返ることもなく——ベルンハルトの馬鹿がどんな顔で俺たちを見送ったのかも確認しないで——魔術練習室を後にする。

廊下には晩秋の陽が差し込んでいた。

「二人はこれからどうする？　学位戦でも見学しに行くのか？」

「今日のメンツなら別にいいだろ。それより〝封印魔法学〟の課題をやらにゃあ」

「それもそうか。封印解除は、時間がかかるものな」

「シリルとミフィーラはどんな封印模型をもらったんだ？　俺は最っ悪。アゾートン遺跡の入り口の奴」

「それは、フェイル……同情を禁じ得ないな」

「封印の数が一番ヤバい奴。今日中に解除できるの？」

そんなことを喋《しゃべ》りながらダラダラ歩いていると、不意に。

「フェイル君フェイル君」

力のない細い声に呼ばれて三人一緒に振り返った。

太い柱が立ち並ぶ開放廊下を小走りしてきたのは、長い白髪を後ろで結んだ痩軀《そうく》の初老男性であり——顔を見なくても、赤黒色の魔術師服から即座に教師だとわかる。

「ちょうどよかった。三人を探してたんだ」

〝高位魔術学〟の先生だ。俺たち一年生の学年主任も担当しており、学位戦の連絡調整、諸々《もろもろ》の生活指導と、何かと学生と接点が多い人だった。

俺たちは足を止めて先生を迎え。

「次の学位戦の日程が決まったから、伝えておこうと思って。三日後にね、ルールア君たちと」

突然の知らせに顔を見合わせる。

学年二位との試合に心がざわめかないわけがなかった。

「まあ、とにかくね。変な怪我《けが》をしないようにね。特にフェイル君は、変なことしがちだから」

見るからに体力がないのに走ってきたからだろう。気だるげなため息を吐《つ》いた先生は、気弱な笑みで俺を見るのだ。

「フェイル君の即効召喚と『あの虫たち』なら、結構良い線行くんじゃないかな」

業務完了とばかりに踵《きびす》を返そうとする。

咄嗟《とっさ》、俺は一つ思い付いて、「先生。ちょっとお聞きしたいことが」先生を呼び止めた。

振り返った先生の声は少し嬉《うれ》しそうだ。

「質問？　いいねえ、真面目だねぇ。君たちかルールア君たちぐらいだよ、ボクにちょくちょく質問してくれるのは」

「あの。講義のことじゃあ、ないんですが」

「え――？　弱ったな……妻とはお見合いだったし」

「恋愛相談じゃねえです。実は、魔力消費の薄い電撃魔法を探してまして」

一瞬困ったような顔をした先生だったが、俺の質問が魔法に関することでホッとしたらしい。腕を組むと、俺の質問の意図を少し考え、こう提案してくれる。

「雷撃破《サンダーボルト》の出力を絞ればよくない？」

「もっとなんです。もっと魔力を使わなくて、精密操作ができて、可能なら複数のターゲットを一度に狙える電撃魔法が理想なんですが」

「……また何か企《たくら》んでるの？　電撃魔法限定なんでしょう？」

俺は言葉を返さなかった。先生に警戒されていることに苦笑しただけだ。

「やめてよぉ？　フェイル君が突拍子もないことをする度、教員会議が紛糾するんだから。この前のサーシャ君を脱がそうとしたアレ、学院長が創意工夫の範疇《はんちゅう》って認めてくれたからよかったもののぉ。サーシャ君強すぎるから、気持ちはわからないでもないけどねぇ」

しかし、そうぼやきながらも先生は俺たち学生の味方で、結局はちゃんと考えてくれる。

「で？　なんだっけ？　軽くて、操作性があって、複数狙える電撃魔法だっけ？」

「はい。威力は雷撃破《サンダーボルト》の百分の一でもいいんですが」

「変な魔法探してるんだねぇ。でも、ボクの技術の中にはないかな、そういうのは」

「そう、ですか」

「そういう時はね、風精霊を頼るんだよ。電気は彼らの管轄だ。力のない若い風精霊でも、電気の形態変換ぐらいはやってくれるだろう」

「それが、俺が直接使わないと意味がなくてですね。別の存在に間に入られると困るというか――」

「注文の多い子だなぁ。ちょっと待ってよ」

腕組みをした先生が天を仰いで前後に揺れ始めた。講義中も時折見せてくれる、本気で考える時の仕草だ。やがて揺れが収まると、先生は俺と目を合わせた。目尻に刻まれた深い皺《しわ》、血の気の薄い細面《ほそおもて》が、妙な説得力を醸《かも》し出《だ》している。

「フェイル君は、トルエノって大蜘蛛を知ってるかい？」

「いえ」

「電気そのもので巣をつくる世にも珍しい怪物だ。一度巣を張ると、それはなんとひと夏もつらしい」

「糸が帯電してるとかではなくてですか？」

「トルエノの巣がある渓谷はドラゴンの飛翔《ひしょう》地でもある。耐電性を持つドラゴンだけが巣を素通りできるよう、実体のない電気で巣を張るようになったそうだよ」

俺は、先生が何を言っているか理解できず――いや、言葉の意味はちゃんとわかるのだが、発言の意図を掴《つか》むことができず、「はあ。なるほど」と生返事だ。

一瞬不安にはなったが。

「その大蜘蛛《ぐも》の名を冠した、トルエノックシオンという魔術書を昔見たことがある。糸状の電撃を大量に放つ魔法だったかな。電撃の一つ一つが相当に非力で、ただの手品じゃんって思ったんだけど……魔術書自体は学院も所蔵してないし」

それはまさしく俺が知りたかった情報であった。興奮と尊敬に口端《くちは》が持ち上がって、自然、口元は弛《ゆる》んでいるのに目を剝《む》いた失礼な笑みが生まれている。

「ふふふ。その顔、教師の役目は果たせたようだね」

10. 召喚術師、終焉《しゅうえん》の酔客に困る

「若鶏《わかどり》の衣揚げ一丁！　熱いんでお気を付けて！」

揚げ物が盛られた大皿をテーブルに着地させると、「来たぁ！」木製ジョッキを握った男どもが盛り上がった。次々とフォークが刺さり、すぐさま「ぷは——やっぱここの鶏は美味《うめ》え。酒に合いすぎんだ」とジョッキの麦酒《ビール》までもが空になる。

「兄ちゃん。麦酒、人数分。なる早《はや》で持ってきてよ」

「あざっす！　オーダーいただきましたぁ！」

空ジョッキと空皿を掻《か》き集《あつ》めた俺は、お客でごった返すホールをすり抜けて厨房《ちゅうぼう》へと。

「八番卓、麦酒六つ入りました！　一番卓の水割りすぐ出ます！」

「フェイル！　こいつも持ってけ十一番だ！」

「うっす！」

「あいつら面倒な料理注文しやがって！　割増料金にしといてやる！　それとフェイルっ、イリーシャの奴を呼んでこい！　ジジイどもが文句言うようなら、テーブルに包丁突き立てとけ！」

「うっす！」

息つく暇もないほどの忙しさ。

俺は酒と料理を配り終えると、常連の老人五人に捕まって席に座らされていた茶髪巨乳の美人——イリーシャさんの腕を捕まえて引っ張り上げた。

「申し訳ないです。お時間ですんで、お嬢引っ込みまーす」

ほとんど毎日顔を見る赤ら顔の老人連中に愛想笑《あいそわら》いを振り撒《ま》くが。

「フェイル！　おめっ、誰の許可取って、イリーシャちゃん連れてくつもりじゃ⁉」

「後生じゃあ。やめてくれぇ」

案の定、エロジジイどもからは不満の声が上がる。

即座、テーブルに握り拳を叩《たた》き付《つ》けた俺。

「うるせえ！　看板娘のケツばっか触ってねえで大人しく飲んでろ！」

それで五人の老人は借りてきた猫のごとく大人しくなる。まるでイタズラを叱られた子供のように、テーブルの上で顔を突き合わせた。

「怖い。怖すぎるぞ。フェイルの奴《やつ》、親方二号じゃ」

「うちらのカミさんが怒るのを許可してからじゃな。あれからフェイルは変わってしもうた」

「春、店に入ってすぐの頃は、わしらにも優しかったのにのぉ」

　俺は老人連中のテーブルに何枚かあった空皿を回収しつつ、「もうすぐ奥さんたちが迎えに来てくれるんでしょう？　イリーシャさんにデレデレしてたら、また引っかかれますよ。この前、ひどい目に遭ったばかりじゃないすか」とため息だ。

　老人たちの席を後にすると、「フェイルくん。見て見て」イリーシャさんが嬉しそうに、胸元の開いたエプロンドレス——剝き出しになった胸の谷間を見せてくる。

「お小遣いもらっちゃったぁ♪」

　イリーシャさんが乳房を開けば、銅貨が二枚、肉に埋もれていた。

　俺は眉間にしわを寄せるしかない。

「仕事してください。親方、キレてますよ」

「はーい」

　俺がバイトしている〝大衆酒場・馬のヨダレ亭〟は今夜も大盛況だ。もうだいぶ夜も更《ふ》けたっていうのに、お客が減る気配が一切ない。怒号のような談笑が飛び交い、酒と油と仕事上がりの中年男たちの臭いが充満していた。

　イリーシャさんもホール仕事に戻ったし、俺は厨房で親方を手伝わにゃあ——そう思って早歩きになった瞬間だ。

「店員さん。ちょっといいかい？」

ぼそっとした声に呼び止められて。

「はい！　おうかがいします！」

威勢よく首を回した。

俺を呼んだのは、店の隅でひっそりと一人飲みをしていた三十そこらの痩せぎす男で、ポケットだらけの草色の外套《がいとう》がいかにも旅人風だ。交易都市ラダーマークに旅人など珍しくもないのだが。

「店員さんはこの街で生まれた人？」

「へ？　……いえ、外から来た学生ですが」

「そうかぁ。ならよかったねぇ。街を捨てて逃げたって、何の後腐れもないもんねぇ」

男は頬杖《ほおづえ》をついて店で一番強い酒を飲んでおり、どろりとした眼《め》で俺を見上げた。

俺は——何言ってんだこいつ——とは思いつつも、お客を無下にもできない。「はあ」と相づちを打ってから、できるだけ小さな愛想笑いをつくった。意味のある言葉は返さない。面白くない奴と思って早々に話を切り上げてくれたら御の字だった。

だが男は、俺の心中などおもんぱかることもなく、勝手に話を続けやがる。

「知ってるかい？　もうすぐこの街に破滅が来る。神々の意志が、怒りが、すべてを呑《の》み込むんだ。誰も逆らえない」

「はあ」

「これは秘密なんだがね。破滅の鍵は、この私が握っているんだよ。アレを手にした時、確かに神の声を聞いたんだ。それでこの街に来た。終焉を望まれる神の使徒なんだ、私は」

「なるほど」

「今はね、贄《にえ》を選別している。アレに喰《く》わせる聖なるもの――どうせなら、できるだけ古く、清らかな方がいいからね。目星はつけてあるんだが、まずは使命を邪魔する者どもの目を欺かなければならないんだよ、私は」

「そりゃあ大変そうだ。こんなところで飲んでて大丈夫なんです？」

　違和感はあった。どこかで聞いたことがあるような話、誰かが何かを探している話……俺は記憶の中を漁《あさ》ってみるが、すぐには思い出せない。本気で考えれば出てくる気もしたが、酔っ払いの与太話にそこまで頭を使うのもどうかと思う。

　とはいえ……。

「店員さんにいいことを教えてあげよう。空に銀色が見えたらすぐ逃げることだ。終焉は『美しき者』から始まる。走って間に合うかどうか、知らないけどねぇ」

酔っ払いの与太話がやけに具体的で、興味をそそられたのも事実だ。

「フェイルっ‼　客とくっちゃべってねえでとっとと料理作れ‼」

厨房から顔を出した親方に怒鳴られなければ、俺から男に何か尋ねていたかもしれない。

「はい！　すみません親方！」

強い叱責にびっくりした俺は——仕事中だぞ。ちゃんと働け——と気を取り直す。

営業スマイルでヘコヘコ頭を下げつつ、いつまでも注文する気のない酔っ払いから離れるのである。

「すみませんお客さん。ちょっと、親方に呼ばれましたんで」

不確定な世界の終わりよりも、まずは今日の仕事だ。明日だって必ず腹は減るのだから。

11．召喚術師、昼下がりを姫と行く

無名どころの魔術書を探すのに、一般向けの大型古書店は意外な穴場だった。

魔術書にはカタグマータ文字という特異な古代文字が用いられる。今の時代、カタグマータ文字を読めるのは魔術師か召喚術師ぐらいなもので、彼らの死後、大量の蔵書の取り扱いに困った家族が、一般書籍とまとめて大型古書店に売りに出すケースが結構あるのだ。

大型古書店は魔術書が高値で売れるものだから専門店に流すこともなく特設コーナーを作るのだが、マイナー魔術書はそれでもひたすら売れずに不良在庫となっていく。

事実、俺も、三年探した魔術書が街の大型古書店で普通に売られていることに驚愕《きょうがく》したことがあった。

そして、〝トルエノックシオン〟である。

高位魔術学の先生から話を聞いたその日に魔術書専門店に走ったが、見つけることはできなかった。馴染《なじ》みの店主にもそんな本は見たことがないと言われ——だから俺は、ダメ元で交易都市ラダーマーク中の大型古書店を巡っているのである。これが駄目なら個人経営の古書店だ。

「……ねえなあ……」

魔術書コーナーの端から端を眺め見て思わず呟《つぶや》いた俺。

先生の記憶では黒色の表紙だったらしいが、魔術書にとって黒は大人気色だ。結局書名を確認するしかないから、俺は天井までそびえる巨大な本棚をもう一度見始めた。

頭を掻きながら背表紙を読んでいたその時。

「あの――少し、お尋ねしたいことが」

突然のか細い声。

見れば、白いフード付きコートの少女に話しかけられている。

顔は見えない。目深《まぶか》にフードを被《かぶ》り、しかもうつむき気味に身体《からだ》を縮こめているからだ。

「はあ。なんでしょう？」

俺は、どうして話しかけられた？　そう思って辺りを見回すが、見える範囲のどこにも店員の姿はなかった。ちらりと見えるカウンターにもだ。

合点《がてん》がいった俺は、いかにも遠慮がちな少女の頭を見下ろし、彼女の問いかけを待つ。

そして、意を決したように紡《つむ》がれた「少女漫画家の、リーフリズ先生のサイン会は、どこでやっているのでしょうか？　タバサ書店で今日あると聞いたのですが」という言葉に本気で首を傾《かし》げた。

「サイン会だあ？」

おっとしまった。いきなり意味がわからなすぎて、ついいつもの話し方が出てしまった。こんな気弱そうな少女に使ったら、絶対に萎縮させてしまうのに。

俺は口元を右手で覆って本気で考える。

ビクリと肩を震わせた少女に申し訳ないと思ったからだ。きっと、本当に困ったから、意を決して俺に話しかけたのだろう。すぐに思い付いた。

「それはきっと新刊本を扱ってる店の方でしょう。同じタバサ書店でも、古本と新刊と、別々の店でやってますからね」

少女の頭を覆うフードがかすかに動いた。

結果として、彼女は俺の言葉の内容にうなずいたわけではない。俺の声自体に気付くところがあったのだ。

「フェイル・フォナフ」

「サーシャじゃねえか」

パッと目の前に現れた美貌に驚いたのは俺の方。

別人と見間違えるわけがない。白金色の髪、紫色の瞳、女神パーラの再来と他国の吟遊詩人にまで歌われる美貌が、サーシャの他にあってたまるか。

豊かな長髪を白フードの中に収めたサーシャ・シド・ゼウルタニア。俺を見上げるキョトンとした顔には、いつもの威厳たっぷりな気品ではなく、年相応の幼さがあった。

「どうしてあなたがここに……」

「普通に魔術書を物色してる。つーか、そりゃあこっちのセリフだ。誰かと思ったぜ」

「ふ、フードで、あまり前が見えていなかったから――」

「そうか。まあ、なんにせよ良かった。これが学院生以外の誰かだったら、お前さんがサーシャとわかった瞬間、卒倒してただろうよ」

「馬鹿な。王族だからと、街に出てはならないということはないはずです」

「……お忍びか？」

「……はい……」

ひそめた声と辺りをうかがうような視線。それで俺も自然と小声で話す形になる。

「ガラにもないことを言ってたじゃねえか。少女漫画とか、サイン会とか」

「それ、は――」

意地悪をするつもりなど毛頭なかったが、気になったことを素直に聞いたらサーシャが顔を曇らせた。すぐさま「悪い。誰が何を好きかなんて、他人に口出しされることじゃねぇよな」と謝罪する。

「新刊売ってる店の場所は調べてきてるのか？」

するとと小さく首を横に振ったサーシャ。それだけで、フードの中の白金髪が、彼女の甘い香りを振りまくのだ。

今日のサーシャは気味が悪いぐらいにしおらしい。賢王と名高いシド王の三女で、学院の運営にも携わる王族で、いつも俺たちを軽くあしらう学院最強の召喚術師はどこに行った？

俺はさっきの失言の詫《わ》びとばかりに、こんなことを言うのである。

「俺が連れて行っても大丈夫か？　変に迷うよりはマシだと思うが」

それでサーシャの顔色は全快だ。

「魔術書はいいのですか？　わざわざ日曜日に街に出たのでは？」

そうは言うが、再びフードを目深に被り、今にも走り出しそうな雰囲気だった。

俺が歩き出すと、妹か恋人のようにぴったり身を寄せて付いてくる。こいつマジか、距離感近すぎだろ――しかし俺は口に出さなかった。普段どおりを意識しつつ苦笑する。

「別に、バイト前の時間で本屋回ってただけだ。今日はだいぶ早くに寮を出ちまってな」

「本当に幸運でした、フェイル・フォナフに会えて」

「ったく。仲間の一人ぐらい連れて歩いてくれ。誰だってサーシャが頼めば付いてきてくれるだろ。……あいつらが入り組んだ下町を歩けるかは、微妙だが」

大型古書店を出ると――個人商店や民家が立ち並ぶ細い道ばかりを抜けて、最短距離でもう一つのタバサ書店へと向かう。サーシャは物珍しそうにキョロキョロしていたが、多分、この道を彼女が使うことは二度とないだろう。

一人の物乞いもいない、こざっぱりした小道。

〝シドの国〟という大国は古来より、救貧院や無料病院、職業訓練所と、民草に寄り添うことを良しとしてきたのである。貧富の差こそあれど犯罪率の低さは八大王国トップクラスだ。こういった比較的安全な路地も、サーシャの親父《おやじ》さんやご先祖様、温厚質実な王族たちがもたらした恩恵の一つだった。

「うげ……ちょっと、凄《すげ》ぇことになってんな……」

「ど、どうしましょう？　今から並んで、間に合うでしょうか？」

三階建てのタバサ書店が見えてくると、明らかにいつもと違う様子。行列が店の外にはみ出すどころか、隣三軒の商店を超えて伸びている。

不安げなサーシャを見ていられなくて、俺は「あの。なんとか先生のサインって、まだもらえます？」最後尾で行列の整理をしていたタバサ書店の店員に話しかけた。

「ギリギリ大丈夫だってよ。サインしてもらう前に本を買うところがあるから、そこで最新刊を買ってくれって」

「本当ですか⁉　ありがとうございます！」

俺を見上げて普通の町娘のごとくパッと華やいだ美貌。思わずときめきそうになったが

――こいつは俺たちを無慈悲に叩《たた》き潰した女――そう思うことで平静を保った。

サーシャを行列の最後尾に並ばせたら俺の役目も終了。

「それじゃあな。ちゃんとサインもらえるといいな」

しかし――――なんとなく振り返ったら、人混みの端っこにちょこんと立つサーシャが

なんだか痛ましくて見ていられなかった。自然と舌打ちが出た。

「ああ、もう。しょうがねえな」

強く頭を掻《か》きながら行列に戻る。

「付き添いで俺も並んでやる。世間知らずを一人残したとあっちゃ、夢見が悪くなるぜ」

即座に「世間知らずではありません」なんて言葉が返ってきて、俺はそれを鼻で笑った。

「別の店にサインもらいに来た奴《やつ》がよく言う」

「……アルバイトはいいのですか？」

「今日は夜からだ。時間が来たら勝手に行かせてもらうから、気にすんな」

そして俺たちはしばし無言。

特別仲の良い間柄じゃない。シリルやミフィーラみたくふとした沈黙が苦にならない関係じゃなく、バイト先のイリーシャさんみたくなんでもない世間話で笑える関係でもなかった。

たった三十秒間の沈黙すら苦痛に感じた俺は、わざわざ話題を探す。

「……漫画とか、読むんだな」

「いけませんか？」

短く冷たい返答。俺は——この野郎——と、ちょっとイラッとしてしまう。大喧嘩《げんか》中のカップルじゃねえんだからもうちょっと愛想《あいそ》良くしてくれ。

「他意はねぇよ。俺はそういうの読まないから、どういうもんか知らなくてな。作者、リーフリズって人だっけ？　どんな漫画なんだ？」

苛立《いらだ》ちを抑えて穏やかに語りかけた俺の勝利だ。大きなフードで顔を隠したままのサーシャが、「……恋愛漫画です。薬売りの女の子が、戦場で王子と出会い、次第に惹《ひ》かれあっていくという」多少警戒しつつも会話に乗ってきた。

俺はそっぽ向かれる可能性も覚悟しつつ、サーシャを軽くあおってみる。

「ファンタジーだねぇ。王子なんてレアもの、そこらに転がってるものかよ」

「そんなことはありません。お母様——こほんっ。今のシド女王だって、元は零細貴族の出身ではありませんか。運命のイタズラは絶対あるのです」

「まあ、主人公が薬売りというのは良いと思うぜ？　やっぱ人間、堅実に生きにゃあな」

「アカシャはあなたみたく口汚くはありませんよ？　フェイル・フォナフ」

そして俺とサーシャは、同じタイミングで軽く笑った。

その直後、緊張をほどくような小さいため息を吐《つ》いたサーシャ。

「頑張り屋さんなのです、見ていて心配になるぐらいに。私だってこんなに夢中になった漫画は初めて……薬を届けるために吹雪の中を進む話なんて、本当、代わってあげたくなったんですから」

「くははっ。そりゃあお前さんなら、マイナス百度だって余裕だものな――痛《い》って」

率直な感想を考えなしに口にしたら、脇腹を軽く肘で突かれた。とはいえ今のは完全に俺が悪い。むしろ肘打ちしてくれて助かった。気まずい雰囲気にはならなかったから。

「お貸ししますから一度読んでみてください。あなたなら――アカシャに親近感が湧くかもしれません」

「召喚祭が終わったらな。ちょっとバタバタしててよ」

「……また悪巧みですか？」

「どうだろうな。今回のはちょっと、人によって見方が変わるかもな。姑息《こそく》と怒る奴もいれば、力業と笑う奴もいるかもしれん」

「意味がわかりません。大丈夫なのですか？」

「知らねえ。学位戦のレギュレーションにゃあ一切触れてねぇが、教会の方がな」

俺がそれだけぼやけばサーシャには大体伝わったようだ。「なるほど……それがあなたの『片割れ』……」と、納得したように小さくうなずいてくれる。

「本当にフェイル・フォナフらしいと言うか——でも、気に病むことはないのでは？ どんな召喚獣でも、学院が否定することはありませんよ？」

「せいぜい暴れさせてもらうさ。どうせそれしか能がねえ」

どのレベルの怪物かは知らないが……教会という言葉からサーシャが想像したのは、十中八九、悪魔型の召喚獣だろう。まさか俺の『片割れ』が、神々を殺し、最高神ゼンとやり合った〝終界の魔獣・パンドラ〟だとは思い付きもしまい。

「でも、やっと『片割れ』と上手《うま》くいくようになったのですね」

俺のことを思ってどこか嬉《うれ》しそうにそう言ったサーシャを騙《だま》しているようで、少しばかり心が痛んだ。「まあな」と呟《つぶや》くなり腕を組んだ。

「『片割れ』なしでもルールアたちに善戦したのですから、召喚祭はもしかするのでは？」

つい四日前の敗戦を話題に上げられ、俺は苦笑するしかない。

確かに学年二位のルールア・フォーリカーに善戦はしただろうが、納得できる負けじゃなかった。ていうか見てたのかよ。

「前回のあれはシリルが強かっただけだ」

「ルールアの白竜を抑えたのは、あなたとミフィーラです」

「抑えきれなかったから負けた。魔法戦に持ち込まれた時点で、とっとと逃げるべきだったよ」

今思い出してもかなり悔しい。正直、普通に勝てる試合だったのだ。終盤まで俺たち有利の展開がずっと続き、最後の最後で捲《まく》られた感じ。

「ルールアの方もギリギリだったはずです。シリル側の突破がもう少し早ければ、というところでしょうか?」

「なんでもかんでもシリルの攻撃力に頼るのが悪いクセだ。うちのチームはあからさまに穴がでかいし、崩される時はそこから崩される」

穴という言葉に反応してサーシャがくすっと笑った。

「フェイル・フォナフの召喚獣が貧弱?」

隠すような話題でもない。口端《くちは》を持ち上げた俺は、自嘲するように言う。

「知れ渡ってるからな。一年どころか、学院中に」

「でも、ただで転ぶあなたではないのでしょう？　誉れ高き召喚祭に出るのですから」

「……まあな。勝ったり負けたりはあったが、出場権は手に入れたからな」

召喚祭――毎年十二月に行われる、学年五位までの、三学年、十五チームでの勝ち抜き戦。敗者復活のない過酷なワンデートーナメント。

とある一年生が上級生に挑んだ野良《のら》試合が発祥らしいが、三百年経《た》った今では学院を挙げたお祭りだ。優勝すれば実技成績一位が確定するし、副賞で幾らか賞金も出たりする。

「あとは当日、見てのお楽しみだ」

「楽しみです、どんな形で約束が果たされるか」

約束？　何のことだ？

一瞬本当にわからなかったが、記憶を掘り返すと――すぐさまサーシャ・シド・ゼウルタニアの裸が出てきた。薄い湯浴み着が一枚張り付いただけの姫様の裸。巨乳で、適度に肉の付いた腰回りと太ももがやけにエロい……。

風呂《ふろ》場での邂逅《かいこう》を思い出した俺は、あの時の裸女が隣にいるんだなとしみじみ感じつつ、フードに隠れたサーシャの頭を眺めるのだ。

そういや……召喚祭で待ってろとか啖呵《たんか》切ったなぁ……。

「まあ見てろ。さすがのお前さんも、結構驚くと思うから」

ファンタジア文庫の最新情報が満載！
ファンタジア FANTASIA チャンネル CHANNEL
2022 2
決戦の時、迫る――。
ひねくれヒロイックファンタジー第20弾!!
ロクでなし魔術講師と禁忌教典《アカシックレコード》 20
著：羊太郎 イラスト：三嶋くろ
注目新作
ゲーム知識で鬱フラグを破壊し、あり得ない最高のルートへ邁進！
鬱ゲー転生。
知り尽くしたギャルゲに転生したので、鬱フラグ破壊して自由に生きます
著：穂積潜 イラスト：希望つばめ
ファンタジア文庫
毎月20日発売!
公式HP https://fantasiabunko.jp/
〒102-8177 東京都千代田区富士見2-13-3

ドラゴンマガジン3月号

王道ライトノベル誌
ドラゴンマガジン
3月号
好評発売中!
電子版も配信中!
奇数月30日に最新号を配信
斉藤朱夏
グラビア&インタビュー
表紙&巻頭特集
「VTuberなんだが配信切り忘れたら伝説になってた」
「かまって新卒ちゃんが毎回誘ってくる」
「じつは義妹《いもうと》でした。」
「動画サイト」をきっかけに生まれた
最新型の人気作品を大フィーチャー。
ファンタジアの次世代を担う
ホットな作品たちをお見逃しなく!
メディアミックス情報
2022年4月TVアニメ放送開始!
▶デート・ア・ライブⅣ
▶史上最強の大魔王、村人Aに転生する
無病息災
立身出世
交通安全
金運上昇
今年もヒロインたちが幸せをお届け!
ふろく1
開運!
2022ファンタジアヒロイン
OMAMORIカード
ふろく2
VTuberなんだが
配信切り忘れたら伝説になってた
／斉藤朱夏
ビッグサイズポスター
イラスト／塩かずのこ、千種みのり、つなこ、トマリ、みやま零、Re岳

フ　ア　ン　タ
俺の召喚獣は
神をも殺す
伝説の大魔獣
の死体――!?
俺の召喚獣、死んでる
著：楽山　イラスト：深遊
召喚術師養成学校に通うフェイルが喚び出し召喚獣は、神話の時代に数多の神々を殺したとされる伝説の大魔獣パンドラ――の死体だった!? 超巨大で最強、だけどまったく動かない召喚獣を相棒に学年トップを目指せ!

プレイヤーに
なってみたい？
それではどうぞ、
ゲームの中へ
僕の世界《シナリオ》は女神で回る
著：酒虎　イラスト：CloBA
TRPG愛好家の主人公・ユウ。彼が古本屋で見つけた出自不明のゲームの本から、姿を現したのは自称『TRPGの女神』!? 連れてこられたのは自作シナリオの世界! 気まぐれな確率に立ち向かう、遊戯幻想ファンタジー！

史上最強の大魔王、
村人Aに転生する
2022年4月
TVアニメ
放送開始!
【CAST】
アード:深町寿成
アード(少年時代):高橋李依
イリーナ:丸岡和佳奈　ジニー:羊宮妃那
シルフィー:大橋彩香　オリヴィア:園崎未恵
アニメ公式Twitter　@murabitoA_anime
©下等妙人・水野早桜／KADOKAWA／村人A製作委員会

ファンタジア文庫
オンラインフェスティバル
2022
2022年 3月13日(日)
配信決定!
TVアニメの放送をひかえる「デート・ア・ライブ」や
「史上最強の大魔王、村人Aに転生する」などのスペシャル番組のほか、
「ファンタジア文庫放送局　出張版」にて最新情報をたっぷりお届け!
番組内容ほか詳細は決まり次第
ファンタジア文庫公式HP公式HP&公式Twitterに掲載!
https://fantasiabunko.jp/
@fantasia_bunko
©イラスト／つなこ、水野早桜

タバサ書店にできた行列の進みはゆっくりだ。俺たちの後にも何人かサインをもらいに来た人はいたが、全員、店員に丁重に断られてすごすご帰っていった。

「話は変わるが――お前さん、電撃魔法とかの精密操作はどうしてる？　やっぱセオリーどおり、発動前に魔力線を創ってるのか？」

時間潰しの話題は、学院の学生らしく魔法技術のことがやはり無難。何を気にするでもなく、ともすれば学院最強の召喚術師が秘訣《ひけつ》を教えてくれるかもしれない
「私は発動後に根もとで動かす方が好きですね。魔力線を引けば精度は上がりますが、魔力消費も多いですし、発動にラグが出ますから」

「出たよ。根もとで動かす。ミフィーラの奴もそう言うが、それ天才のやり方だからな」

「コツさえ覚えれば簡単ですよ？　誰でも――というわけにはいきませんが、多分、あなたなら」

それからの十分ちょっとは俺にとって得しかない時間だった。

以前ミフィーラに似たようなことを聞いた時は擬音混じりでピンと来なかった魔法操作のコツ、それがより丁寧に言語化されて俺の前に提示されたのである。

こいつ、教える方も天才か……。

軽い気持ちで聞いたのに金を払わなくちゃいけない気持ちになってきた。

サーシャという人間が職業として魔術を教えていたら、俺は厄介な『おごられ嫌い』を発揮していただろう。

やがて行列が進み、俺とサーシャは店の中へと。

問題はそこで起きた。

レトロでシックな雰囲気のタバサ書店に足を踏み入れた途端、サーシャの様子が一変したのだ。言葉を失い、肩をこわばらせ、俺が勝手に覗《のぞ》き込んだフードの下では目が泳いでいる。

「大丈夫か？」

こそっと聞いたら、頭をブンブン縦に振って肯定された。

それで俺は、駄目だなと確信する。

たかが人と会うぐらいでこんなに緊張する理由がわからない。ただのサイン会だ。本を買って、作者と会って、買った本に作者の名前を書き入れてもらうだけ。取って喰《く》われるわけじゃない。

だが俺は、「ギリギリまで俺の服でも摑《つか》んでろ。こっちで歩いてやるから」とサーシャを助けるのである。

緊張の理由は理解できなくとも――こいつにとってはそのくらい大切なことなんだろう

――そう彼女の緊張に気を遣ってやることぐらいはできた。

……少し時間ができたらサーシャに漫画本を貸してもらうか。

一国の姫君をここまで舞い上がらせる漫画がどんなものか、だんだん気になってきた。

書店の二階に上がるなり「はーい。こちらで最新刊をご購入くださーい」と呼びかけてくれた店員も、震える手で紙幣を差し出してきた白フードの少女には戸惑い気味だ。

「頼むからぶっ倒れてくれるなよ？」

「わ、わかってます……っ！　そんな子供では……っ！」

リーフリズとかいう漫画家は俺の目にはもう見えている。三十歳を過ぎるかどうかというぐらいの、線の細い、大きな三つ編みの女。無地の白セーターと茶色のカーディガン。店の壁を背にして長机に座り、大先生という感じはしなかった。

「お次のお客様、どうぞお進みくださいませ」

リーフリズ先生の隣に控えた店員がそう会釈《えしゃく》すれば、いよいよサーシャの番。

俺自身、サイン会というものは初めてなのだが――漫画本の見返しにキャラクターの絵を描いてくれて、更には宛名まで書いてくれるみたいだ。

てっきりサーシャは一人で行くものと思っていた俺。しかしこいつは、「ちょっと待て。俺もか？」俺の服の袖を固く握ったままリーフリズ先生の前に進み出るのである。

結局——

「どうも。よろしくお願いします」

優しそうなリーフリズ先生と目が合った俺が挨拶することになった。サーシャはフードを深く被《かぶ》ったまま石像みたく固まりやがって、まったく役に立ちそうにない。

「うちの妹が先生の大ファンなんです。すみません。なんか緊張で固まっちまいまして」

いったいどんな冗談だ、貧乏農家のせがれが天下のサーシャ姫を妹扱いとは。

とはいえ、サーシャ・シド・ゼウルタニアのお忍びがバレたら混乱は必至。この漫画家先生にも迷惑がかかり——だからこそサーシャはでかいフードなんかで顔と髪を隠しているのだろう。

「あ、ありがとうございます。楽しんでいただけて、嬉しいです」

苦笑いのリーフリズ先生。そりゃあそうだ。サイン会の最後に現れたファンが、男連れのフード女だったんだから。

「ほら、買った本出さねぇと。先生にサインしてもらうんだろう?」

俺がそう促すと、サーシャが胸に抱いていた本をおそるおそるリーフリズ先生に渡す。

リーフリズ先生は両手で本を受け取ってくれた。そして、付き添いの俺ではなく、サーシャに向かってこう問いかけるのだ。

「好きなキャラクターはいますか？」

本の見返しに何のキャラクターが描かれるかの大切な選択。それなのにサーシャは、どれだけうつむくんだ？　ってぐらいに深くうつむいて照れるばかりだった。

俺は、ふざけんなああああああああああああ!! と心で叫びつつも笑顔を崩さない。サーシャとの会話を思い返し、漫画の主人公の名前を出すのである。

「なんだっけか——アカシャ？　アカシャでいいんだろう？」

正解だったらしい。フード頭が二回——こくん、こくんとうなずいた。

「はい。気合い入れて描かせてもらいますね」

リーフリズ先生が筆を執ってわずか一分。まるで魔法のようにキャラクターが現れた。髪の短い、勝ち気そうな少女の絵。吹き出しのセリフは『応援ありがとう！』だ。

「それで、ええと、お名前の方はどうしましょう？」

「サーシャでお願いします」

「サーシャちゃん——サーシャ姫と同じお名前なんですね」

「そうなんですよ。こいつも、姫様ぐらいしっかりしてくれたらって思うんですが」

「あははは。できました。どうぞサーシャちゃん」

最後にリーフリズ先生の流麗なサインと『サーシャさんへ』の文字を書き入れてもらっ

たら、世界で一冊、サーシャのためだけのサイン本。

「ほらサーシャ。ありがとうは？」

いくらなんでも黙りっぱなしはリーフリズ先生に申し訳ない。

俺に促されてサーシャは「……あ、ありがとうございます先生……」と、か細い声を絞り出した。小動物のような素早さで、深く深くお辞儀する。

もらったサイン本を抱きかかえたサーシャを連れて店を出た。

タバサ書店の外にはいつもの雑踏が溢《あふ》れ、それで俺は――戻ってきたぁ――と、ひと仕事終えた感じの嘆息を一つ。

気を取り直したのはサーシャも同じだったようで、照れくさそうな視線が俺を見上げていた。

「あ、ありがとうございました――フェイル・フォナフ」

俺は何も言わず、サーシャの頭をフードの上から荒っぽく撫《な》でるのである。普段なら不敬罪で投獄ものだろうが、今の今までこのお姫様は俺の妹だったのだ。

12．召喚術師、夜の侵入者と戯《たわむ》れる

「うぐ――？」

寝返りを打てば魔術書の角が肩に刺さった。

おかしい。俺はついさっきまでマットレスの上で魔術書〝悪魔対話のための実戦魔術〟を読んでいたはずなのだが……どうやらいつの間にか寝落ちしてしまったらしい。

サーシャ、ルールアの合同チームを相手取って戦う夢を見た。

俺とシリルとミフィーラは敗北寸前まで追い詰められるのだが、とっくの昔に魔術書トルエノックシオンから新魔法を習得していたことを思い出して、起死回生のパンドラ召喚を決めようとする――そんな夢。

薄く目を開けば、見慣れた部屋が橙色《だいだいいろ》の光に照らされている。

発光源は天井から糸で吊《つる》した蝋燭《ろうそく》ランタンだ。

古ぼけたランタンの中で明るく光るのは、俺が魔法で灯《とも》した熱を持たない炎であり、あらかじめ二時間ほどで消えるよう魔力を込めていた。

深夜まで続いた酒場バイトを終え、風呂に入った後のわずかな自由時間。

炎が消えていないということは、俺が眠りこけていた時間はそれほど長くはないのだろう。せいぜい何十分か。中途半端《ちゅうとはんぱ》に眠ったせいで余計疲れた気がする。

「ちくしょう……時間損した……」

本棚もベッドもなく、机や椅子の類《たぐ》いすらない俺の部屋。

家具や寝具と言えば袋に藁《わら》を詰めたマットレスと毛布があるだけで、それ以外には何十冊かの分厚い魔術書が床に積み上がっていた。

そしてマットレスや床を覆う大量のメモ用紙。

俺が魔術書を読み込んだ時に、気になった文章や思い付いたアイデアなんかを適当に書き取ったものだ。文章を暗記するために同じ文面を続けたメモがあれば、『水属性に魔力吸収の可能性。防御魔法で応用』などと思い付きを綴《つづ》ったメモ、魔法陣を書き殴っただけのメモもある。

ノートに清書する時間がなくて、メモした時のままその場に残っているのだった。

そして……俺の目には。

「だから俺の部屋は足下注意だって言ってるだろうに」

床のメモに足を取られて盛大にずっこけている少女が一人。小さな両手と裸足《はだし》の両足を投げ出してうつ伏せに倒れていた。

着ているのは男物の襟なし半袖シャツ一枚だ。シャツのすそがめくれて真っ白な太もも裏が飛び出している。幸い、下着はギリギリ見えていない。

少女のずっこけた音が俺を目覚めさせたのだろうか。

俺はため息混じりに上半身を起こし、くせ毛が目立つ少女の後頭部に呼びかけた。

「珍しいじゃねえか。こんな夜中にどうしたミフィーラ」

すると、ダンッ——と床に腕を突いたミフィーラ。全身から不穏なオーラを立ちのぼらせながら、ゆっくりゆっくり立ち上がるのだ。

いつもは目元を隠しているはずの長い前髪が、大きな髪留めで適当に上げられている。

美しい金の双眸《そうぼう》がキラリと光った。

おもむろに歩き出したミフィーラが脚を繰り出す度、男物のシャツのすそが揺れ、太ももがチラチラ現れる。ミフィーラのお子様体型からは想像できないほど、大人っぽい肉付きだった。

やがてミフィーラがマットレスを踏んできて。

「……裸で抱っこ」

適度にムチムチした太ももが俺の眼前に突き付けられる。

赤子のようになめらかな肌の上では、蝋燭ランタンの炎の影がかすかに揺れていた。

座ったままミフィーラを見上げると。

「…………」

俺をじっと見下ろしている金の瞳の超絶美少女。

庇護《ひご》欲をそそる子猫のような美貌は、老若男女《ろうにゃくなんにょ》構わず虜《とりこ》にする魅力があった。

「相変わらず……凄《すげ》え美少女してんなぁ」

キラキラと輝く大きな金の瞳。綺麗《きれい》に通った鼻筋。ぷるんと潤う唇。色っぽく紅潮しているようにも見える桃色の頬。

身内のひいき目とかじゃない。前髪を上げたミフィーラは、サーシャ・シド・ゼウルタニアと同じく、吟遊詩人に女神と歌われるような逸材だろう。

「ねえフェイル。裸で抱っこしたい」

そう言うなり唇を舐《な》めて妖艶《ようえん》に微笑《ほほえ》んだミフィーラ。俺が秋冬の寝巻きとしても使っている学院指定の魔術師服の肩に手を置くなり、肩から首筋、首筋から顎、顎から頬へと指先を這《は》わせてくるのである。

まるで男を誘う妖婦の仕草。

「ミフィーラに発情期があるだなんて初耳だ。シリルにも教えといてやらねえとな」

どうにもくすぐったくてミフィーラの指を払いのけようとするが、逆に手を取られてしまった。数週間ぶりの逢瀬《おうせ》を楽しむ恋人がごとくにねっとりと指を絡《から》ませてくるのである。

「いけない人。夜の秘密は、暗闇に捨て置くものだよ？」

唇だけで笑って膝をついたミフィーラが、俺の手に顔を寄せた。そして「夜明けまで覚えておくのはルール違反なんだから――」そのまま親指を強めに噛《か》んでくる。

俺がギリギリ我慢できる絶妙な力加減で皮膚に歯形を刻むと、「んべ」と口から出して、意外な優しさで歯形を丹念に舐める。

「……いいよねフェイル」

親指を唾液まみれにした後は露骨な要求行為だ。俺の上半身をマットレスに押し倒そうとしながら、服の隙間に手を差し入れてきた。

とはいえ、そんなミフィーラを俺は許さない。か細い手首を摑《つか》んで止めた。

「いいわけあるか。こちとら今から本気寝だぞ」

太ももが見え隠れするミフィーラのシャツのすそを、生地が伸びるぐらい強く真下に引っ張るのだ。

「抱っこなら服のまんまだ。嫌なら部屋に帰って寝ろ」

「えー」

「いきなり夜這《よば》い仕掛けてきやがって。何事かと思ったじゃねえか」

軽く舌打ちしてミフィーラの背中に腕を回すなり、力いっぱい抱き締めた。

すると、「……まあ……これはこれで……」ミフィーラも両腕を伸ばして俺の身体《からだ》を抱き返してくる。

そのまま二分近く。俺はミフィーラの髪の匂いを嗅ぎ、ミフィーラは俺の胸元でくんくんと鼻を鳴らし続けた。

そのうち汗が滲《にじ》むほどの熱が溜《た》まってくる。

「ミフィーラお前……なんか熱っぽくないか？」

「ううん。大丈夫」

ミフィーラはそう言って首を振るのだが。

「ったく……こんな薄着でずっといたんだろ？　シリルに怒られるぞ？」

俺はミフィーラのひたいに当てた指先に意識を集中させた。

「やっぱ少しだけ熱あるな」

そう結論付けてマットレスを降りると、床に置いてあった水差しと来客用の綺麗な木製コップを手にする。なみなみと水を注いだコップをミフィーラに渡してやった。

両手でコップを受け取ったミフィーラは、一瞬の逡巡《しゅんじゅん》もなく、コップのふちに唇を付けた。そのまま、んくんくんく——と可愛《かわい》く喉を動かすのだ。

「ぷはぁ」

「それで？　お熱のミフィーラは、どうして？」

「疲れたから人肌を補給しに来た。今日はフェイルの気分」

「なるほどな。だが最大効率でやりたいからって、裸はやめてくれ」

読みかけだった魔術書〝悪魔対話のための実戦魔術〟を拾いつつマットレスの中央であぐらをかいた俺。シャツ一枚のミフィーラがあぐらの上に座ってきても、今度は嫌がらなかった。

結果、ミフィーラの柔らかい身体を後ろから抱きかかえるような形になる。

ミフィーラのつむじに顎を置いて、まるで子供に絵本でも読み聞かせるような格好で魔術書を開くのだ。

「フェイルは、発明がんばってるミフィーラを誉《ほ》めたくない？」

「天才が何か創ってるってんなら結構な話だがな。だがそれで、ミフィーラが身体壊してちゃあ、俺もシリルも悲しいに決まってんだろ」

「むう〜〜〜」

「むくれるな、むくれるな。先月完成させたのは『時蜥蜴《トキトカゲ》の飼育ケース』だっけか。時蜥《トキト》蜴《カゲ》の時空移動を制御したのも驚きだったが……」

「今回はちょっと凄い」

「ほお？　気になること言うじゃねえか。いったいどんな代物なんだ？」

「秘密。明日言う」

「焦《じ》らすねえ。つーか、ミフィーラが俺かシリルにくっつきたがるってこたぁ、だいぶ苦戦したな？」

魔術書のページをめくりながら俺がそう笑うと、仕返しとばかりにミフィーラが身体を押し付けてきた。

ほどよい重さと抜群の柔らかさ、少し高い体温が俺の懐《ふところ》を動き回り、やがてベストポジションを見つけたのだろう。俺の魔術師服の上腕部に顔を埋《うず》めると、しばし動かなくなるのだ。

俺はミフィーラの好きにさせっぱなし。ミフィーラが服の匂いを嗅いでくるのをくすぐったいとは思っても、黙って魔術書を読み続けた。

「………………フェイル。悪魔の本読んでる」

「将来的には、一体ぐらい悪魔を召喚獣に入れてもいいかと思ってな」

「結構『長い詩《うた》』になるよ？」

「結局そこだ。名の知れた大悪魔は無理にしろ、千年単位は生きてないとドラゴンに火力で負ける。残り少ない詩集のページを埋める価値があるかどうか、だな」

「小回りの利《き》く虫とかスライムの方が、フェイル好みだと思う」

「まっ、悪魔は学位戦でもちょくちょく見るし、対処法を覚えておいて損はねえさ」

「……パンドラ、ちゃんと使えたらいいね」

「ああ。そうすりゃあ、サーシャのチームとだって張り合えるようになる」

それから俺は手元の魔術書を注意深く読み進め、ミフィーラは俺の魔術師服にしがみついたまま……………いつの間にか二十分ちょっと。

触覚と嗅覚で友人を堪能《たんのう》し尽くしたらしいミフィーラが、不意に、「元気になった。無敵」と呟《つぶや》いて俺のあぐらから立ち上がる。

「部屋まで送るぞ？」

そうミフィーラを見上げたが、「いらない。もう熱下がった」なんて首を横に振られてしまった。

「部屋に戻ったらちゃんとあったかくして寝るようにな」

「むー。なんかシリルみたい」

「そりゃあミフィーラに風邪なんか引いてもらいたくねえからな」

俺がそう言った直後、すべすべの両手が俺の頬を挟む。

そして――ちゅっ――ひたいに別れのキス。

「ありがと」

ぽてぽてと部屋を出て行くミフィーラ、今度は床のメモに足を取られなかったようだ。

鍵の掛かっていない扉を開けてあっさり出て行った。

「……………」

部屋に残された俺は、ミフィーラの唇が触れたひたいを軽く撫《な》で。

「……寝るか……」

パチンッと指を鳴らした。

その瞬間、蝋燭《ろうそく》ランタンの中で燃えていた熱なしの炎が消える。

13.　召喚術師、元気の素を手に入れる

「で・き・たっ……！　むふーっ！」

　胸を張ったミフィーラがいきなり突き出してきたのは、真っ赤な液体が充填された怪しげな容器だった。ガラスの試験管を謎の肉片で蓋《ふた》したもの。肉片からは短い注射針が何本も伸びており、皮膚にぶっ刺すだけで中の液体が注入される仕組みらしい。

　二つの巨大校舎を繋《つな》ぐ、平行に並んだ五本の空中渡り廊下――その一つで俺とシリルはミフィーラを待っていたのだが。

「朝っぱらからまたヤバそうなもんを……つーか、それが昨日言ってた……」

「こらミフィーラ。ばっちいからそんなもの捨てなさい」

　盛大な寝坊で朝一の講義をサボった天才少女は、いつもより上機嫌で開放式の渡り廊下にやってきた。

　ミフィーラが感情を表に出すなんて滅多にないことだ。赤黒い肉片と試験管の複合物を受け取った俺は、胸の高さまである廊下の縁に背中でもたれかかり、「何の肉だよ」と苦笑する。

試験管をかざして見た瞬間、赤い液体に魔力の気配を覚えた。

「まさかドラゴンの生き血か？」

ミフィーラに視線を移したら、腰に両手を当てた彼女にえっへんと胸を張られた。

「強壮剤。パンドラを長く動かすのに、魔力の補給は必要」

俺は即座に「馬鹿か」と言い放つ。

「竜血は猛毒だ。魔力回復できたって、普通に死ぬじゃねえか」

しかし、俺の常識程度、天才召喚術師ミフィーラにとっては越えて当たり前のハードルなのだろう。「大丈夫。死なない」百点満点のドヤ顔がそう断言するのである。

「ドラゴンの血で死ぬのは、人間の体内でドラゴンの白血球が増えて喰《く》われるから。白血球の増殖を止めれば死ぬまではいかない。調子悪くなるだけ」

「それこそ無理難題だぜ。マイナス二百度でも不活化しないだろ」

「食竜樹《しょくりゅうじゅ》の消化液から成分を抽出して、混ぜた」

「食竜樹？　シュルノーブ大森林の希少樹《レアウッド》だっけか？」

俺がそう言うと、大きくうなずいたミフィーラ。左右の握り拳を胸の前でぺちりとぶつけ合った。

「食竜樹の消化液は、白血球を壊せないけど、造血細胞からの白血球分化を阻害する」

「人間には無害なのか？　人体側の造血機能に影響は？」

「昔は毒蛇に噛《か》まれた時の傷薬に重宝された。それに、完成した薬、自分に使ってみたけど熱っぽくなったぐらいだった」

ブ――ッ。

ブ――ッ。

俺とシリルが同時に噴き出す。ミフィーラ自身の身体で人体実験済み、という発言はまったくの予想外で、「何やってんだ馬鹿が！」さすがに慌てるのだ。

獣のような速度で動いたシリルがミフィーラを抱き上げ。

「悪い夢だミフィーラ。本当に竜血を身体に入れたのか……」

だぼだぼの魔術師服から伸びる細い首筋に針跡を発見。その後ミフィーラの全身をべたべた触りまくって、彼女の無事を確認する。ほっぺの変わらないモチモチ感が安心の決め手だったらしい。

ミフィーラは不服そうな顔をするが、嫌がりはしなかった。

「次、実験したかったらフェイルに頼みなさい」

「百万ガント積まれたってやんねえぞ」

そうは言うものの、内心では昨晩のことをひどく反省する俺。

ミフィーラが俺の部屋に来た時、どうして首の注射跡に気付かなかった？　どうして微熱の理由をもっと突っ込まなかった？　どうして、いつも可愛《かわい》いミフィーラが妖婦のように発情していた？　のんきに魔術書なんて読んでいる場合じゃなかっただろ。

「なあミフィーラ。次、危ないことする時は、せめて人がいるところでやってくれ。俺かシリル、寝てたら叩《たた》き起《お》こしてくれたって構わねえから」

「ん。わかった」

「はあ〜。なーんか軽いんだよなぁ……頼むぜミフィーラ。俺もシリルも、お前が思っている以上に、お前のことが大切なんだ」

「ん。わかってる」

もはや俺とシリルは顔を合わせて深々と嘆息するしかなく、どうにかこうにか気を取り直す。

「悪い。昨日ミフィーラが部屋に来てたんだが、完全に見落とした」

「仕方ない。竜血を注射してるなんて誰が思い付くものか」

それから二人して廊下に突っ立つミフィーラをじっと見つめ——またもや深いため息。

「しかし竜血たぁ、とんでもねえもんが出てきたたな」

「ああ。あまり言いたくはないが……正直、画期的だ」

「むふーっ。自信作っ」

　今までも魔力強壮剤はあったが、身体《からだ》への負担が大きい割りに効果が薄かった。しかし魔力の塊である竜血を直接体内にぶち込めるならば、従来品とは比較にならない効果が見込めるだろう。

　俺はもう一度不気味な試験管をかざし——召喚祭は普通の学位戦よりもルールがゆるい。自家製の強壮剤どころか、過去には国宝級の宝物《アーティファクト》を持ち込んだ馬鹿だっていたはずだ——そう考えて少し怖くなった。そうまでして勝ちを拾いに行く世界なのである。

「……だいぶ金がかかったんじゃねえのか？」

「大丈夫。お金かけたらフェイル絶対使ってくれないから、全部、ただの余り物」

「食竜樹の消化液なんて他に用はねえだろ？」

「時断蜴《トキトカゲ》の飼育に使ってる。脱皮手伝う時、古い皮を溶かすのにちょうどいい」

「……使用の上限はどれくらいだ？」

「理論上は一日四本。でも二本ぐらいにした方がいい。鼻血が出たら危険信号」

「なるほど。そりゃあご機嫌だな」

　そして身体を反転させた俺。渡り廊下の縁に両腕と顎を乗せると、向こうの渡り廊下を歩く学生たちを眺めて小さくぼやいた。

「トルエノックシオンは見つからねえってのに、着々と祭りは近づいて来やがる」

するとミフィーラを肩車したシリルが、「王立図書館にも問い合わせたんだろう？　どうだったんだ？」と並んできた。

俺は試験管を蓋する謎の肉片を親指で触りながら、「『持ってない』って丁重な返事が来たよ」と苦笑いだ。ぼんやり眺めていた渡り廊下の端に女学生の行列が現れたことに眉を上げた。

「この世に十冊とかの自家本なのかもな。伝説のレア魔術書を探しに、長い旅に出る必要があるかもしれねぇ」

サーシャ・シド・ゼウルタニアと彼女を慕う一年生たちだ。

とはいえ、厳格な君主とそれに付き従う忠臣たちみたいな、かしこまった感じではなく……白金髪の超絶美少女にも、周りの少女たちにも笑顔が見える。たわいもないお喋《しゃべ》りで盛り上がりつつ次の講義に向かっているのだろう。

不意に、行列の先頭付近を歩いていたサーシャが、隣の渡り廊下にいる俺に気付いた。

――っ。

一瞬のウィンク。

サーシャと話す少女たちには見えなかったようだ。お姫様のお茶目を目撃したのは、俺とシリル、ミフィーラの三人だけ。

　察しの良いシリルが俺に尋ねた。

「……サーシャと何かあったのか？」

　俺は「知らねえ」と一言。話題を変えるため「召喚祭まで二週間を切ってんだ。いいかげんトルエノックシオンを諦めるって選択も考えねえとな……」深いため息を吐《つ》いた。

「──サーシャの奴《やつ》が優勝するってどういうことだ⁉　ああっ⁉」

　突然の怒鳴り声に階下を覗《のぞ》けば──俺たちがいる渡り廊下のちょうど真下で醜い喧《けん》嘩《か》が発生していた。

「オレ様はっ、鍵を手に入れたんだよ！　誰もオレ様に逆らえねえ、破滅の鍵をっ！」

　声が裏返るほどに激怒したベルンハルト・ハドチェックが、彼の子分の胸ぐらを摑《つか》んでいる。周りを取り囲んだ他の子分たちはベルンハルトの怒気にうろたえるばかりだった。

「召喚祭で勝つのはオレ様だ！　てめぇら雑魚《ざこ》は、オレ様の名前だけ言ってりゃあいい！」

　俺は顔を上げ、シリルとミフィーラに不敵に笑いかける。

「たかがお祭りに全員必死だな」

　そしてミフィーラが造ってくれた魔力強壮剤をひとまず彼女に返した。

今日もまた、バイト前に、魔術書トルエノックシオンを探してラダーマークの街を走り回るつもりだ。

14. 召喚術師、呪いを受けている

学生寮三階の東端――シリルの部屋の木製ドアをこんなにも憂鬱に思ったことはなかった。

課題の相談や学位戦の作戦会議の時は、気軽にノックできる。大切に使い古された扉の木目、ニスの艶感を美しいと思うことさえあった。

「……はあ……」

しかし今夜の俺は、シリルの部屋の前でため息を吐くばかりだ。

もうすぐ日を跨《また》ぐという時間。これでも今日のバイトは早く終わった方だ。

いや、終わったというより、親方に『フェイル今日はもう上がれ。何があったかは知らねえが、しけた面しやがって。とっとと帰って、とっとと寝ろ』なんて強制的に帰らされたのである。

寮に戻った俺はさっきから何度もシリルの部屋をノックしようとして――その度思い切ることができずに、結局十分以上、扉の前に立ち尽くしている。

――ガチャッ。

俺がドアノブを引いたわけじゃないのに、勝手に部屋の扉が開いた。蝋燭《ろうそく》ランタンの優しい光と共に寝巻き姿のシリルが顔を出す。

「こんな夜更《よふ》けに何の用だフェイル。用があるなら早く呼んでくれ」

怪訝《けげん》そうに眉をひそめても決して崩れることのない美形を直視することができず、俺は視線を落として苦笑した。

「起きてたのかよ……」

「起きたんだ。いつまでも部屋の外にフェイルの気配があるから、何事かと思うさ」

「さすがは英雄の家系。そういうとこもしっかり鍛えてんだな」

「やめろフェイル。僕を茶化したくて部屋に来たわけじゃないんだろう？」

「……………まあ、なんつーか……話が、あってな……」

俺が言葉に詰まりながらそう言うと――――シリルは何も言わずに扉の隙間を広げてくれる。『眠いから明日にしてくれ』とか言われると思っていた俺はホッとしつつ、しかし気持ちの半分は憂鬱に沈むのである。

「すまないな。今日は全然片付いていない」

「どこがだよ。これで片付いてないなら、俺の部屋なんかゴミ捨て場だ」

「勉強に使ったメモの上で寝るからだろう。いいかげん机ぐらい買った方がいい」

シリルの部屋に入ると、学生寮らしく狭いながらも、恐縮するほど質の高い部屋だった。

ベッドにしろ、机にしろ、大きな本棚にしろ、カーテンにしろ、絨毯《じゅうたん》にしろ、そこらの庶民では一生手が出せないぐらいの高級品が並ぶ。

見た目が特別豪華というわけではない。確かな技術を持った職人が丁寧に造り込み、手入れを怠らないオーナーによって使い込まれた家具の数々……品位を備えた貴族だけが手にできる、とびっきりのアンティークだ。

「椅子を使ってくれ」

机の上に蝋燭ランタンを置いたシリル。自分はベッドに腰掛けて。

「どうした？　そんな、怒られたような顔をして」

部屋に入ったきり入り口から動かない俺を静かに見るのである。十一月後半の冷気が気になったのか、枕元に畳んであった厚手のカーディガンを羽織った。

「椅子を使ってくれ」

シリルにもう一度促され、「ああ……」俺はようやく足を踏み出す。マクミール材の黒茶色が美しい机の近くまで歩き、しかし椅子には座らなかった。

俺の方からシリルに話しかけようと何度か試みて、「――――くっそ……」いつまで経《た》っても言葉が出てこないことに下唇を噛《か》むのである。

……午前零時前。シリルの部屋には、ぼんやりした蝋燭の光と夜の静けさしかなかった。

シリルは俺に言葉を求めない。

毛布の形が崩れたベッドに腰掛けたまま、優しい眼差《まなざ》しと共に辛抱強く待ってくれている。

それから——無為な時間をどれだけ盛大に消費した頃だろうか。俺は、半死半生の人間が絞り出したうめきのように言うのである。

「……………………金を……貸して、くれないか……」

シリルは何も言わなかった。

わかったとも駄目だとも言わず、先ほどと変わらない視線で突っ立った俺を見続ける。

これまでの俺の様子で、大体の察しはついていたのかもしれない。

俺が金のことを言い出すこと。金に関するあれこれを避け続けてきた俺が、借金なんぞに手を出そうとしている理由も。

やがて。

「トルエノックシオンか?」

シリルの落ち着いた声が室内にゆっくり広がり、あらゆる物体の内部に染《し》み入《い》り、蝋燭ランタンの中の明かりを揺らしたように思えた。

俺はかすかにうなずいて言う。

「……見つけたんだ……タイル通りにある古本屋で。……でも……俺が思ってたのより、だいぶ――高価《たか》くてな……」

嫌だった。心臓がバクバク鳴っていた。ひどい言い訳をしているようで。

「九十万ガントだ。九十万。召喚祭のことを考えりゃあ、今すぐに買って覚えなきゃならねえのに――とても今すぐ用意できる額じゃねえ。手持ちの魔術書、教科書、丸ごと売ったって、とても足りねえ」

心の底から信頼しているチームメイト――親友と断言してもいいシリル・オジュロックに、金を貸して欲しい理由を説明する。

「店の親父《おやじ》にさ、レンタルできないか聞いてみたんだ。でも九十万なんて高額魔術書、冗談やめてくれって言われてよ。だから――シリルに、貸してもらいたくて」

それはまるで悪夢の出来事のようで……できることならシリルの部屋に到着する直前まで時間を巻き戻したいと思った。こんな最低な思いをするぐらいならば、トルエノックシオンのことなんか知りたくなかった。俺は知るべきではなかった。俺は――

――最低だ、俺は――

俺に金づると思われたシリルだけじゃない。これまで必死に『無借金』を貫き通してきた昨日までの俺自身すら、俺は裏切ってしまったのである。

着ていた魔術師服の胸元を自分で握り締め、大袈裟《おおげさ》に息を吸い、大袈裟に息を吐く。そうしないと呼吸できないと思った。

シリルは勝手に自滅していく俺をまっすぐに見つめ続け、疲弊した俺の喉がこれ以上の言葉をつくることができなくなった後。

「フェイルはそれで良いのか？　本当に」

すべてを見透かしたような顔と声でそう言った。

それはきっとシリルの優しさだろう。わざわざ俺の顔から視線を落として、何の面白みもない床の絨毯を眺めながら、淡々と言葉を続けるのだ。

「僕は別に構わない。必要なら、僕が受け継ぐオジュロック家の金融資産——三千億ガント、そのすべてを貸したっていい」

——三千億——

「フェイルなら絶対に僕を裏切らないと信じているからだ。フェイルと知り合ってまだ一年と経っていないが……そう思わせてくれるだけのことを、お前はしてきた」

馬鹿な。何をトンチンカンなことを言ってやがる。

俺は、俺の都合でシリルやミフィーラを散々振り回してきた。学位戦じゃあ無茶な作戦にも付き合ってもらったし、パンドラのことじゃあ毎週末の休日を潰させた。毎日の講義の課題だって、三人で研鑽《けんさん》を重ねなかったら今の成績はなかったはずだ。

「僕の方は何だってやってやれるんだ。九十万全部おごってもいいし。フェイルが気兼ねしないで済むと言うなら、利息を取って九十万貸したっていい。……借金なんて誰でもやってる。教会だって、聖堂を建て替えるなら借金ぐらいするだろう」

入学式直後の歓迎パーティーで、ミフィーラに声をかけられたことで生まれた凸凹《でこぼこ》チーム。今までたいした問題もなくやってこられたのは、シリルの忍耐あってのことだろう。

「結局……お前が、お前自身を許してやれるかだよ。フェイル」

そして、シリルが、十六歳とは思えない眼差しで再び俺の顔を見た。

「僕からすれば実に馬鹿げた流儀を曲げられるか」

それで俺は、この場から逃げ出したい気持ちをこらえつつ、目の前のシリルではなく――俺自身と向き合ってみる。

……………親父…………。

村の魔術師で一家の稼ぎ頭だった母さんが死んで、『俺の勉強に使う大量の魔術書を買うため』に貧乏になった後も、文句一つ言わずに畑で泥にまみれ続けた親父。

俺は——あの人の変な生真面目さが好きだった。

真夜中、食卓で一人、家計簿をつける後ろ姿が好きだった。

『今日な、教会さんにフェイルのことを誉《ほ》められたよ。村始まって以来の天才だって。あとは父さんの方が、フェイルの足を引っ張らないようにしないとな』

『うちみたいな貧乏が施しを受けてみろ。すぐに村中の噂《うわさ》になる。召喚術師の学校に選ばれるには、家庭環境も大切なんだろう？　うちは貧乏だが、借金のないことだけは自慢なんだ』

『働きたい？　馬鹿野郎。金は父さんが稼ぐから、フェイルは勉強しろ。母さん言ってたぞ、召喚術師の才能があるのは、本当に凄《すご》いことだって』

『学校の入学金は心配するな。大丈夫だ。父さんな、ちょっとずつ貯《た》めてたんだよ。次の収穫があればきっと——』

貧乏を恨む度、金のことを考える度に、親父のことを思い出すのだった。

「………………………今さら曲げられねえ……」

シリルが呆《あき》れたように深く息を吐いた。

「ならば金は貸せない。こんなことでフェイルに恨まれたくはないからな」

口調は穏やかだが、綺麗《きれい》に整った眉の間にはしわが寄っている。

当然だ。寝ているところをわざわざ起こされ、何があったかと思えば、最高に煮え切らない俺の相手をさせられているだけ。俺でもふざけんなと思う。

「召喚祭にトルエノックシオンが必要なら、さっさと買ってしまえばいいだろう。貧乏貧乏と言うわりに、完全な金なしってわけじゃないのだから」

そして俺の胸を指差したシリル。

「いつか言っていたな。死んだ父親が入学金を遺《のこ》してくれたが、使う気になれなくて、自分で働いて三百万を貯めたと。だから十六歳になる年に学院に入れなかった、と」

「……俺の稼ぎだけじゃねえ……」

「知っている。実家の家具をすべて売り払ったんだったな。母親が愛用していた机や本棚も、父親やお前のベッドも、全部」

「…………………」

「なあ、フェイル。余計なお世話だろうが、お前が後生大事に首から提げている財布――その中に、父親がお前に遺してくれた金があるんじゃないのか？」

図星だった。俺の首掛け財布には、『親父から託された金貨二枚と銀貨十枚』が入っていた。

シリルが盗《と》るわけなんてないのに俺は反射的に身構えるのだ。まるで首掛け財布を守るように、左足を引いて半身をつくる。魔術師服の上から財布の感触を確かめた。

「これは——この金は、使うとかじゃねえんだよ……」

「ならば召喚祭はパンドラなしで行くしかないな。まあ、パンドラがなくても、できることは何かあるだろう」

「パンドラなしでサーシャの大天使に勝てるかよ。この間、散々策を弄して、あのザマだったんだぞ」

「……なら、僕から金を借りてくれるのか？」

「——それは、だな……」

「……ミフィーラの薬もある。無理して五、六本使えば、雷撃破《サンダーボルト》でもパンドラを何十秒か動かせるかもしれないな」

「ふざけんな。普通に死ぬ。今は馬鹿言ってる場合じゃ——」

俺はそれ以上言葉を続けることができなかった。

獣のような速度で襲いかかってきたシリルに顔面を鷲摑《わしづか》みにされ、「が——っ!?」そのまま背後の本棚に押し付けられたからだ。

「馬鹿だと!? 馬鹿はどっちだ！」

今が深夜であることを忘れたシリルの怒号。

盛大な衝撃に本棚の魔術書や小説がバラバラこぼれ落ちた。

「フェイルっ‼　お前いったい何がしたいんだ⁉　僕に何をして欲しい⁉」

俺とシリルじゃあ身体能力に差がありすぎる。頭蓋骨を締め付けてくる右手を即座に剥がそうとしても力が足りなかった。

「金は借りたくない！　親が遺した金も使えない！　恵んで欲しくもない！　いったいどうしろって言う⁉」

指の間から見えたシリルの顔――目が開き、鼻筋にしわが寄り、左右の犬歯までが剥《む》き出《だ》しになった本気の怒り顔。

「フェイル！　お前は金に臆病すぎだ！　金は金だ！　たかがじゃねえ！　たかが金だ！」

しかしそう怒鳴られて黙っていなかった俺。「たかが金だ！」顔を掴まれたまま、本棚に押し付けられたまま叫び返す。シリルの右手首を握った両手に全力を込めた。

「たかが金で人が死ぬ！　人がっ――死ぬんだよ！」

顔面からシリルの右手を剥がして投げると、「はあ――はあ――っ」呼吸が荒い。

対してシリルは、「…………」怒気を立ちのぼらせながら静かに俺を睨《にら》んでいた。

もはや金の貸し借りがどうのこうのという雰囲気ではない。シリルの激怒に釣られて興奮しつつも俺は、息が詰まるほど申し訳ないと思うのである。

俺の意固地、どうしようもなさが、優しいシリルを怒らせた。

やがて……シリルが、人喰《ひとく》い虎のような目付きのまま俺に言う。

「どうしてフェイル、そんなに優しいんだ？」

すぐには意味がわからなかった。

俺がシリルの言葉の意味を考えた瞬間——再びシリルの腕が伸びてくる。俺の胸ぐらを摑んで乱暴にねじり上げると、俺が目を逸《そ》らせないように顔を寄せた。

「今生きて、今辛《つら》い思いをしているのはお前だフェイル。お前の親はもういない。もう死んで、この世のどこにもいないんだ。気を遣う必要がどこにある？」

力のこもった問いかけ。

俺は、こんな俺を叱ってくれるシリルになんとか応えようと。

「優しくなんかねえ！」

勢いに任せてシリルの胸ぐらを摑み返した。犬歯を剝き返した。

「母さんが死んで貧乏になった後——俺なんぞを思って、借金も、教会の施しも受けなかった親父に当て付けしてるだけだ。俺ぁ、親父以上にがんばって、世間様に誇れるような召喚術師にならにゃあいけねえんだ」

今まで詳しくは伝えていなかった家族のこと、思い出すのも嫌な記憶を、言葉にしてぶつけるのである。この場で本心をごまかすのは卑怯《ひきょう》だと思ったから。

「親父《おやじ》は、人んちの小作やる他に、ちっちぇ畑で薬草をつくってた。触るだけでひどくかぶれるクソみてぇな薬草だ。薬草は町の組合《ギルド》に卸すのが暗黙の了解になってたが、自分で売り先探して、高く買ってくれるお医者先生に持ってってたんだ」

普通、こんな『人んちの事情』をいきなり聞かされても迷惑なだけ。それでも俺がシリルに思いを告げられるやり方はこれしかなく。

「俺が十六になる年までに三百万。たかが百姓に、そんな大金稼げるか」

俺の見てきたもの、感じてきたものが、億分の一でも伝わってくれることを願うしかなかった。

「でもそれで――組合《ギルド》に買い叩《たた》かれてた同業者の妬みを買って、刺されやがった」

「何の罪もないじゃないか。恥じることは何も――」

「でも死んだっ。死んだことが一番悪いっ！」

思わず裏返ってしまった叫び。シリルの力が少し弛《ゆる》む。

「親父は真面目だった！　いつもいつも俺のことばかりだった！　クソ貧乏のくせに、借金じゃなく金なんか遺して死にやがったせいだ！　そのせいで、俺だって金について潔癖で居続けなきゃあっ、親父の人生が嘘《うそ》になる！」

シリルが言い返してこなかったのは、俺があまりにもみっともなかったからか。

常識外れの感覚である『借金嫌い』に固執しているからか。

「俺は天国なんざ本気じゃ信じちゃいねえ。死の神クローカは死者の国を創ったっつーが、神のクソどもは平気で嘘をつく。死んだが最後、魂も何も消え失《き》せ《う》るかもしれねえ」

「………………」

「でも万が一だ。万が一、本当に、死者の逝《ゆ》く国があって、そこに親父と母さんがいるってんなら――俺は、絶対あの二人に頭を下げさせてやる……っ！　勝手に死にやがったことを叱りつけてやるんだよ……っ！」

「……フェイル……」

「俺は苦労して召喚術師になったのに、ずっと二人のことを思い続けたのに――お前らはなんなんだって！」

シリルに止められないのを良いことに力いっぱいまくし立てた俺は、そこでようやく息が切れた。単語一つ一つに力を込めすぎて、喉から血が出たかと思うほどの疲労。荒い呼吸の途中に唾《の》を呑み込むと軽くむせてしまう。

「…………………悪かった……いきなり乱暴して……」

俺の胸ぐらを離して背中を向けたシリル。左手を腰に当てると、頭痛を我慢する時のように右手でひたいを強く撫《な》でるのである。

「……トルエノックシオン、か……一冊残らず燃やしてやりたいよ」

物騒なことを言うが、その声はいつものシリルに戻っていた。

「九十万、なんでそんなに高価《たか》いんだ。ムカつくな。著者は？　どこの誰が書いた？」

「……………ラッカリーズ・ジャンパン……」

「ふざけた名前だラッカリー――ラッカリーズ？　…………青の導師ラッカリーズか？」

「は？　いや……その青の導師ってのは知らねえが、背表紙の著者名はラッカリーズだった。間違いねえ」

「……そうか……間違いなく、ラッカリーズ・ジャンパンだったか……」

「…………………」

「…………………」

「…………………」

「ラッカ――」

そして次の瞬間、俺が見たのは――蝋燭《ろうそく》の光から生まれた陰影を顔に乗せながら、いきなり腹を抱えて笑い始めたシリルの姿。

「はっはっは！　はははは！　これはお笑いぐさだ、僕らはなんて馬鹿なことを――」

俺は何一つ意味がわからない。

シリルの大爆笑が終わるのを待ち続けると、やがて俺に振り返ったシリルが人差し指で涙をぬぐって言った。

「いいかフェイル？　ラッカリーズ・ジャンパンは、おじいさまが大ファンだった召喚術師だ。知る人ぞ知る冒険家で、〝ラッカリーズの赤い竜〟という題名で児童書だって出てる。多分、それもあって異常に高価《たか》いんだろう。僕が召喚術師を目指したのも、おじいさまにラッカリーズのことを聞いたからだよ」

「──はぁ？」

「彼の書いたものなら、おじいさまが無限に集めていた。個人的な手紙すら何百と収集したんだから、魔術書ぐらい確実にあるだろう。明日中には家の者に持ってこさせるよ」

「ちょっと待てシリル。お前、いったい何を言って……？」

突然の急展開に俺は突っ立ったまま呆然《ぼうぜん》とするだけ。

そんな俺を放置して──カーディガンを脱ぎ捨てたシリルは、ベッドに寝転がってさっさと毛布を被《かぶ》るのだった。

つい何分か前の喧嘩《けんか》などすっかりすべて忘れ去ったかのように──まるで最初から喧嘩なんかなかったかのように──背中を向けて軽く言う。

「貸してやるから三日でマスターしてくれ。僕もやっぱり、召喚祭は負けたくない」

15. 召喚術師、ついでに馬鹿にされる

「二日で会得《えとく》するとは聞いていないぞ」

シリルにそう言われ、俺は「ふぁあああ〜」と顎が外れそうな大あくびなのだ。

「その代わり超絶寝不足だけどな。さっきの講義、マジで寝そうだった。歯ぁ噛《か》み締《し》めすぎて顎が痛《いて》え」

「アルバイト、今日は休んだ方がいいと思う」

「できるかよミフィーラ。寝不足の度に休んでたら、あっちゅう間に餓死しちまうぜ」

直前の講義の疑問点を先生に質問しに行った後――俺たち三人は、長い廊下をダラダラ歩いて次の講義に向かっていた。疲れのせいか、小脇に抱えた教本の束がいつもより重い。

「さすがに昼から寝とくかなぁ。偵察がてら学位戦も見ときたいんだが……」

「そういうのは僕とミフィーラでやっておく。頼むからフェイルは寝てくれ」

「そうかぁ？　すまねえなぁ」

毎日の講義、深夜までの酒場バイト、魔術書トルエノックシオンの読み込みと、身体《からだ》はひどく疲れているのだが、意外な充足感で心は軽かった。

やはり——やるべき事が明確になっているというのは心に良い。やればやるだけ成果が出るというのは、正直楽しい。

「つっても、まずは次の講義を乗り越えにゃあな。高位魔術学は、先生の声が眠気を誘うんだよなぁ」

「ふははっ。水でもかけてやろうか？」

「タオル用意してくれりゃあ別に構わねえぞ？」

これから始まる高位魔術学は一年生の必修講義だ。受講人数は百名近くになるため、校舎二階に出入り口がある大教室で行われる。

すり鉢を縦半分に割ったような半円形の階段教室。街にある大劇場もびっくりの広さ。

俺たち三人は先生への質問で時間を食ったから、すでに半分ぐらい席は埋まっているだろう。講義開始のチャイムまで残り十分もなかった。

「講義中に寝てたら起こしてくれ。殴ってもいいから」

「わかったわかった。普通に起こしてやる」

立派な大扉を押し開けて——「ぶべっ」——なぜか俺は水浸し。

一抱えもある水球が出入り口の上枠に当たって弾《はじ》け、その水のほとんど全部が俺に落ちてきたからだ。教室の扉を開けた瞬間のこと。反応なんてできるわけがなかった。

俺の後ろにいて濡《ぬ》れなかったシリルが言う。

「タオル、持ってきてやろうか？」

俺は怒りのままに大教室へと飛び込んだ。

「どこのどいつだああああああああああああああああああああっ‼」

しかし、である。目の前に広がった予想外の光景に、握り拳を振り上げた格好の俺は、

「はあ――？」と足を止めるのだ。

階段教室を形作る段差のあちこちでひっくり返った椅子や机。教室の底部にあったはずの教壇も横に倒れ、およそ講義なんて始められるわけがない惨状だった。

「なんだこりゃあ……？」

召喚獣が五体いる。

身の丈四メジャールを超える重装騎士として形を成した水精霊が一体。

巨翼の両腕を広げ、膝から下が大鷲《おおわし》の足となった裸の美女――ハーピーが四体だ。

四体のハーピーが鳴き声を上げればつむじ風が巻き起こり、舞い上がった机や椅子が騎士姿の水精霊へと襲いかかる。

水精霊は、左の前腕と一体化した『分厚い水の大盾』でそれを受け止めた。

「……教室間違えたか？」

「いいえフェイル・フォナフ。とんだ災難だったわね」

そう声をかけられて首を回せば、快活そうな茶髪少女――ルールア・フォーリカーが、俺を見て笑いをこらえているではないか。彼女のチームメイト二人も一緒だ。

「はっはっは！　運が良かったなフェイル殿！　直撃なら医務室行きだったぞ！」

「ご、ゴウルさん、笑ったら失礼ですよ」

俺はびしょびしょの袖で顔をぬぐい、「話が読めねえ。消しゴム落とし感覚で、召喚バトルが流行《はや》り出してんのか？」とルールアたちの横に並んだ
水色に透けた巨大騎士が右手の剣を振り回す。

すると大小様々な水球が幾つもばらまかれ――空中のハーピーには一つも当たらなかった。

その代わり、教室の壁を砕いたり、俺たちめがけて飛んでくるのだ。

「光盾《ホーリーシールド》」

ルールアの唱えた光の防御魔法が水球を防ぐ。

彼女が生み出した光の盾は驚くほど巨大で、自分のチームメイトの他に、俺やシリルやミフィーラ、それ以外にも近くにいた学生五、六人を丸ごと覆い隠した。

「さすが」

「あなたたちには破られかけたけどね」

ルールアという安全地帯を見つけてひとまず怒りが落ち着いた俺。最上段から大教室全体を見下ろしていると、いったい何が起きているのか、なんとなく理解できた。

性悪貴族ベルンハルト・ハドチェックと赤髪の少女が戦っている。

「オラぁ！　どうしたジュリエッタぁ！　オレ様をわからせるんじゃなかったのかよ⁉」

「くっ――負けられないの。力を貸してオリュペイア！」

思い返してみれば、あの騎士姿の水精霊はベルンハルトの『片割れ』だし、赤髪の少女はベルンハルトに気に入られて時々うざ絡《がら》みされている娘《こ》だった。

教室に集っていた五十人弱の学生たちは教室の隅に退避し、机や水球の流れ弾から身を守ることに専念している。歓声や野次を飛ばしているのはベルンハルトの子分たちぐらいなもの。

「喧嘩か……それにしたってどうして誰も止めねえ？　ベルンハルトなんぞにビビってるわけじゃねえだろう？」

するとルールアが苦笑を浮かべた。

「彼だって召喚祭出場者よ？　でも――そうね。誰も仲裁しないのは、ジュリエッタの誇りを懸けた一騎打ちだからじゃないかしら」

「誇りだあ？　そんなこと言ったら、ベルンハルトの面《ツラ》見る度、一騎打ちする羽目になるじゃねえか」

「……………ジュリエッタのお母さんね……その、娼館《しょうかん》でお仕事してたらしいのよ、昔」

「別に珍しくもねえ」

「わたしは直接聞いていないんだけどね。どこで聞き付けたのか、そのことをベルンハルトが言ったみたいなの。それでジュリエッタに……娼婦《しょうふ》の血が流れてるんだから、自分とも付き合えるだろうって。愛人に選ばれて喜ぶべきだ――って」

そりゃあひどい。俺は思わず「ちっ」と大きく舌を打ったし、教室の壁をぶん殴ったシリルが「……貴族の面汚《つらよご》しめ……」地獄の底のような声で呟《つぶや》くのだ。

「なるほど。それを聞いちゃあ手出しはできねぇな。正直、だいぶ分は悪そうだが」

「最近、ていうかここ一、二週間のベルンハルト、少しおかしいと思わない？　言葉の歯止めが利《き》かなくなってるというか、やけに攻撃的というか――」

「大体そんなもんだろ？　つーか、ベルンハルトの言動なんざ一々覚えてねえ。あんな下衆《ゲス》、記憶の容量を使うことすら癪《しゃく》だぜ」

「召喚祭への出場が決まって、有頂天になってるのかしら……？」

ミフィーラが濡れた教本を持ってくれて両手が自由になった俺は腕を組む。そして

「……ジュリエッタ……正面からぶつかっちゃ駄目だ。速度で圧倒して、術者を狙わにゃあ。……違う。そうじゃない」なんて小声でぼやいた。

隣のルールアがくすりと笑う。

「口を出したくてしょうがないって感じね」

「ベルンハルトの水精霊は強力だが、穴だらけだ。タイマンならあんなやりやすい相手もねえだろう。絶好のチャンス何度も見逃してんだから、ヤキモキもするさ」

「手厳しい。一年生屈指の召喚獣運用と、即効召喚の腕前、あなたレベルの戦闘スキルをジュリエッタに求めるのは酷じゃない？」

「つってもだ、召喚獣の性能頼みなんて、ゴリ押しが通るものか」

「それは、そうね。水精霊の懐《ふところ》に入れないうちは、ジュリエッタに勝ち目はなさそう」

「ジリ貧だよ。ベルンハルトに弄ばれて終わりだ」

赤髪少女――ジュリエッタが自身と母親の誇りのために戦っているというのならば、無条件に手を貸すのは野暮というものだろう。

例え、ハーピーの一体が水球の直撃を受け、地面に墜落したところを水色の巨大騎士――水精霊に踏み潰されようが。

「まずは一匹ぃっ‼　見たかぁ‼　オレ様が最強だぁ‼」

腕を広げて天井を仰いだベルンハルトの声が耳障《みみざわ》りだろうが、今は『助太刀をする理由』がない。残酷なハーピー狩りをイライラしながら見守るばかりだった。

「ほら見ろぉジュリエッタ！　オレ様に逆らうからだぁ！」

風を巻き起こす瞬間を狙われて、またハーピーが一体、水球の餌食《えじき》となった。教室の硬い壁に叩《たた》き付《つ》けられると、悠然と歩いてきた水精霊の左手に胴体を掴《つか》まれる。

「オリュペイアを離して！」

悲痛な叫びと共に風の刃《やいば》を放ったジュリエッタ。

しかし水精霊は攻撃魔法の直撃にも微動だにせず――肩の辺りが大きくえぐれても、小石を落とされた水面《みなも》のようにすぐさま復元するのだ。

「効くかよそんなものぉ！」

ベルンハルトの電撃魔法が地面をめちゃくちゃに砕きながらジュリエッタをかすめた。

短い悲鳴と共に少女が吹き飛ぶ。たいした受け身も取れずに教室の底部を転がった。

「オレだってジュリエッタを傷付けたくなんかないんだぜぇ。それなのに、ジュリエッタがオレ様の言うことを聞かねえから」

ぐったりしたハーピーを手放さない水精霊を伴ってニヤニヤ笑うベルンハルト。捕らえたハーピーを見上げ、「好みの顔だが、鳥足ってのが気に食わねえ……」教室の床に唾を吐いた。

「なあジュリエッタよぉ？　ハーピーってのは、性欲の塊って話じゃねえか。そんなのが『片割れ』なんだ。きっとお前もそうなんだろう？」

ジュリエッタが震えながらもなんとか身体《からだ》を起こそうとする。

誇りを傷付けられた少女の意地——俺はそれを痛々しいと思うのだが、ベルンハルトにとっては愉悦の的でしかなかった。下卑た笑いが止まらない。

「オレ様のモノになるのは上に行くチャンスなんだぜ！　貧乏人の粗チンなんぞで一生を終える必要はないだろう！　フェイル・フォナフみたいななあ！」

そして俺も——ようやく笑えた。

「よく言ったベルンハルト。期待してたぜ」

そう呟くなり、脇目も振らずに飛び出す。


呪文詠唱なしの即効召喚で体長三メジャールにもなる超巨大バッタを喚《よ》び出すと、その頭部に飛び乗って一騎打ちに割り込むのだ。巨大バッタの大ジャンプで、ジュリエッタとベルンハルトの間にド派手に降り立った。バッタの肢先が教室の地面を砕き飛ばした。

バッタの頭に立ってベルンハルトを見下ろす俺。

「よお〜、ベルンハルト〜」

ベルンハルトは鳩《はと》が豆鉄砲を食ったような顔で俺を見上げるばかりだった。なぜ俺が出てきたか、なぜ俺が笑っているのか、まるで理解できていない。

「ジュリエッタのついでに馬鹿にしてくれるたあ、良《い》い度胸じゃねえか」

俺の背後でヨロヨロ立ち上がったジュリエッタが、「や、やめてフェイルくん。これは、わたしの――誇りを懸けた戦いなの」と訴えてきたが。

「うるせえジュリエッタ。こちとら名前まで挙げられて粗チンとか言われてんだ。好き勝手言われたまま黙っていられるか」

俺はそう返して一顧だにしなかった。

すると「あっはははははははは――っ‼」最上段から教室全体に響き渡った大爆笑である。腹を抱えたルールアが俺のことを指で差していた。

「そうねえ！　そこを馬鹿にされたまま黙ってたら、男の沽券《こけん》に関わるものねえ！」

ルールアのそばのシリルからも「いっそ殺しても構わないぞ！　決闘の先にある死は、貴族の誉れだからな！」なんて物騒な声援が飛んでくる。

二人だけではない。

俺の登場に盛り上がった大教室のあちらこちら――事の次第を見守っていた学生たちか

らも声が上がるのである。

「フェイル・フォナフだ！　フェイル・フォナフが出た！」

「待ってたぞぉ！」

「オレたちはお前がやる奴《やつ》だって知ってたんだ！」

「絶対負けんな！　貴族にムカついてる平民出はお前だけじゃない！」

「お願い勝って！　ジュリエッタを助けてあげて！」

「もう講義なんてどうだっていいから！」

ほとんど話したこともないような男子。廊下ですれ違えば会釈《えしゃく》してくれる程度の女子。

それぞれが俺のために声を上げ……それがベルンハルトを逆上させた。

「貧乏人風情《ふぜい》がぁあああああああああああああっ‼」

そう叫んで、ハーピーを放り投げた水精霊を俺に突進させるのである。

巨大バッタが跳んだ。

俺を乗せたままの大跳躍だ。

ビタンッ――‼　教室の壁に小さなヒビを入れながら張り付くと、間髪入れずに巨大な後ろ肢を伸ばして次なる跳躍。水精霊の飛ばした水球をギリギリ避けた。

そして巨大バッタと心を合わせた俺は、冷たい頭にまたがってバランスを取る。

「それは姿見えぬ水、音なく這《は》い寄《よ》る狩人《かりゅうど》。例え夜が終わろうと、汝《なんじ》の夜は終わるまい。朝の雫《しずく》を喰《く》らい、やがて沼地も枯れるだろう。今、汝の牙潜む、偽りの闇が来たり」

途中、急激な加速に息を詰まらせながらも召喚の呪文を唱えた。

大きな声ではない。しかも、俺の青い魔力光が形作った魔法陣は、「だーはっはあ！　ベルンハルトぉ！　狙いっつーのはこうやんだよぉ！」召喚と同時に発射していた電撃魔法・雷撃破《サンダーボルト》の閃光《せんこう》で隠した。

だから教室の誰も――当然ベルンハルトも――俺の召喚は知らないのだ。

いや、シリルとミフィーラ、それにルールアぐらいは、『あっ』と思ったかもしれないな。

「逃げてんじゃねえフェイル・フォナフ！　降りろ！　降りて戦えよおおおおっ‼」

「貴族様が惨《みじ》めだなぁ！　ご大層な精霊使って、虫の一匹捕まえられないたあ！」

俺の電撃魔法と水精霊の水球が激しく交錯する。

機動力なら圧倒的にこっちが上だった。高威力の電撃魔法で執拗《しつよう》にベルンハルトを狙い続けているから――ベルンハルトは防御魔法を張り続けるしかなく、巨大な水精霊もあいつのそばを離れられない。俺の後を追いかけて水鉄砲を撃ち続けるぐらいが関の山だ。

業を煮やしたベルンハルトが動いた。

「凪を追う獣！　竜の鱗《うろこ》に覆われし猛き牙よ！　不屈の意志と共に森を抜け、傲慢不羈《ごうまんふき》を謳《うた》う大物を喰らえ！　汝こそが反逆の獅子《しし》なり！　今、黒き獣に捕食の時が来たり！」

俺やシリルであれば即効召喚できるような鱗イタチを、わざわざ呪文を唱えて召喚する。

出てきたのは、体毛ではなく黒い鱗に覆われた巨大イタチだ。

とにかく俊敏性に優れ、大型犬よりも二回りは大きな身体。その辺の熊ぐらいなら楽に捕食できる古代の猛獣である。

とはいえ——どこからか現れた大量の羽虫と甲虫が鱗イタチに群がり、その動きを止めた。

「フェイルてめぇぇぇぇぇ‼」

「のんきに呪文なんか唱えてっからだろーがぁ！」

地道な反復練習を嫌って即効召喚を用いない召喚術師も結構いるが、俺からすれば『死に繋《つな》がる怠慢』だ。今みたく召喚獣を見抜かれ、即効召喚に先手を打たれたりもする。

もはや虫の大群が俺の代名詞なのだろうか。

鱗イタチを虫の即効召喚で止めただけで、「フェイル・フォナフの十八番《おはこ》だ！」などと教室中が大盛り上がり。講義開始のチャイムが鳴ったが、誰も気にも留めなかった。

大教室の出入り口に視線を振ったら——遅れてきた何十人かの学生たちの中で、高位魔術学の先生が呆然《ぼうぜん》と突っ立っている。

そして、あまりにも目を引く白金髪。サーシャ・シド・ゼウルタニアも真顔でそこにいた。

──先生よりもサーシャの方が怖《こえ》ぇな──

そうは思っても今さら戦いは止まらない。

せっかく喚んだ召喚獣を無力化され、更には「ぐあっ⁉」巨大バッタが着地した瞬間の跳ね石がひたいに当たって、ベルンハルトの激怒が頂点に達したからだ。

「ガロクフォーレっ、水量全開だ‼　全部洗い流してやれえっ‼」

ベルンハルトの叫びに応じて騎士姿の水精霊が腰を落とす。水の剣の柄を両手で握ると、今までより一層大きな動作で剣を真横に振り抜いた。

水の剣身が圧倒的な水の奔流へと姿を変え。

「はっはははっ‼　ひゃぁはっはははははあ──‼」

水精霊を中心に教室すべてを暴れ回る。

机や椅子を流し、教室の段差を砕き、防御魔法で身を守っていた他の学生たちさえ圧殺しようとした。

当然、巨大バッタの機動力で逃げ切れるとかいう甘い展開じゃない。

巨大バッタを盾に、迫り来る水流を防ぐだけで精一杯だ。巨大バッタの陰《かげ》に逃げ込んだ途端、その外骨格が軋《きし》みを上げ、すぐさま嫌な破砕音に変わった。心臓に走った鋭い痛みで召喚獣の死を知るのである。

「ちいっ。すまね――」

やがて水の奔流が終わり……教室全体が水浸しだ。階段教室の底部には膝下まで水が溜《た》まり、今やほとんどの学生が前髪までぐっしょり濡《ぬ》れているのだった。

「やっべ。死ぬかと思った……」

そうぼやきながら巨大バッタの死体の陰から這い出た俺は――すぐ目の前に立っていた水精霊を、足先から舐《な》めるようにゆっくり見上げる。

水色に透けた巨大騎士の肩にはベルンハルトが立っており。

「……ひざまずけ貧乏人。ひざまずいて許しを請《こ》えば、命だけは助けてやる」

今度は向こうが俺を見下ろしていた。

俺は鼻で笑って、「御免だね。バッタ倒したぐらいで勝った気になるなよ」と魔術師服のすそを絞るのだ。バチャバチャと水が落ちた。

「ああん？　虫しか召喚できない貧乏人に何ができる？　今さら姑息《こそく》な即効召喚か？　何を喚んだってオレ様のガロクフォーレでぶっ飛ばしてやる」

「ぶっ飛ばす？　ぶっ飛ばされるの間違いだろ」

「なんだとてめぇ――」

「いやぁ、なんつーか……さすがに気付かなすぎだぜベルンハルト。不意打ちするつもりだったのに、思わず種明かししたくなるじゃねえか」

俺がそう言った次の瞬間、ベルンハルトと水精霊に薄い影が乗り…………勝利を確信していた召喚術師と召喚獣は、大教室の天井まで達した『七色の巨大不定形生物』に戦慄しただろう。

「……な、なんだこりゃあ……」

「ありがとうな。俺の〝カメレオンスライム〟を、ここまで育ててくれて」

まるで蛇がうねるように、俺のスライムが水精霊に真横から体当たりをかます。

たかだが身長四メジャールの巨大騎士と、大教室の空間の六割近くを埋め尽くした巨大スライム――質量差は圧倒的だった。

水精霊は騎士の形を維持することも叶《かな》わず、バラバラになりながら教室の壁まで吹き飛んでいく。

当然ベルンハルトも宙を舞ったが、水精霊の欠片《かけら》がクッションになって、なんとか無事だったようだ。というか、だいぶ手加減したんだ。簡単に死んでもらっても困る。

教室中の学生たちが『突如現れた召喚獣』に騒いでいた。

「で、でかぁっ！　何だこりゃあ⁉」

「カメレオンスライムだわ。水精霊が出した水を吸ってこんなにも大きく……っ」

「てゆーか召喚してたの⁉」

七色が不気味に揺らめく超巨大スライム――カメレオンスライムは、本来、人間程度の体積しかないちっぽけな存在である。体色を変化させて周囲の景色に溶け込む性質に注目されることが多いが、そんなことよりも吸水性の高さが異常。文献を探れば、過去幾度となく、沼を干上がらせた野生のカメレオンスライムが山間の村々を襲っているのだった。

水精霊の天敵だ。

俺のそばをずっとウロウロしていたカメレオンスライムに気付かず水を撒《ま》けば、そりゃあこうなる。特に最後の水流全開が決定的だった。

「なんだっけかベルンハルト――ひざまずいて許しを請え、だっけ？」

俺は、犬か猫のようにすり寄ってきたカメレオンスライムを撫《な》でながら、四《よ》つん這《ば》いになったベルンハルトの尻に嘲笑を送る。

「下手なことは言うもんじゃねえな。だいぶ格好悪いぞお前」

足下に溜まっていた水を貪欲なカメレオンスライムが吸い上げるのを待って、歩き出した。

「格好悪いついでに子分に助けてもらうか？　それとも、負けを認めて非礼を詫《わ》びるのか？　どっちだよ？　さっさと決めろ」

ベルンハルトは四つん這いになったままだ。

その代わり——全身に俺の虫たちをくっつけたままの鱗イタチが襲いかかってきた。

速いは速い。

だが、鱗イタチの各関節には大量の甲虫が群がり、両目は羽虫が潰している。

俺は身体《からだ》を引いてやけっぱちの突進をかわし、「細糸電《ラインボルト》——」すれ違いざまに覚えたての魔法を使うのである。

俺の右手の指先から細糸のような電気が走り、鱗イタチの頭部を捉えた。

ほんの一瞬の接触だったが、俺しか知らない電撃魔法が鱗イタチの頭蓋を抜けて脳髄を狂わせる。こっちの魔力消費はゼロに近いのに、鱗イタチは派手にすっ転んで——その後、あえなくカメレオンスライムに押し潰された。

「即効召喚ができないとこういう時不便だな。逃げの一手も打てやしねえ」

「……オレが……オレ様が逃げるだとぉ……」

ベルンハルトが立ち上がる。

前髪を高く盛ったアヒル頭が崩れ、付き従ってくれる鱗イタチも失ってはいるが……その表情は俺への憎悪《ぞうお》に燃えていた。

「オレ様のガロクフォーレは終わってねぇえええええええええええええ‼」

喉を潰すような叫び。

それに呼応して大教室の一角で水柱が立ち上がるのだ。力任せに吹っ飛ばされて沈黙していた水精霊が息を吹き返したらしい。

カメレオンスライムが素早く動いた。水柱に覆《おお》い被《かぶ》さると無限に噴き出る水を呑《の》み込もうとする。

「スライム風情《ふぜい》がどこまでやるつもりだああああああああああああ‼」

スライム風情――確かにカメレオンスライムの吸水にも限界はある。

だから俺は前に出た。

走って前に出て、のんきに突っ立っているベルンハルトの顔面ド正面に拳を叩《たた》き込む。

――パキャ――

そんな軽い音が教室に響き渡り、首のすっ飛んだベルンハルトが尻もちをついた。

俺はベルンハルトの胸ぐらを摑《つか》み上げつつ、水精霊の様子をチラ見する。

「まだか」

状況を理解できずに放心状態のベルンハルトを無理矢理立たせると、今度は鼻筋に狙って頭突きを入れた。倒れて欲しくないからまだ胸ぐらは放さない。

無防備な金的を膝頭でカチ上げた。

その瞬間ベルンハルトの表情が固まるのが見えて、「よし消えた」俺は水精霊の消滅を確認するのである。

召喚獣の維持にはある程度の集中を要する。失神や激痛で術者の意識を奪えば、どんな怪物も強制送還だ。ヒーローごっこ中の子供だって知っている対召喚術師戦闘のセオリーだった。

俺が胸ぐらを掴んだ指を開くと。

「────お────お、あ────」

一人で立つことすらできずにその場にうずくまったベルンハルト。

その瞬間。

「うおおおおおおおおおおおっフェイル・フォナぁあああああああああ──‼」

「勝ったああああああああああああああああああああああ──‼」

学生たちの歓声が爆発した。

それと同時に、「ベルンハルトさん──」五人の男がこちらに駆け寄ってくる。性悪貴族の子分どもだ。金の腕輪や豪奢《ごうしゃ》な指輪など、やけに派手派手しいからすぐにわかった。

五人の男は俺を取り囲んで。

「卑怯《ひきょう》！　卑怯だぞフェイル・フォナフ！　最後っ、ベルンハルトさんを殴った！」

などと吠《ほ》え始めるが、「うるせえ」カメレオンスライムで一人小突いてやると、吹っ飛んだ仲間を追いかけて俺に背を向ける。ベルンハルトは置き去りだ。

「卑怯だあ？」

俺が歩いて近づくと、五人の顔には恐怖しかなかった。

そりゃあそうだろう。巨大化したカメレオンスライムだけではない。シリルの召喚した〝剣虎王《けんこおう》ザイルーガ〟までもが俺の背後に現れ、五人を威嚇したのだから。

「お前らは、怒り狂った虎を前にしても、卑怯だなんだのとわめくのかよ？」

返事は返ってこなかった。

五人の内の一人が何か言おうとしたが、ザイルーガの咆吼《ほうこう》に腰が抜けたらしい。

「散々人様のことを馬鹿にしくさっておいて、学位戦並みのレギュレーションをお望みたあ、都合のいい話じゃねえか。なあ？　そうは思わねえか？」

首を傾《かし》げながらそう凄《すご》んだ俺。

すると五人の男はあっさりその場に両膝をついて、ひたいを地面にすり付けてしまう。

「あ——謝らせてくれフェイル・フォナフ！　オレたちは、その……ベルンハルトさんが喜ぶと思ったから。あの人から金が出ると思ったから」

「もう、あの人とはツルまねえ」

「だからさ、命だけは——もうあんたにゃあ、貧乏とか言わないから」

「頼むよフェイル・フォナフ。このとおりだ。このとおりだよ」

「後生だからさぁ」

俺は——なんだこいつら、意気地がねえ——と内心呆《あき》れつつも、「ジュリエッタのとこにも行ってこい」顎先を動かして命令した。

我先にと走り出した五人の男を見送って、俺はベルンハルトへと戻る。

ザイルーガが巨大な前脚でうずくまったベルンハルトの頭を弄んでいたから、さすがにマズいと思ってザイルーガにはどいてもらった。

足下からの震え声が上がる。

「ふぇ、フェイルよぉ……フェイル・フォナフ……てめえ、オレ様を怒らせたらどうなるか、わかってんのか……？」

見れば、ベルンハルトが血まみれの顔を上げようとしていた。

「馬鹿かお前。俺に生殺与奪握られて何をほざいてやがる？」

俺がそう言うと、鼻が潰れてだいぶ人相の変わったベルンハルトの口から「ふへへへ。ふひゃひゃひゃ」という不気味な笑い声だ。

「破滅の鍵を持ってんのはオレだぞ。オレ様こそが、終焉《しゅうえん》の使徒なんだ」

「……終焉だあ……？」

「召喚祭、てめえは最初に潰してやる。誰がどうあがいたって銀色は止まらねえ」

「…………………」

俺が沈黙したのはベルンハルトの異様な雰囲気に呑まれたからではない。何日か前、バイト先で奇妙な客に絡《から》まれた時のことを思い出していたからだ。

……あの変な客も、破滅だの終焉だの言ってたな……。

少し嫌な予感がした。しかしその感覚は、「――フェイルくん。助太刀、ありがとうございました」背後からやって来たジュリエッタの声で途切れてしまう。

俺は何も言わずにベルンハルトの眼前を明け渡した。

ジュリエッタとベルンハルトのやり取りにたいした興味もなかったので、カメレオンスライムと残っていた虫の大群を送還した後は。

「シリルも心配性だ。喧嘩《けんか》なら五人相手でも負けやしねえよ」

ザイルーガの大きな顔を撫で回す。もふもふの体毛に肘まで埋まった。

「――お母様は穢《けが》れてなどいない‼」

突然の叫びに振り返ったら、ジュリエッタがベルンハルトの顔面を蹴り上げているではないか。顎が跳ね上がり、それでベルンハルトは完全に沈黙した。

肩は動いているから死んではいないだろうが……しばらくは起き上がってこないだろう。

そして俺に向いたジュリエッタ。

「迷惑をかけてしまってごめんなさい。でも、本当に感謝しています。フェイルくんが来てくれなかったら、わたしは――」

そう言って深々と頭を下げた。

俺は苦笑しながら同期生に応えた。

「構わねえさ。ずぶ濡《ぬ》れにされてイラついてたし、俺も少しは気が晴れた」

不意に視線を動かすと、サーシャ・シド・ゼウルタニアと高位魔術学の先生がこちらに歩いてくるのが見える。

ジュリエッタが俺の前に出た。

「待って。待ってください先生。すべてはわたしが――」

そう言って、見るも無残な様相となった大教室、潰れてしまった講義の責任を取ろうとするのだ。

ジュリエッタの罪を許したのは、学院理事の顔も持つ王女サーシャだった。

「事情はルールアに聞いています。教室の修繕は、ベルンハルト・ハドチェックが全額負担するのが適当でしょう」

それでホッとする俺とジュリエッタ。

サーシャがわざわざ俺を見て笑った。

「なんでもできるのですね」

開いた両手を軽く持ち上げて肩をすくめる俺。

「見よう見まねだ」

実際、徒手格闘を専門にやったことはなく——今までの酒場バイトの中、酔っ払い同士の殴り合いを見て覚えた。

「それもですが、妙な魔法も一度使ったでしょう？　糸のような」

「……ちょっと試してみただけだ」

「これ以上は聞きません。召喚祭の準備が進んでいるようでなによりです」

それからサーシャは、高位魔術学の先生とこれからどうするかを話し合う。

二人の口から『補講』だったり『別教室』だったりの言葉が出て、俺は、サーシャと先生にだいぶ迷惑をかけてしまったことを自覚した。

サーシャと先生の会話の終わりを待って一言謝ろうとしたが……やがてサーシャの方が俺のそばに来て、小さくこう笑うのである。

「でも、こういうのも、青春という感じがしていいですね」

俺は——何言ってんだこいつ——そう思って眉をひそめた。

何はともあれ、高位魔術学の講義が潰れたのならば、濡れた魔術師服を着替えに一度学生寮に戻りたい。一刻一秒を争わないと普通に風邪をひきそうだった。

16. 召喚術師、姫に神話を語らせる

「いや、だからよぉ。化け物はパンドラだけじゃねえだろう？」

「いいや。絶対にパンドラだけだ。世界の終わりだぞ？　人間じゃなくて世界丸ごと終わるんだろう？　いくら〝神の時代〟の怪物が強大だとて、そうそう終末など来るものか」

「……怪物よりも神様の方がムチャクチャしてた印象……」

「ああそうだ。しかし、破壊の神フラガでさえ、世界樹を切り倒せなくて傲慢を恥じる」

「最高神とパンドラだけが世界を壊す力を持ってた。だから最後、一騎打ちになった」

「そら見ろフェイル。ミフィーラに一票だな、僕は」

「ああもう——専門家はいねえのか、この学院に、神話の専門家はっ」

「神話学は教会の専売特許だ。話を聞きに行ってみるか？」

「坊さんかぁ。大概の坊さん、話長《なげ》ぇんだよなぁ。迂闊《うかつ》なこと聞いたら、不届き者とか説教されそうだしなぁ」

昼時の食堂は二百を超える学生でごった返していた。

午後からの学位戦に備えて腹ごしらえする者、友人たちとの談笑を楽しむ者、午前中の

講義で出た課題の多さに文句を垂れる者……当然、一人静かに食事する者も結構いる。

そんな中、俺たちいつもの三人は神話についての持論を持ち寄っていた。

議題は――最高神ゼンとパンドラ以外に世界を破滅させる存在はいるのか――だ。

「意外といねえもんだなぁ。〝神の時代〟とか、ちょくちょく世界終わりそうになってた印象なんだが」

「神話なんて所詮、各地の伝承と大精霊の昔話を足したツギハギだ。外伝的な話が本筋のような顔をしているのは常識だぞ？」

「にしても、だ。炎巨人が焼いたのがガルバ山だけってのはショックだぜ。『すべての山が燃えた』とか言うから、てっきり――」

「あれはちょっと凄い山火事の話。炎の規模なら『かまど神の大失敗』の方が上」

「メシマズ女神に負けるたあ、巨人の立つ瀬がねえな」

周囲に満《み》ち溢《あふ》れるお喋《しゃべ》りにつられ、俺とシリルの声も自然と大きくなる。ミフィーラだけがいつもどおりマイペースに話すのだった。

俺は定番の野菜炒《いた》め定食を口に入れ、「まっ、実際、まだ世界ぶっ壊れてねえからなぁ。パンドラしかいねえのかもなぁ」と咀嚼《そしゃく》しつつ食堂の高い天井を見上げた。そのままズルズルと、背もたれを伝って姿勢を崩していく。

「──お？」

椅子の座面から尻がずり落ちそうというところで、長机の間にできた細い通路を歩いてきた白金髪の美少女と目が合った。

他の学生と同じように、料理の載ったトレイを運んでいるサーシャ・シド・ゼウルタニア。わざわざ足を止めて俺の体勢に苦言を呈すのである。

「……さすがにお行儀が悪すぎでは？」

俺は椅子に座り直して「そうか。サーシャか」と一つ思い付いた。

「なあサーシャ。ここ席空いてるし、たまには一緒に飯食わねえか？」

「たまには、というか──初めてですよね？」

突然の提案にサーシャは小さく苦笑しただけ。

しかし、彼女の後ろに控えていた二人の少女は、何か信じられないものを見たような顔だった。

学位戦でサーシャとチームを組む生真面目な少女の一人が、眉間にしわを寄せながら、おそるおそる俺に聞いてくる。

「フェイル・フォナフ。貴公……まるで友人のように、サーシャ様を食事に誘えるとでも？」

俺は顎が疲れるほどに硬い黒パンに齧《かじ》り付《つ》きながら言った。

「姫つっても、学院の中じゃあ、ただの同期だろうが。遠慮することはねえ」

「私は貴公に遠慮しろと言っているのだ！」

いきなり鋭い怒号。堅物少女の反応は俺の予想どおりで、周囲で食事していた学生たちがびっくりして一斉にこちらを見た。

「あ――っ。いや……」

それで堅物少女は押し黙る。

気まずい一瞬にサーシャが気を遣った。

おもむろに俺の隣の席にトレイを置くと、「そうですね。学友と親睦を深める昼があってもいいでしょう」そう言って椅子を引いた。それだけで張り詰めた空気が弛《ゆる》む。

「ほら、ミレイユ。ドロテアも。あなたたちも座っては？」

サーシャ姫の着席に周囲の学生たちは多少ザワついたが、それだけだ。誰も彼もすぐさま自分たちのランチタイムに戻っていった。

俺はサーシャの昼食をチラ見して――日替わり定食。意外と庶民的だな――なんて思う。

「食堂使ってるの珍しいじゃねえか」

「今日は無理矢理時間をつくったのです。毎日サンドイッチ片手に事務仕事では、身体《からだ》がもちませんから」

「まあ――王女や学院理事の仕事もいいが、あんま無理して倒れるなよ」

「お互い様です。さっきはジュリエッタの戦いに割り込んだりして、フェイル・フォナフは人助けが趣味なのですか?」

「そんなわけがあるか。単にせっかちなだけだ」

俺とサーシャが普通に話すのを見て、サーシャのチームメイト二人だけじゃない、シリルとミフィーラさえ顔を見合わせた。

ふと、サーシャが俺の対面に座っていたシリルに笑いかけて言う。

「こうやって一緒に食事をするのは子供の時以来ですね、シリル」

すると学院一の美男子も優しい微笑《ほほえ》みを彼女に返した。

「同じではないよサーシャ。あの時はあなたを名前で呼ぶことも許されていなかったし、フェイルみたいな無遠慮もいなかったろう?」

まさしく幼馴染《おさななじ》みのやり取りである。

それで俺は、山盛りの野菜炒めを頬張りながら「食卓に野菜炒めが出ることもな」と。

瞬間、サーシャのチームメイトの一人が軽く吹き出した。

「それでフェイル・フォナフ? あなたのことですから、私に何か用があったのでは?」

「さすがにわかります」

「勘が良《い》いな」

そしてようやく日替わり定食を食べ始めたサーシャ。ナイフとフォークを使った信じられぬほど綺麗《きれい》な所作で魚の油煮を切り分け、口に運ぶ。物を口に入れたまま喋ることもなかった。

俺はサーシャが食べている隙に話を進めるのである。

まずは「雑談レベルの話で恐縮なんだが――」と前置き。

隣に座ったサーシャに視線を送ることもなく、フォークで野菜炒めを突っつきながら聞いた。

「神話の中で最強って何だと思う？　神、怪物、何だっていい。どいつが最強か話してたんだが、シリルとミフィーラが最強は最高神とパンドラだって言って聞かなくてな」

思わずサーシャが驚きの声を上げた。

「え――くだらない」

「言うなよ。神話の最強議論なんて子供っぽいのはわかってる。だが、ちょっと気になることもあってよ」

「召喚術師が無双する小説でも書き始めましたか？」

「んなわけあるか。最近ちょっと、破滅やら終焉《しゅうえん》やらと、ぶっそうな言葉を聞くようになってな。バイト先の酔っ払いまでブツブツ言ってやがったから」

「それで、何が終焉をもたらすのか、と?」

「八大王国の姫様ともなりゃあ神話は必修科目だろう? 少なくとも、教会にあまり出入りしなかった俺より知識はあるはずだ」

「買いかぶりすぎです」

「炎巨人とかまど神の失敗、どっちの被害が大きかった?」

「かまど神に決まっているでしょう」

「ほらな、もう俺より賢い。——さすがにな、最高神とパンドラはわかるんだ。問題は、それ以外で世界の終わりに直接繋《つな》がる神や怪物がいたかどうか、だ」

するとシリルが「僕とミフィーラはいないと断言した」ステーキ肉にナイフを入れながら口を挟んでくる。静かな口調でこれまでの議論をサーシャに伝えてくれた。

「怪しいのは根源精霊と世界蛇、それにリヴァイアサンだが——パンドラの装甲を抜けなかった時点で、彼らの力では太陽や星そのものは砕けないだろう」

「〝愛と策略の女神パーラ〟はいかがです?」

「『最も厄介』とは言えるだろうがね、最終的にモノを言うのは戦闘力と考えた。世界の破壊を直接実行する力……いくら女神パーラが聡明叡智《そうめいえいち》だとて、荒野に一人投げ出されてはその先はない。パンドラの場合は荒野ごと世界を終わらせる」

「……パーラ神は、パンドラがいたから、『災厄』たり得たというわけですか……」

「単独もしくは少数構成での直接的な世界破壊――それを考えていったら、そんなにいなかったというわけだ」

「確かに。その条件なら候補はだいぶ絞られますね」

俺がバイト先で出会った終焉を語る酔っ払い、そしてその酔っ払いと似たようなことを口走ったベルンハルト・ハドチェック。

世界の終わりを話し合うにあたって、シリルとミフィーラには、俺が覚えている違和感のすべてを伝えている。シリルには『馬鹿げた話だ』と笑われたものの、俺が引き下がらなかったからしっかり話し込むことになった。

そりゃあ、俺だって、世界の終わりを本気で心配しているわけじゃない。

――どうせただの偶然。阿呆《あほう》どもの戯《ざ》れ言《ごと》――

魚の油煮を噛《か》みながらしばらく考えていたサーシャ。やがてごくんっと喉を動かしてから、「私もシリルとミフィーラに賛成です」と。

俺は反論しなかった。

「しょうがねえ。サーシャもそう言うなら、それで決まりか」

小さくぼやいて無理矢理納得しようとする。

「でも——それは、神々や怪物だけに限った話ですが」

「おう?」

「シリルもミフィーラも忘れていませんか? パンドラと戦った最高神ゼンは、善良なる神でしたか? 鬼畜の所業のようなお話があったのでは?」

サーシャがそう言ってくれても、あやふやにしか神話を覚えていない俺にはまったく見当がつかなかった。最高神絡《がら》みの話は大体ひどくなかったか? なんて考える始末だ。

「……そうか……六鉄《ろくてつ》の執行者……」

シリルが口にした言葉にも全然聞き覚えがなく、とりあえず知ったかぶりで「なるほど、執行者ねぇ」とうなずいてみる。

ミフィーラが指折り数え始めた。

「えっと……鉄の恩寵《おんちょう》潰し。金の暁導き。銀の天使喰《ぐ》い。銅の夜惑い。あとは——」

「鉛の呪文騒ぎに、塩の夢潜みです」

いやいや初耳、なんだよそれ。一体なんなんだそいつらは。

俺の顔から困惑の感情を読み取ったのだろうか。続いたサーシャの言葉は、教会で行われる説法のように親切丁寧だった。

「執行者のくだりは神話でも簡単に済まされますし、嫌う人もいますから、教会によっては流す場合もあるようですね。こう語られます――至高たるゼン神は、死した神の骸《むくろ》より空と地と海を覆う六鉄《ろくてつ》の執行者を造りたもうた。鉄の恩寵潰し、金の暁導き、銀の天使喰い、銅の夜惑い、鉛の呪文騒ぎ、塩の夢潜み。明晩《みょうばん》、執行者すべて終界の魔獣の前に倒れたり――ここで言う死した神とは、最高神ゼンの不倫相手だった献身の女神ヤーナのことです」

「いや待て――女神ヤーナって、その前も大概ひどい目に遭ってたろ」

「だからです。だから執行者の話は、特別女性に嫌われるのです。愛した男に尽くし続けて、最後は骸まで利用される」

「俺が知らねえわけだ。うちの教会もおばちゃん連中に気ぃ遣ってたんだな」

「ただでさえ最高神の女性人気は壊滅的ですから」

「だがよサーシャ。その執行者ってのが、世界まで壊せるのか？　普通にパンドラにやられてねえか？」

「パンドラを相手に翌日の夜までもったのでしょう？　束になった戦いの神々が一撃死しているのですから、大健闘では？」

「そりゃあそうだな」

「それに、愛人の骸を材料に最高神が造り出したのです。決して勝ち目のない使い捨てではなかったはず。……そう思いたいだけかもしれませんが」

「ふーむ。確定ってわけじゃねえが、良い線行ってる気はするなぁ」

俺は、野菜炒《いた》めを食べながら、胸のつかえが下りる感じを覚えていた。

さすがに最高神ゼンの遺物がこの時代に突然出てくるわけがない。万が一、何かの間違いで出てきたとしても、神の兵器を人間なんぞがどうこうできるわけもない。

「……結局、俺が心配性だっただけか……」

それで神話の最強談義はひとまず終わり。昼食の会話は、いよいよ十日後の開催を待つだけとなった召喚祭へと移りゆくのだった。

「——勝機があるっつってもな、大問題必至のとびっきりだ。仮にサーシャを倒して優勝できたとして、どこまで怒られるか見当もつかねえ」

「それでも僕ら三人、やる価値があると判断した」

「使えるものを使うだけ。いつもと同じ」

「ちょっと待ってください。あなたたち、いったい何を企《たくら》んで——」

思わせぶりな俺たちに怪訝《けげん》な顔をしたサーシャ。

俺たちは、イタズラを隠す子供のような笑みを浮かべ、まるで計ったかのように同時に言った。

「大丈夫。召喚祭のルールは何も破っていないから」

17. 召喚術師、昏《くら》き夜に天使を見る

十二月の夜風が顔を濡《ぬ》らした汗を乾かしていく。

俺は高くそびえ立った『岩山』の頂上であぐらをかいて、半ば放心状態だった。北西から雪雲を運んできた強風が外套《がいとう》の背中をバタつかせたとて、前ボタンを閉めもしない。

たった一人、月の隠された夜空を見上げている。

「はあ～……」

熱のこもったため息。ついさっきまで魔法を使い続けていたからだ。

正直、もうほとんど魔力は残っていない。強い疲労感に指先一つ動かすのも億劫《おっくう》なのである。

それでも――気分だけは最高。

身体《からだ》さえ楽に動くならば、拳を掲げて叫びたいぐらいの昂《たか》ぶりだった。

達成感……それとも安堵《あんど》だろうか。

冷たく、乾燥し、孤立した夜に囲まれていながら、俺の心は温かいもので満たされていた。今はもう――わずかな焦燥も、苛立《いらだ》ちも、他者への羨望《せんぼう》のような感情すらなかった。

ただひたすらに「……間に合ったぁ……」なんてしみじみ思うばかりだ。

そうだ。

召喚祭を明日に控え、俺たちはちゃんと間に合ったのである。間に合わせたのである。

ようやく……パンドラの巨大な死体を、俺自身の意思である程度動かせるようになった。

ふと夜の空気に自嘲を吐き出した俺。

「……馬鹿めが……そんな簡単に行くわけねえだろう……」

魔術書トルエノックシオンから電撃魔法・細糸電《ラインボルト》を会得《えとく》しても、それで終わりというわけではない。

立ち上がってからのバランスの取り方。

歩く時、どういった順番でどこに力を入れるかの理解。

パンドラの眼《め》となってくれるシリルの飛行召喚獣との連携。

やるべきことは色々あって、一つ先に進むたびにその都度新しい問題が発生し——

細糸電《ラインボルト》さえ使えるようになれば準備万端と思っていた俺たちは心底焦《あせ》ったのである。

この一週間は本当に記憶が薄い。

パンドラの死体を動かすため、次から次へと忙しすぎたせいだ。

最初はパンドラの存在を秘匿しようと無人の大荒野に飛んでいた俺たちも、移動時間が惜しくて、交易都市ラダーマーク近くの山地で夜に活動するようになった。

……バイトの方は、親方に頼み込んで休ませてもらっている……。

そのせいでただでさえ軽い財布が更に軽くなり、明日の飯代にも困るぐらいスッカラカンだ。間に合っていなかったら目も当てられなかった。

風は吹き続けている。

俺は山のてっぺんに一人で座り続けている。

シリルとミフィーラには先に学生寮に戻ってもらった。

月が見えないため今が何時か見当もつかないが、夜もだいぶ深まっているだろう。

夜風に当たってぼんやりしたかった俺に付き合う必要などない。俺は魔力の回復を待って、その後、巨大バッタの召喚で帰るつもりだ。

「……ええと……」

真っ暗闇の中で懐《ふところ》を探り、小振りの革張り本――『召喚の詩集』を取り出した。

ほとんど何も見えないのにページを開くと……人差し指で羊皮紙の上を適当になぞる。

魔力を込めずに暗唱し始めたのは〝終界の魔獣・パンドラ〟の召喚呪文だ。

「……絶望に抗《あらが》うための獣……昏き海より上がりて、空へ向かうための翼。終わりし世界より託された願いは獣を救い、暁の氷に慟哭《どうこく》が響く」

詳しい意味はわからないが、耳にすればするほどに優しい印象を覚える召喚呪文。

「喪失の果てで手にした明日に泣くことなかれ。焼け跡で咲いた花に微笑《ほほえ》みたまえ」

神々を殺しまくった魔獣に似つかわしくないこの召喚呪文を、俺は気に入っていた。

「獣は夜に一人……崩れ落ちる星に旋律…………今、慈悲深き汝《なんじ》に、祈りを受け取った獣に、遠き旅立ちの時が来たり……」

目蓋《まぶた》を下ろしてふと考える。

……俺のパンドラが……こんなにも優しい呪文で喚《よ》び出せるパンドラが……〝神の時代〟を終わらせる戦争を引き起こしただなんて、はたして真実なのだろうか……？

「綺麗《きれい》な詩《うた》ですね」

その時突然、頭上から美しい声。

俺は首を回さなかった。聞き覚えのある声に驚いて、慌てふためくこともなかった。

やがてゆっくり視線を持ち上げれば。

「それが、あなたの『片割れ』を喚ぶ詩ですか？」

見上げた先の虚空《こくう》に、白金髪を舞い踊らせたサーシャがいる。ぼんやりと光る大天使、その手のひらの上に立って俺を見下ろしていた。

ワンピース型の寝間着に毛皮のコートを羽織っただけの格好。いかにも慌てて学生寮を飛び出してきたという感じで、強い夜風が吹けば綺麗な脚がちらりと見えるのだった。

「よおサーシャ」

俺がそう声を出せば、「こんばんは、フェイル・フォナフ」と挨拶が返ってきた。

「今日は良《い》い夜だな」

「そうですか？　月は出てないですし、雪まで降りそうですが」

「綺麗な姫様と大天使が間近で見れた。俺にとっちゃあ、月よりよほど眼福だ」

「……あの。もしかして誘っています？」

「何言ってやがる」

「まあ、それはいいとして――大丈夫なのですか？　だいぶ疲れているように見えます」

「さっきまで必死こいて特訓してたからな」

「こんな山の中、一人でですか？」

「一人じゃねえ。明日は召喚祭だし、シリルとミフィーラにゃあ先帰ってもらったんだよ。俺は好きでぼうっとしてるだけ。魔力が回復したらさっさと帰るさ」

ちらりと視線を動かすと……大人の男十人分の巨体を誇る大天使の大きな顔がある。目元を隠した銀の仮面、露出度の高い鎧《よろい》。

俺は、どうにかして彼女の素顔すべてを覗《のぞ》けないかと首を傾《かし》げるが——その瞬間、大天使はそっと顎を引いた。そう簡単には見せてくれないらしい。

深い闇の中、天使の白肌が優しい光を放っていた。朧月《おぼろづき》のような薄い光だ。

「サーシャこそどうした？　そんな、夜の散歩みてぇな格好で敵情視察ってわけでもねぇだろう？」

大天使の光は俺が座った『岩山』の表面を照らしているだろう。

とはいえその岩山も今は土砂を被《かぶ》り、凹凸の少ない表面、異質な青黒さを隠している。

「……学院に街の人々が押しかけています」

「はあ？」

こんな月も星も隠れた暗い夜だ。最初から疑念を抱いて見なければ、俺の下にある岩山が『その実、隆起した大地ではない』とはそうそう気付かない。実際、サーシャもまだ気付いていない。

俺が——上半分を消し飛ばした山に腰掛けた、パンドラの頭上にいる——とは。

「山から妙な音がすると騒ぎになっています。音はここ何日か聞こえていたけれど、今日は特にひどい。恐ろしくて眠れない。何が起きているか学院で調べてくれないか——と」

「あちゃあ……そりゃあ、すまねえ……」

サーシャにそう言われ、俺は素直に謝るしかなかった。

「特訓とやらの音がラダーマークまで届いたのですか？」

「だろうな。これだけ離れりゃあと高をくってたんだが、見込みが甘かったらしい」

「……こんな山の中で何をしていたのです？」

「……相棒のことで、ちょっとな」

「ちょっと？　学院からここまで、セシリアの翼で五分かかるのですよ？」

「五分か。俺のバッタなら三十分以上だな」

「茶化さないでください。竜の咆吼《ほうこう》ならばラダーマークまで届くでしょう。……しかし街の人々が聞いたのは、巨人が歩くような重い音——そして今夜は、火山まで噴火したと言うではありませんか。ラダーマークの周りに火山なんてありません。いったい彼らは何を聞いたと言うのです？」

「悪かったよ。悪かった。全部の俺のせいだ」

「答えなさいフェイル・フォナフ」

「それ、は——なぁ」

怒気と疑心を理性で抑え込んでいるようなサーシャの落ち着いた声。

しかしこの期に及んで俺は、何か言い訳できないものかと思考を巡らせるのだった。サーシャがパンドラの存在に気付いていないならば黙っておきたいという一心。

すぐさま――『片割れ』の能力で俺の電撃魔法を強化したんだ。その時の雷鳴が街まで届いたんだろう――それっぽい言い訳を思い付いたが、なぜだか言葉にはならなかった。

結局、俺の口から漏れたのは。

「ちくしょう。どうすりゃあいい」

そんな葛藤の呟《つぶや》き。

どうやら俺は、目の前の少女に嘘《うそ》をつきたくないらしい。

十八年間の人生で形作られた道徳心という奴《やつ》が、サーシャに嘘をついてまでこの場を切り抜けたくないと首を振るのだった。

どうして学院の教師じゃなくて〝シドの国〟の第三王女が来た？

どうして寝巻きに上着を羽織っただけの格好で、こんな深夜、こんな山の中に？

……そんなの、きっと……このままの格好で民衆の前に出て、『自分と大天使が見てくるから安心して欲しい』とでも言ったからだろう。

サーシャ・シド・ゼウルタニアは自らが果たすべき責任を知っている。そういうことを平気でしてしまうお姫様だ。

「シリルたちと一緒に帰ってりゃあな」

己の馬鹿さ加減を呪いつつ、のそのそ立ち上がった俺。足下の土を軽く蹴って『吹き飛ばした山の一部を頭から被ったパンドラ』をほんの少しだけ露出させる。

誰かに迷惑をかけたいわけじゃなかった。俺はただ、戦術的にパンドラのことは知られたくないくせに、サーシャを騙《だま》したくもないだけなのだ。

それなのに、魔獣パンドラは、今ここに確かに存在している。隠すには大きすぎるし、召喚を解いて送還するにはあまりにも手遅れだった。

手練手管《てれんてくだ》、権謀術数《けんぼうじゅっすう》を尽くしてサーシャをこっぴどくだまくらかさなければ、すぐさま見破られてしまうだろう。頭に浮かんでいる何十もの嘘や言い訳、それらすべてを自信たっぷりに並べ立てて、ギリギリ煙《けむ》に巻《ま》けるかどうかの賭けといったところ。

何気なく顔を上げたら。

「お――」

こちらへと腕を伸ばしていた大天使。

サーシャがそうとは知らずにパンドラの頭に降り立とうとしているではないか。俺が立つ岩山の奇妙な形状にほんの一瞬顔色を変えたが、大天使の肌が放つ光だけでは真実までは届かない。

着地するなりいきなり距離を詰めてきた。

俺は「な、なんだよ……？」と一歩後ずさりしそうになるが、サーシャに右手を取られて身動きが取れなくなる。

どれだけの速度で夜空を突っ切ってきたかわからない、ひどく冷たい手だった。

そして俺が動きを止めたその瞬間――サーシャの指先が汗にまみれた俺の髪を撫《な》で回《まわ》した。以前、俺がサーシャの頭を撫でた時の意趣返しがごとくに、少し荒っぽく。

「心配しました。セシリアの感覚を通して人の気配を探すのも、意外と手間なんですよ？」

俺はサーシャの手を軽く払いのけながら「普通、俺たちが原因だなんてわからねえだろうに」と、小さく苦笑いするのである。

「異常事態なのですから、臨時に点呼を取るのは当然です」

「なるほど。それで寮にいねえってことが」

「無断外出の処罰は寮監にすべて任せてあります。後日しっかり怒られなさい」

「……本当に悪かったな」

「私が戻れば、街は落ち着くでしょう。ただ、それなりに理由は必要です」

「……だろうな」

「それでフェイル・フォナフ――あなたたち三人、いったい何をしていたのです？　街の人々に嘘をつくにしろ、事実をそのまま告げるにしろ、それを行う私だけは真実を知っておかないといけません」

まるで子供に道理を説く母親みたいな口調。思わずハッとしたのは、死んだ母さんの声が耳の奥に蘇《よみがえ》ったからだ。サーシャの言葉に重なって聞こえた。

「は、あ――」

雪雲に覆われた空を見上げた俺は深いため息。

いくら俺がサーシャに心を動かされたとて、ここまで一緒にやってきたシリルとミフィーラを裏切れるわけがない。盛大に嘘をつくかと覚悟を決めたその時だ。

月が見えた。

空を覆っていた雲の切れ間から月が顔を覗かせたのだ。音もなく降り注いだ月光が、十二月の冴《さ》えた夜を照らし出していった。

闇に包まれていた山並みが次々と現れる。

俺たちは川に浸食された山奥の渓谷――切り立った岩の連峰を見下ろす場所にいるのだが、俺とサーシャの立つ岩山だけが特別複雑な形をしていた。

言うなれば……とてつもない大きさの魔人が、渓谷そのものに腰掛けているような……。

周囲の地形と見比べた時に生じるあからさまな差異。

当然の違和感。

その巨大な岩山は、渓谷を形成する山の一つとして存在してはいけないものだった。

「……お月さんにまで見られちまうたぁな……」

俺はそう呟いてから首筋を掻《か》く。ここまでか、と観念する。

せっかく嘘と言い訳でこの場を乗り切ろうと決意したってのに、明るくなってしまったらさすがに隠し通すことなんてできない。サーシャ相手にそんな無理筋が通るわけがない。

ただの偶然か。

それとも、正義と真実を司《つかさど》る神とやらが俺の不実を許さなかったのか。

どちらにしろ開き直るしか道が残されていないのだった。

「いいぜサーシャ。見せびらかしてやるから、しっかり見てってくれ」

月光にうながされてパンドラの存在を白状することになった俺がそう言い終えるまでもなく、「待って——待ってください……っ。なんですか、これ——っ⁉」と声が漏れる。

月の光の広がりに応じて辺りの景色を見回したサーシャ。

俺は足下の土をもう一度蹴っ飛ばし、少し大袈裟《おおげさ》に地面を一度踏みつけた。

「これが俺の『片割れ』だ」

ハッとしたサーシャが俺の顔を見た。ちょうど目が合った。

「終界の魔獣、パンドラ。ちょっと引くだろ？」

驚愕《きょうがく》と恐怖に固まったサーシャ・シド・ゼウルタニアの美貌など今まで見たことがなく……無敵の女召喚術師の狼狽《ろうばい》に、俺は笑うしかなかった。とても珍しいものを見たと思った。

それで、ついつい気持ちが昂《たか》ぶってしまう。自分自身の行動すら制御できないほどにひどく興奮してしまう。

「今は、まあ、死んでて動かねぇんだがな」

ほとんど反射的にそう声をつくった直後——あっ。まず——と思って、真っ青になった。

18．召喚術師、誉れの舞台に立つ

風が通り過ぎていく。賑《にぎ》やかなラダーマークの街並みが足下を流れていく。耳を澄ませば、威勢の良い呼び込みの声やリズミカルな鍛冶の音が薄く聞こえるだろう。

　そんな中。

「本当申し訳ねえ～。だいぶ口が滑った～」

俺は、外套《がいとう》の後ろ襟を巨大な嘴《くちばし》にくわえられる形で空に吊《つる》されていた。

「だいぶで済むものか。一番大事なところをバラしてどうする？」

「致命的。フェイルらしくない」

「サーシャに色仕掛《いろじか》けでもされたか？　そのレベルだぞ」

「気ぃ抜けてたんだ～。なんか、その場の流れで言っちまってよぉ～」

「絶対的な優勝候補に弱点をバラす馬鹿がどこにいる？　パンドラなしで勝てるような相手ならまだしも」

「ちくしょお～。なんであんなこと～」

　普通、交易都市ラダーマークの真上を召喚獣で飛び回ることは禁止されている。

しかし今日は召喚祭。一年の内で最も召喚術師が輝く日だ。

普段は学院の多目的ホールだけに設置されている学位戦の中継設備、その小型版がラダーマーク中の街角に設けられ、三十万超の人々を熱狂させるのである。

ラダーマークのすべての建物から人が消え、道端に溢《あふ》れかえる様子は壮観だと聞いた。召喚術師同士の戦いが始まれば、お堅い役人たちすら仕事を切り上げ、酒を片手に中継スクリーンの前に集まるらしい。

老いも若きも、富めるも貧しきも関係ない。

召喚祭の中継スクリーンは、貴族たちが暮らす高級住宅街、老若男女《ろうにゃくなんにょ》でごった返す大市場、明日の食事にすらあえぐ貧困街など、この街のすべての場所に召喚術師と彼らが駆る召喚獣の勇姿を届けるのだった。

そして——召喚祭の舞台に上がることを許された優秀な召喚術師は、召喚祭当日の朝だけ、召喚獣と共に街に出ることを許される。むしろ、広告塔として街に出てこいと命令される。

俺たちはシリルの召喚した大怪鳥《かいちょう》でラダーマーク上空をのんびり旋回しているが、視線を落とせば、小山のような草食獣が大通りをのしのし進んでいるのが見えた。

草食獣の足下では子供たちが列を成し、自分たちの何千倍もある召喚獣を見上げたり、草食獣の召喚術師に握手してもらったりしている。

いつの時代も召喚術師は子供たちの憧れだ。『将来なりたい職業ランキング』では、いつもぶっちぎりで第一位。ドラゴンや巨獣、美しい精霊など、人類を超越した存在を相棒にできるのがウケるのだろう。

そして小雪がチラつくような冬空。

「あら？　フェイル・フォナフだけ、奇抜な乗り方しているのね」

雪だけでなく声まで降ってきた。

見上げればルールア・フォーリカーとそのチームメイト二人だ。

ふわふわの長毛に包まれた巨大な白竜の上から、大怪鳥にくわえられた俺をくすくす笑っている。直後、白竜が空中で身をひるがえし、大怪鳥のすぐ真下に現れた。

飛行速度もぴったり同じだ。

白竜の首にまたがったルールアと大怪鳥の嘴から伸びる俺は、まるで教室で駄弁《だべ》るかのごとく言葉を交わすのだった。

「……シリルとミフィーラに怒られてる最中でな」

「召喚祭当日に？　やっちゃったわねえ」

「今回は十割俺が悪い。大馬鹿野郎だった」

「だからそんなところで反省させられてるの？　あなたたちの強みは変態チックな連携なんだから、仲良くしなきゃ駄目じゃないの」

　すると大怪鳥の背中からシリルが口を挟む。

「切り札の弱点をサーシャにバラしたんだ」

　すぐさまルールアが手を叩《たた》いて笑った。重たい曇天に、明るい笑い声が広がっていく。

「そりゃあ怒るわよ！　わたしでも怒るわよ！　あっはっはっは！　フェイル・フォナフらしくもない！　サーシャ姫に色仕掛けでもされたぁ？」

　俺は「シリルと同じこと言わないでくれよ……」とうなだれる。

「それで？　それで、よ。あなたたちの切り札って何なの？　弱点って何なの？　サーシャ姫に教えたのだから、わたしにだっていいでしょう？」

「馬鹿言うな。マジでシリルにぶっ殺されるじゃねえか」

「太ももぐらいなら見せるわよ？」

「全裸で迫られたって絶対言わねえ」

　吐き捨てるようにそう言うと、ルールアが声を上げて笑い、彼女の召喚した白竜までもが美しい声で鳴いた。

「お姫様は幸運ねえ。一番何をしでかすかわからない、あなたたちの秘密を知れたんだから」

直後、ミフィーラの呟《つぶや》きが俺の心臓を刺し貫いた。

「おかげでこっちはその対策を考えないといけない。凄《すご》い手間」

シリルとミフィーラ、二人ともパンドラを見られたこと自体は仕方ないと思っている。怒っているのは、俺の『死んでて動かねぇんだがな』という余計すぎる一言に対してのみだった。

学院最強が慌てふためく姿に興奮したとはいえ、パンドラが自力で動くことができないという重大な秘密を口走るなんて馬鹿すぎる。

サーシャの大天使ならば、俺がパンドラに乗り込む瞬間すら十分狙えるだろう。

「申し訳もねえ」

ルールアは、空中に吊されたまま肩を落とした俺をもう一度笑い、「そういえばあなたたち、ベルンハルトのことは聞いた？」と話を変える。

俺は言葉なく首を横に振ったが、シリルは俺よりも事情通だったようだ。

「例の一件以来、姿が見えないとは聞いているが。講義は無断欠席、寮にも戻っていないから、チームの二人が奴《やつ》の実家まで行ったんだろう？」

「そうなのよ。あいつの腰巾着――小遣いもらってた子分はベルンハルトを見限ったみたいだけれど、学位戦のチームメイトはそうもいかない」

「あんなのでも召喚祭の出場チームだからな。行方不明なんかで出場取《と》り止《や》めとなれば、臆病者と学院中の笑い物だ。必死にもなるさ」

「結果、どうだったと思う？」

「いまだ行方知れず。実は昨日、ベルンハルトのチームメイトに泣き付かれたんだ。貴族専用の裏サロンがあるなら教えてくれ、と。そんなものは知らないと追い返したが」

「動きがあったみたいよ」

「見つかったのか？」

「見つかったと言うより――見かけた、かしら」

「ほう？」

「昨日の夜に開催された魔術師協会の会員制オークション、その会場で。エリカとハヤーナが見たらしいの。ほら、あの二人、有名魔術師の遺品とか集めてるから。フードで顔は見えづらかったけど、ベルンハルトっぽかったって」

「魔術師協会？　学院の目と鼻の先じゃないか」

「意外と近くにいたってことね。それであいつ、オークションで何を落としたと思う？」

「興味もないが……魔術師協会だろう？　見るだけで気が狂う絵画とかかな」

「んなわけないでしょ。召喚石よ。天使を喚《よ》び出せる召喚石」

「仮にも召喚術師が召喚石を？　あれは一般の金持ちがお守りに持つものだ。喚び出せる召喚獣だって、並の魔術師程度の力しかないはず」

「天使だからって凄い価格まで値上がったらしいわよ」

「だろうな。だけどそれは召喚術師の金の使い方ではないよ。一回こっきりの使い捨てに大金を注《つ》ぎ込むより、時間を掛けて天使と契約を結ぶ方が健全だ」

「契約、できるかしら？　ベルンハルトに」

「召喚術以外の記憶をすべて失って根本から性格が変われば、可能性はあるだろう」

「あはは っ！　まあ、普通に考えれば、即効召喚への対策だと思うけどね。フェイル・フォナフにボコボコにされたから」

「それで呪文なしで発動できる召喚石か。贅沢《ぜいたく》が過ぎるな」

「チームメイトのサポートが受けられない状況をつくられたらって思ったんじゃない？　ジュリエッタのことで、その辺の対応力が皆無って露呈しちゃったわけだし」

「僕たち全員、苦い顔だな」

「ラダーマーク中がドン引きよ。大舞台に召喚石頼りの召喚術師が出てくるんだから。そうまでしてお祭りで勝ちたいって執念は、感心するけれど」

「僕ら一年生は一回戦から上級生と当たる。失笑を買おうが勝てば正義か」

「そうね。サーシャ姫が飛び抜けてるだけで、やっぱり二年生、三年生は胸を借りる相手だものね」

「ルールアたちの一回戦の相手は、三年生だったか」

「あなたたちは二年生。お互い初戦を勝ち抜けるよう、がんばりましょうね。——それじゃあ行くわ。お邪魔してごめんなさい。フェイル・フォナフを許してあげてね」

割と長々話してからルールアは白竜を急上昇させた。

そして、世にも美しいもふもふのドラゴンは、踊るようにラダーマーク上空を飛び回るのである。地上では、今頃きっと、ドラゴンの舞踏を目撃した人々が歓声を上げているだろう。

地平線まで続いていそうな街並み。

三十万という人口を抱える巨大都市の広い空は、巨大なドラゴンや大怪鳥、雷を纏《まと》った大蛇、天馬の群れ、空飛ぶ鯨といった飛行召喚獣が悠々と飛べる広さだった。

大怪鳥の嘴の先からぼんやり街を眺めていても一向に飽きる気配がない。

ちょうどラダーマークの東にある大市場の方にやってきたので、俺の働く〝大衆酒場・馬のヨダレ亭〟を空から探してみた。

その時だ。

「ん？」

大市場に向かう道路の一本でこちらに手を振りまくっている女性がいる。

茶髪でだいぶ若そうな――バイト先のホール担当、イリーシャさんだった。地上二百メジャール付近の俺が見えたのだろうか？　だとしたらかなり目がいい。

俺は手を振り返そうとも思ったが、「ということらしいぞ、フェイル」いきなりシリルに声をかけられたのでそちらに反応した。

「悪い。何のことだっけか？」

「ベルンハルトだ。向こうは向こうで色々手を打っているらしい」

「ああ――みたいだな。天使の召喚石たぁ、ずいぶんと景気の良《い》い話だぜ。即効召喚対策の召喚石なら他にもあるだろうにな」

「やはりフェイルもそこが引っかかったか」

「俺なら安物を集めて数で押す。安物つったって、石一つで家が建つレベルだが」

「ベルンハルトと言えど、天使の召喚石は高い買い物だったはずだ」

「……天使である必要があったっつーわけか」

「しかし、だ。召喚石で出てくる天使など、どれほどのものだ？　フェイルの虫とどっこいどっこいなんじゃないか？」

「かもな。召喚石で喚んだ存在は、持ち主と一心同体ってわけじゃねえ。そこは明確な弱点だろうよ」

「この件、フェイルはどう見る？」

「さて、ねぇ……ひとまずお手並み拝見と行こうじゃねえか。どうせ、向こうも、こっちも、勝ち進まなきゃあ当たりゃあしねぇんだ」

「それもそうだな。お前が秘密をバラしたサーシャとも、決勝戦までは会えないものな」

「本当、なんて言って謝りゃいいのか……」

と――その時だ。

ラダーマークのどこを飛んでいても見えるセイドラ大聖堂の鐘が鳴り響いた。

丸みを帯びた尖塔《せんとう》を十数本束ねたかのような、有機的な様相の聖堂。尖塔の先にはそれぞれ釣り鐘が設けられており、音が重なり合うことでラダーマーク中に響き渡る。

朝十時を知らせる鐘の音。

それは同時に、召喚祭の開会を告げるチャイムでもあった。

「時間だ」

シリルがそう言うなり翼を羽ばたかせた大怪鳥《かいちょう》。大市場の上で大きく旋回すると、街の北に向かって風を切り始めるのだ。

空を舞う小雪の激突が鬱陶しくて、俺は両腕で顔を隠した。腕の隙間から前を見た。

城壁を持たない交易都市ラダーマークだが……学院と学院の敷地《しきち》がある北側には、高さ八十メジャールにも及ぶ分厚い壁が市街地の幅いっぱいに広がっている。

すべては、学位戦を始めとした召喚獣の激突から人々の生活を守るためだ。

そして、形の違う巨大な古城が二つ並んだような学院校舎は、この壁の向こうへ行くためのただ一つの門としても機能していた。

校舎を通り抜けると岩の目立つ草原が一面に広がっていて――――その草原の端から端まですべてが学院の敷地、学位戦の戦場だ。

今の時期は枯れ草ばかりが広がる草原であるが、その実、三十万都市であるラダーマーク全域の十倍以上という広大さだった。立派な湖だって三つある。

シリルがぼそっと言った。

「……集合地点が見えると、さすがに少し緊張するな……」

ミフィーラが短くそれに続いた。

「大丈夫。なんとかなる」

学院校舎のすぐ真裏、広い草原の入り口に召喚獣たちが続々集まっているのが見えた。

ルールアの白竜も枯れ草の上に降り立とうとしている。

ふとした瞬間、なんとなく「強者どもが雁首揃《がんくびそろ》えて、まあ――」と強がってみた俺。

召喚祭と言っても、特別大々的な会場が用意されるわけではない。

各学年から選抜された十五チームによるトーナメントということ、ラーダーマーク中に中継されるということ、そして強力な宝物《アーティファクト》もある程度許されること。いつもやっている学位戦と大きく違うのはそれぐらいだ。

――それでも心臓が高鳴り、指先が痺《しび》れ、唇がヒクついていた――

俺は片手で軽く頬を叩《たた》いてから、大怪鳥の優しい着地に合わせて草地を踏む。足をくじくこともなく大地を踏み締めると、真っ先にサーシャを探した。

先に来ていた白金髪の美少女と目が合うなり。

「よう」

それだけ言って不敵に笑うのである。

優勝候補へのさりげない宣戦布告。リベンジの決意表明。

「ねえねえ、フェイル」

しかし俺は、ミフィーラに魔術師服の袖を強く引っ張られて、「なんだ?」と振り返るのだった。

「どうしちゃったんすかベルンハルトさん」

ベルンハルト・ハドチェックのチームが校舎から出てきて、こちらに歩いてくるのが見えた。

「だから作戦――作戦はどうするんですか？　いきなり帰ってきて、いきなり行くぞって言われても……オレら何すりゃあいいんすか？」

今日のベルンハルトは、トレードマークだった前髪をセットしておらず、頬は痩せこけ、目の下にもクマが広がっていた。まるで死にかけの小悪魔のような異様な顔、雰囲気。

「聞いてんすかベルンハルトさん！」

「変なことブツブツ言ってねえで、作戦決めましょうよ！」

歩きながら揉《も》めている――いや、チームメイトの切実な訴えをベルンハルトが完全無視しているようだ。チームメイトの二人に肩を摑《つか》まれようが、服を引っ張られようが、それを振り払ってこちらに向かってきていた。

召喚祭の出場者たちはベルンハルトに目を向けるものの……誰も彼も至って冷静沈着だ。ベルンハルトの様子に気圧《けお》されたチームは一つもなかった。

むしろ――

「それでは召喚祭のルールを説明します」

学院の教師がそう言って出てきた時の方が、よほど空気がざわついた。

19．召喚術師、銀の始まりに戦慄す

十五チームによるワンデートーナメントともなれば総試合数は十四にもなる。そのため召喚祭では、学院の広大な裏庭が三つに区切られ、同時に三試合が行われるのだ。

選手控え室として用意されたのは校舎三階にある図書室。

トルエノックシオンは収められていないものの古今東西の魔術書が並んだ本棚の前には学位戦の中継スクリーンがずらりと並び、三試合すべてを観戦できるようになっていた。

「サーシャの奴《やつ》は余裕だな。この状況で本なんか読んでやがる」

「あれが王者の風格だろう。見習いたいものだな」

ほとんどのチームが各スクリーンの前に集まる中、何とはなしに後ろを振り返れば——

椅子に座って優雅に読書中のサーシャである。

わざわざ持参した本だろうか。サーシャが片手で開いた書籍はサイズ的に魔術書ではなく、一般家庭の本棚にもあるような単行本だった。黒革のブックカバーで表紙は見えない。

「しかし、あの本の大きさ……意外と漫画本だったりするのかもな」

「ないない。どうせ堅苦しい専門書とかだろ」

漫画好きなサーシャのことだ。きっと少女漫画でも読んで時間を潰しているに違いない。

俺は正解に辿《たど》り着《つ》きそうになったシリルの話を流したのだが、前方に向き直る直前、不意にサーシャと目が合って――『しー』――小さく微笑《ほほえ》みながら人差し指を唇に当てた超絶美少女。

漫画趣味のことは黙っていろ。

そういうことなのだろうが、少し色っぽかった。

中継スクリーンの中ではついさっきから初回の試合が始まっており。

「フェイル的には、どの試合に注目すべきだと？」

魔術師服の下に詰め襟の軍服を着たシリルが俺の隣でそう言った。その腰には鞘《さや》に入った大剣が提げられ、頭脳明晰《めいせき》な召喚術師というより見目麗《みめうるわ》しい将校という印象だった。

この長身美形がラダーマーク中のスクリーンに映し出されるのである。シリル自身が望む望まないに関係なく、きっとまた女性ファンが大量に発生することだろう。

「ベルンハルトが出てる以外の試合――と、言いたいところだがな」

俺がそう言うとシリルが短くため息を吐《つ》いた。

「そうか。やはりか……」

「野郎、まともな面《ツラ》してなかったし。絶対に何かやらかすぜ」

シリルに捕まって髪を撫《な》で梳《す》かれていたミフィーラが、不思議そうな顔で俺を見上げた。

「下手くそなお金持ちに何かできる？」

「あの野郎も俺たちみたく何か隠してるかも知れねえぞ？　まあ、ベルンハルト自身がどうこうはなくとも――大概のことは金の力でどうにかなる」

「宝物《アーティファクト》？　古くて、力の強い」

「だろうな」

「この前お姫様と話した『六鉄《ろくてつ》の執行者』も、宝物《アーティファクト》といえば宝物《アーティファクト》」

「馬鹿野郎。ここで神の兵器が出てきてたまるか」

俺は苦笑し、ベルンハルトのチームが映るスクリーンを見つめるのである。

まだ試合は始まったばかり――なのに、試合の展開はすでに一方的だ。

ベルンハルトたち三人は、燃え盛る火精霊を三体も召喚した二年生チームの攻撃力に押されて防戦一方だった。いや……違う。正確に言うと、ほとんど試合になっていないのだ。

狩る側と狩られる側。虎とウサギの関係。

まさかベルンハルトの騎士型水精霊が、相性的に有利を取れるはずの火精霊に何もできないまま終わるとは思わなかった。

試合開始直後、二年生チームは足下の土や石を火精霊三体の最大火力で焼き、それをすべて水精霊めがけて投げ付けたのである。

冷水に焼け石を入れれば熱湯に変わる。

水精霊のすべてが熱湯や氷に対応できるわけではない。変幻自在・水量無限な水精霊とはいえ、急激な水温の変化には弱いのだ。若く力の弱い水精霊は特に、だ。

大量の焼け石が体内に入ったベルンハルトの水精霊は、その存在を維持することができなかった。いきなり形が崩れたと思ったら、ただの熱湯として乾いた地面に吸い込まれていった。

「……ベルンハルトと二年生じゃあ地力が違う。初《しょ》っ端《ぱな》にあの火力を出されたら、どうにもならねえか」

俺が腕組んでそう唸《うな》ると、シリルがこう問いかけてくる。

「フェイルがベルンハルトの立場なら、どう動いた?」

俺は鼻で笑って答えた。

「敵前逃亡一択だ。とにかく全力で逃げ回って、その隙に水精霊をでかくする。少々の焼け石じゃあ、沸騰しねえようにな」

「ベルンハルトたちは初手を見誤ったか。有利と思って様子を見ようとしたんだろうが」

「くははっ――相手は上級生、様子を見れる立場かよ」

いまだ試合終了の鐘は鳴らないものの、ほとんど勝敗は決したようなものだ。

二年生チームは炎の渦でベルンハルトたちを取り囲み、その渦の外から火炎魔法を連発している。付け入る隙も容赦もまるでない猛攻撃だった。

ベルンハルトの仲間二人が展開した防御魔法を破られれば、それで終わりだ。

「何もねえのかベルンハルト……？　これならルールアの試合を見とくべきだったぞ」

スクリーンの中でいたぶられ続ける性悪貴族。

「……お前……何のために天使の召喚石なんざ……」

俺の周りにいた召喚祭出場者たちが、ベルンハルトの敗北を確信してスクリーン前を離れ始める中……しかし俺はまだベルンハルトを見続ける。シリルとミフィーラも残った。

「ん？」

思わず喉が鳴ったのは、絶体絶命・八方塞がりのベルンハルトが魔術師服の懐《ふところ》から見慣れぬ宝物《アーティファクト》を取り出したからだ。

ちょうど中継映像がベルンハルトのズームに変わる。

試合に向けて集中する場でもある選手控え室にスピーカーは置かれていないが、ラダーマーク中の中継スクリーンでは今頃、ベルンハルトの高笑いが鳴り響いていることだろう。

「なんだあれ……馬鹿笑いするほどのものか……？」

ベルンハルトが掲げた両手。左手が握るのはこぶし大の青色宝石――天使の召喚石っぽかったが、右手が持つ『銀の酒杯』については知識がなかった。


青色の召喚石がベルンハルトの手の内で砕け散り、彼の頭上に二枚翼の天使が現れる。

純白ローブを身に纏《まと》い、細身の剣を手にした人間サイズの天使だ。

――今さらそんなものが何の戦力になる――？

そう思って眉をひそめかけた瞬間だった。

「――はあああああっ⁉　ちょっと待て！　ちょっと待てぇっ！」

俺はスクリーン前を飛び出して、図書室の窓へと全力で走り出す。

飛び掛かるように北側の窓を開け放つと、身を乗り出して召喚祭の戦場――ベルンハルトのチームがいるであろう方角を睨《にら》むのである。

何の前触れもなかった俺の大慌て。

ベルンハルトが映るスクリーンを見ていなかった召喚祭出場者たち、サーシャまでもが、心底びっくりして俺の背中と中継スクリーンを見比べる。

だが、何もわかるはずがなかった。

ベルンハルトをアップで映していたはずの中継スクリーンには、現在、何も映っていないのだから。

「え？　何？　勝負決まってたんじゃないの？」

「知んないわよ。一年の子が急に騒ぎ出して――」

選手控え室がにわかに騒がしくなる。俺のいる窓辺に人が集まり、「え？　マジ？」とか「何か大変なことが起きてる？」とか口走りながら俺の視線を追いかけるのだ。

「……銀色……」

誰かが呆然《ぼうぜん》とそう呟《つぶや》いた。

そうだ、銀色だ。

遠く、広い広い大草原の一角で、液状の銀色が大量に噴き上がっていた。

一見それは、水の噴出が止まることのない超巨大な噴水か間欠泉のようで……しかし雪空から降り注ぐか弱い太陽光さえ力強く反射してギラギラ光り輝いている。

噴き上がった液体の高さは百メジャールを優に超えるだろうか。

水柱の太さも相当なもので、大空に上がった後は、雨というより大滝がごとくに地面に真っ逆さまだ。

小雪舞う周囲の景色との調和など何一つない、あまりにも不気味な巨大噴水だった。

「何だあれは？　いったい何があったって言うんだ？」

窓の外を見る誰かがそんなことを言い、それに応えたのは俺やシリルやミフィーラではない。俺たち以外にも、ベルンハルトの試合を見続けていた物好きはいたらしい。三年生の女子だ。

「見たこともない宝物《アーティファクト》が出てきたの。天使の召喚石――それはわかるとしてよ、わかるとして、召喚石から出た天使をいきなり呑《の》み込んだあれは何？　スライム型の魔法生物？　あの杯《さかづき》に、何が入ってたって言うの？」

とはいえ事態を目撃した三年生女子もだいぶ混乱している。この場にいる全員の注意が自分に向けられていると察するやいなや、軽く咳払《せきばら》いしてこう言い直した。

「えっとね――ハドチェック家の御曹司が宝物《アーティファクト》を二つ使ったの。一つは天使の召喚石で、もう一つは杯《さかづき》型の魔法生物保管具だと思うんだけど……」

そこで一度言葉を切って、異変が続く窓の外へと視線を移す。

「あの銀色の噴水は、杯《さかづき》型の宝物《アーティファクト》から出てきた『何か』よ。スライムよりも水っぽい魔法生物が、天使を取り込んだ直後に一気に膨張――ハドチェック家の御曹司どころか、中継用の飛行カメラまで全部呑み込んだってわけ」

二年生男子の一人が声を上げた。

「対戦してたジェラルドたちはどうなったんですか？」

三年生女子は「映ってはなかったけど。だいぶ近くにいただろうし、多分……」と言葉を濁す。

「にしても――あれだけの体積変化だ。いったい何を材料にして広がっている？　空気中に漂う魔力だけじゃあ勘定が合わんぞ」

「最初に取り込んだ天使の魔力を流用してんじゃねえの？」

「召喚石の天使だろう？　あんな状況を引き起こせる力などないと思うがね」

「そっか。そりゃあそうだ」

「宝物《アーティファクト》そのものが魔力の貯蔵庫だったのではないでしょうか？」

「順当に考えればそうだけどさぁ。逆にあんな魔力溜められる素材あるぅ？」

さすがは召喚祭に出場するほどの召喚術師たちだ。ごく自然に始まったのは、目の前で起きている現象の分析と正体の推測。それぞれの学年・立場など関係ない議論だった。

「……これは……フェイル……」

俺の隣にやってきて名前を呼んだシリル。俺に答えを求めるような困惑の声。

とはいえ、だ。

「悪い。ちょっと待ってくれ」

今の俺にシリルの求めに応じてやれるだけの余裕はない。どれだけ強く否定しても勝手に頭に浮かんでくるイメージに戦慄するのに忙しかった。

目の前にある銀色の光景――どういうわけか、俺にはそれが『この世の終わりの始まり』にしか見えなかったのである。

バイト先で出会った酔っ払いの世迷《よま》い言《ごと》。

なぜか世界の破滅に自信満々だったベルンハルト。

学院の食堂でサーシャから教えてもらった『神話に登場する詳細不明の存在』。

そう簡単には結び付くことのないそれらすべてが俺の動物的勘によって無理矢理繋《つな》ぎ合《あ》わされ――最低最悪の予感を俺に与えていた。

やがて、開けた窓の横枠を力いっぱい摑《つか》みながら呟く。

「……執行者ぁ……」

唸るような俺の呟きは、背後で行われていた議論の輪にまで届いたらしい。

誰かが「執行者？　六鉄《ろくてつ》の？」と言い、「何だっけ？　鉄の恩寵《おんちょう》潰し。金の暁導き。銀の、天使喰《ぐ》い――？」そこで議論の声がピタリと止まった。

「いやっ――いやいやいやいや‼　あり得ない‼　そんなこと、あるはずがない‼」

「あれが銀の天使喰いってマジぃ⁉」

知識豊富な召喚術師たち。そうは言いながらも、窓辺の俺を突き落としかねない勢いで北側の窓すべてに殺到する。

四つの大窓が一斉に開け放たれ、図書室の室温が一気に下がった。

「で、でもですねぇ……っ。あれ……本当にそうなんじゃ、ないでしょうか？」

「神の——最高神の遺物？　馬鹿な」

「駄目よ、認めないわよ。あれが神の創造物なら『何でも有り』になっちゃうじゃない」

「呑み込んだものを無限の魔力に変換したり、好きな物質に造り替えたり、とか？」

「そうよ。そんなの学問じゃないわ」

「じゃあお前説明しろ。宝物《アーティファクト》一個、天使一人が起こしてる、この状況」

銀色の噴水は延々と噴き上がり続け、銀色の水は地面に吸い込まれることなく広がり続け、視界の中の草原ほとんどがあっという間に銀色に染め上げられようとしている。

それはまさしく銀色の海で、潮が満ちるように水域が拡大していった。

「どうすんのよこれ……」

「……どこまで広がるって言うの……？」

試合終了の鐘が狂ったように鳴り響いても銀色の水は一切止まらない。もう学院校舎の足下にまで這《は》い寄《よ》ろうとしている。

やがて、優秀な召喚術師たちも、好奇心より恐怖の方が大きくなってきたのだろう。交わし合う言葉はいつの間にか途切れ……召喚祭の選手控え室は、本来の用途である図書室よりも静まり返っていた。鳴り止《や》まない試合終了の鐘の音で耳が痛いくらいだ。

「フェイル・フォナフ」

いきなり名前を呼ばれて振り返った俺。

そこにいたのは王女サーシャとそのチームメイトの少女二人だった。学院最強チームとはいえ、二年生や三年生が一年生に道をあけている。

「どうしてあれが六鉄《ろくてつ》の執行者、銀の天使喰いと？」

「ただの勘だ。確かなことなんて何もねえ」

するとサーシャだけが俺の隣に来た。右からミフィーラ、シリル、俺、サーシャの順番で窓一つを占拠する。

「頭が痛いです。二日連続で『神話』を見るとは」

「やられたぜ。破滅だ終焉《しゅうえん》だと、酔っ払いの与太話が現実になるたぁ……」

「ベルンハルトはこの現象をコントロールできますか？」

「十割無理だろうな」

「彼が取り込まれるところを？」

「ああ。映像が切れる直前、ひってぇ顔で丸呑《まるの》みされてったよ。仲間ごとな。制御できる見込みがありゃあ、銀の水から逃げようとはしねえだろ」

「……今しがたルールアたち、他の二試合の中継も切れました。見たところ、動きがあるものを手当たり次第に取り込んでいるようですね」

「……神話の存在がスライムみてぇな真似《まね》しやがって……」

「もう召喚祭どころではありません。学院の総力を挙げて事を収めないと」

「大天使だけは絶対出してくれるなよ。神話にゃあ名前しか伝わってねえっつっても、天使喰いだ。実際、天使が喰われた後にこうなってる」

「わかっています」

「今から先生たちのところに行くんだろう？」

「ええ。……解決策を知る者はおそらくいないでしょうが」

「国王直轄の召喚術師隊が間に合うかどうかだな」

「王族特権でも愛娘《まなむすめ》のワガママでも何でも使って、大至急派遣させます。ですからフェイル・フォナフ――助けてくれますか？」

サーシャにそう言われ、俺は「は？」と喉が鳴った。

反射的に視線を回したらサーシャの紫色の瞳と目が合った。気高い責任感と心からの優しさをたたえた王族の目と。

——俺のパンドラに水溜《みずた》まり遊びしろってか——そんな冗談を思い付いたが、こんな何一つ笑えもしない非常事態だ。俺の口から出たのは飾り映えのしない了承の言葉だった。

「わかった。何だってやってやる」

ベルンハルトなんかのせいで世界に終わってもらっては困るのだ。

この学院が物理的になくなったら死ぬほど困るし、世話になっているバイト先の親方やイリーシャさんだって護《まも》りたい。

俺の答えを聞いて小さく微笑《ほほえ》んだサーシャ。

するとシリルとミフィーラも俺に続いてくれた。

「フェイルがそう決めたのなら異論はない。オジュロックの名にかけて力を尽くそう」

「動かす練習たくさんしたし、お披露目の場所は必要」

終界の魔獣パンドラは俺一人だけで動かせるわけじゃない。『パンドラの眼《め》』となってくれるシリルとミフィーラの協力が必要不可欠なのだ。

そのことを知ってか知らずか、サーシャが俺たち三人をまとめて見て——もう一度笑った。今度ははっきりとした笑み。俺たち三人に対する信頼の笑顔だった。

「よろしい。良《よ》いチームです」

少しだけ照れくさいが、これはこれでなかなか誇らしい。俺は自然と口端《くちは》を持ち上げた。

そして。

で？　俺たちは何をすればいい？　時間稼ぎだろうが囮《おとり》だろうが請け負ってやる。

サーシャにそう告げようとした瞬間である。

「窓から離れろ‼」

誰かがそう叫び――新たな事態が発生した。

今の今まで縦横に広がっていくばかりで大きな動きを見せていなかった銀色の海が、いきなり明確な意志を持って学院校舎に襲いかかってきたのだ。

校舎三階にある図書室とて、草原に面しているからには無関係ではない。

銀色の海は、まるで高波のように立ち上がって校舎に次々ぶつかってきた。

両隣の窓ガラスが割れ砕け、レンガが崩れるような大きな破壊音。

それに女子たちの悲鳴が混ざる。

「サーシャぁ‼」

俺は咄嗟《とっさ》に目の前のサーシャへと手を伸ばした。ミフィーラは大丈夫だ。いの一番にシリルが抱き寄せたのが見えた。

サーシャを強く強く抱き締めると同時――俺は呪文詠唱なしの即効召喚。瞬時に現れてくれた何万という羽虫の群れを、銀の大波に対する盾とするのである。シリルの方まで虫を広げた。

まるで巨人の拳の一撃。

「がは――」

開いていた窓から入り込んできた銀の大波に押され、俺はサーシャごと吹っ飛ばされた。強風に飛ばされた枯れ葉がごとくに床の上を転がる。

羽虫の大群を召喚していなかったら確実に銀色の海に取り込まれていただろう。シリルとミフィーラもだ。俺が召喚した虫の大部分を呑《の》み込んで、銀の波は引いていった。

「クッソ。やってくれる」

そう悪態を吐《つ》きながら身体《からだ》を起こすと……銀の大波を喰らった図書室は北側すべてがひどい有り様だ。ところどころ壁が崩れ落ち、窓はすべて原形をとどめていない。

「みんな無事ぃ？　ちゃんと生きてるー？」

そんな呼び掛けがあり、「こっちは大丈夫」「オレらもだ」波にさらわれた者はいなかった。

それで俺は、「天使喰いの野郎……学院つーか、市街地との壁を乗り越えようとしやがったな……」なんてぼやきつつ、サーシャの手を取って立たせるのである。

心配そうな顔が俺を見上げていた。

「大丈夫ですか？　怪我《けが》していませんか？」

「平気だよ。全身が痛いぐらいだ。それより俺たち、今のでやることができただろ」

そして立ち上がるなり周囲を見回したサーシャ。

……………………。

自らの試合開始を待っていた優秀な召喚術師たち、サーシャ自身を除いた九チーム総勢二十六名、それらすべての視線が彼女一人に集まっていた。

「すう――」

躊躇《ちゅうちょ》している時間などない。サーシャに許された猶予は息を吸い込む二秒間だけだ。

次の瞬間――『英雄としての将来』を約束された学院最強の召喚術師として、民草を慈《いつく》しむべき〝シドの国〟の第三王女として、凛《りん》とした言葉を発した。

「今、ラダーマークの街にかつてない危機が迫っています。未確認ではあるものの、敵はおそらく六鉄《ろくてつ》の執行者が一柱《ひとはしら》、銀の天使喰い」

銀色の海――天使喰いの野郎が本格的に動き出した時点で、俺たちは時間的猶予の一切合切を失ったのである。

召喚祭の戦場と市街地を隔てる壁の向こうでは三十万超の観衆が今も召喚祭の再開を待っているはずで、そんなところに天使喰《ぐ》いが雪崩《なだ》れ込めば歴史に残る大惨事だ。

一刻も早く、一分一秒でも早く避難させる必要がある。

「どれだけの恐れを抱こうとも我々は召喚術師。神のすべてが隠遁《いんとん》した後の世界で、人類を守護してきた存在です。ここにいる全員が、数多《あまた》の危機に立ち向かったいにしえの召喚術師たちの知識と技術を受け継いでいます」

第三王女サーシャ・シド・ゼウルタニアの力強い声は、天使喰いという神話の存在に尻込みする俺たちを勇気付けた。

そして、民を守るという責任感を分け与えてくれるのだ。

「たかだが執行者の一体程度、『英雄の血統』が今さら尻尾を巻く理由はありません。今日もまた力なき人々を護りましょう。空を飛べる者は執行者の足を止め、地を行く者は人々を安全な場所まで運ぶのです――私たちには、その力が備わっているのですから」

サーシャがそう言い終わった時、この場にいる召喚術師は全員、己がやるべきことを自覚した顔であった。

――自慢の召喚獣と共にこの部屋を飛び出してラダーマークの街に急行する――

それは俺とシリルとミフィーラも同じ。

銀の天使喰いがラダーマークの街を狙っていると言うのなら、まずは住民の避難を優先する。

今はまだパンドラは動けない。

殴り合いしかできないパンドラとスライム状の天使喰いの相性は最悪だ。例え戦うにしても、すぐにラダーマークの市街地まで押し切られることだろう。

三百メジャール超の魔獣が動いても人が死なないフィールドをつくる方が先決だった。

「さあ!」

サーシャが右手を前に伸ばして合図すると、召喚の呪文詠唱が幾つも始まった。

「行きますよ召喚術師たち!」

20. 召喚術師、神話の理不尽に叫べ

「生きてたかぁルールアぁ！」

見覚えのある長毛の白竜が俺の頭上を通りがかり、俺は思わず叫んだ。

すると次の瞬間——白竜が空中で長い身体をくねらせて急停止だ。

何百もの人間が走って避難する阿鼻叫喚《あびきょうかん》の中で声が届いたとは思わない。ルールアの方が、ラダーマーク東の大市場のド真ん中、巨大バッタにまたがって人々を誘導する俺を見つけたのだろう。

「皆さん乗りましたか⁉　このムカデは決してあなた方に危害は加えません！　安心してください！」

俺の目の前にいたのは、俺が召喚した全長十メジャールを超える巨大ムカデ。

その広い背には自力では避難できない老人や病人が二十人ほど乗っていて、心底不安そうな顔、今にも泣き出しそうな顔で巨大バッタの上の俺を見つめていた。

それで俺は思い切り歯を見せてニカッと笑いかける。

「セイドラ大聖堂まで最短距離で向かいます！　大聖堂は学院の召喚術師が何人と守護し

てますから、絶対安全です！　それでは良い旅を！」

まるで滑るように走り出した大ムカデ。

俺は大きく手を振ってそれを見送ると、すぐさま。

「走れえええええ‼　死にたくなけりゃあ大聖堂まで走れえええええええ‼」

市場中の人間を急《せ》かすのだった。

脅すような俺の言葉に文句を言う人間なんていない。

当然だ。ちょっと北の方を向けば、『銀一色の超々巨大スライム』が今まさに壁を乗り越えようとしているのが見えるのである。

どろりとした銀色の巨大触手が壁の上に出た瞬間――壁のこちら側を飛翔《ひしょう》していたドラゴンの火炎放射が飛ぶ。

焼き尽くすことはできなかったものの、三千度超の炎を嫌って触手が一度引っ込んだ。

――ベルンハルトの馬鹿が宝物《アーティファクト》を発動させてから、すでに三十分以上――

六鉄《ろくてつ》の執行者・銀の天使喰いは、動くものを手当たり次第につまみ食いする程度だった銀色の海から銀色の巨大スライムへと性質を変え、能動的に動き始めていた。

最短距離でラダーマークの街に入るため壁を乗り越えようとするのだが……高位魔法や召喚獣の攻撃の雨あられを喰らって、市街地の幅いっぱいにある壁のどこも抜けられないでいる。

ドラゴンや雷を纏《まと》った風精霊、巨大な火の鳥、はては大剣を手にした大悪魔まで。

百を超える飛行召喚獣たちが、天使喰いの侵攻を壁際《かべぎわ》で食い止めているのだった。

「フェイル・フォナフ！　あれが銀の天使喰いって本当⁉」

俺のすぐ頭上まで白竜が下りてきて、その長い首の上からルールア・フォーリカーが顔を覗《のぞ》かせた。彼女のチームメイト二人も一緒だ。

「知らねえよ！　天使喰いだろうが、新種のスライムだろうがやるこたぁ変わらねえ！　飛べるんなら壁んところ行って防いでこい！」

「こっちは試合中に銀の海が流れてきて危うく死ぬところだったのよ⁉」

「そりゃあ災難だったな！　文句はベルンハルトのクソ馬鹿に言え！」

召喚祭の出場者たちだけではない。学院の学生三百余人、全教師が街に出て、三十万の人々を護《まも》るために動いている。

今やラダーマークはどこもかしこも召喚獣だらけだ。

巨大な獣や強面《こわもて》の竜たちが馬車代わりとなって、人々を各地区の指定避難所まで連れて行くのである。

学院長と王女サーシャが『三十万人全員をラダーマークの外に逃がすのは不可能』と判

断し、交易都市ラダーマークの首長もそれを了承したらしい。

「召喚術師どの！　ここは自分たちが受け持ちます！」

俺とルールアが叫び合っている最中、腰に剣を提げた街の衛兵が三人走ってきた。

それで俺は「頼みます！　ヤバいと思ったら逃げてください！」と言って巨大バッタを跳躍させた。とある肉屋の屋根に一度着地して、そこから更に大跳躍。屋根の上を伝って大市場の入り口を目指す。

ルールアたちが付いてきた。

「シド王の召喚術師隊が来るまで守れば、こっちの勝ちなんでしょう⁉」

「最強集団だからな！　あれが太刀打ちできなきゃ、どのみち世界の終わりだ！」

「シリルとミフィーラは⁉」

「市場の入り口で落ち合うことになってる！　つーか、俺たちのことはいいからそっちも働きやがれ！　駄弁《だべ》ってる暇があるなら、魔法の一発でも撃ってこい！」

俺の怒号に「悪かったわね！　怖《お》じ気《け》づいちゃって！」と頬を膨らませたルールア。

「行くわよ！　行きますわよ！　召喚術師だもの！」

俺に向かって全身全霊の『あっかんべえ』をかましてから、巨大な白竜を急上昇させる。

そして上空で一度咆吼《ほうこう》を上げた白竜、凄《すさ》まじい速度で北の壁に向かっていった。

ほんの数秒だけルールアを見送った俺はすぐさま〝通信魔法・遠声鎖《ボイスリンク》〟を使用する。

あらかじめ設定した相手との遠隔通話を可能とする魔法だ。こういった災害時は特に重宝し、これが使えなければ魔術師・召喚術師ではないと言われるほどの基本魔法。

魔法の発動と同時──俺の舌と耳の裏に小さな魔法陣が現れただろう。

「シリル朗報だ。ルールアの奴《やつ》、ちゃんと生きてたぞ」

通話先となったシリルの言葉を待つことなく眼下に視線を落とす。

幅の広い通りを逃げる人々を見下ろし、助けを必要としている人がいないかどうか確認した。そして「あとは衛兵さんに任せりゃあいいか」と呟《つぶや》いた瞬間だ。

空を見上げていた一人の男と目が合った。

────っ⁉

その瞬間、俺の脳神経はフル回転。

ポケットだらけの草色の外套《がいとう》に身を包んだ旅人風の男をそのままにはしない。男の頭上を通り過ぎた巨大バッタを急停止させて、男の目の前に降り立った。

突然の召喚獣に全速力で逃げ出そうとする男。

巨大バッタの背から飛び降りた俺はそれを走って追いかけ、草色の外套の肩を引《ひ》っ摑《つか》んだ。

思いっきり抵抗されるのだが、ここでこいつを逃がしたら『手掛かりがなくなる』と、『ラダーマークを救う術《すべ》を見失う』と、こっちも必死だった。

「どこ行こうってんだよっあんたぁ！」

「やめ――やめてくれぇ！」

力任せに外套を引っ張って振り回すと、そのまま手近な商店の壁まで連れて行く。硬いレンガの壁に力いっぱい叩《たた》き付《つ》けた。ジタバタさせまいと男の首を右腕で押さえ付けた。

「あの時の酔っ払いだよなぁ！　ちょっと話聞かせてくれるかぁ⁉」

はたして、頭に血がのぼった俺はどんな顔をしているのだろう。

三十そこらに見える男がたかが十八歳の若造に涙目だ。

おびえきった顔で「わ、私は悪くないんだ！　すべて声が！　声が――！」と意味のわからないことをわめき出すのだが、右腕で強く喉を押し込んだら言葉は止まった。

「たわごとに付き合っている暇はねえ！　俺が聞いたことだけ答えやがれ！」

まるで野党のような所業。しかし今の俺に優しく接してやれる余裕はなく……呼吸困難に耐えかねた男がコクコクとうなずくまで喉を押さえ続けた。

左手で北方の壁を指して問う。

「ありゃあ何だ⁉　いつぞや言っていた銀色ってのはあれのことか⁉」

相変わらず壁の上で見え隠れしている銀色の超巨大触手。男は、それに一度視線を送ってから、ひどく恐れおののいた顔でこう言った。

「終わりの始まりだ。終末の扉を開く者だ。あれはまだ、その身に刻まれた使命と、神の怒りを忘れてはいな――んぐっ」

しかし言葉の途中で、また俺に喉を潰されてしまう。

「具体的な物体名を言え！　比喩表現なんざ聞いてねぇ！」

「――しっ、執行者だ。六鉄《ろくてつ》の執行者。銀の、天使喰《ぐ》い」

まさかの予想的中。絶望の答え合わせ。その瞬間、俺の怒りと焦《あせ》りは頂点に達し、空いた左手で男の顔面横の壁を殴り付けた。

「なんで！　どうしてラダーマークにあんなもん持ち込みやがったぁ⁉」

すると男はもう俺に逆らえない。うっすら涙を浮かべて俺を見ると、言い逃れや嘘《うそ》を吐《つ》くこともなく、「シドの王女が――サーシャ・シド・ゼウルタニアがいるからだ。銀の天使喰いにそう命じられたんだ」と白状するのである。

思わぬところで出てきたサーシャの名前。

まったくわけがわからなかった俺は、より一層顔を歪《ゆが》めて牙を剥《む》いた。

「命令されただあ……っ⁉」

「わ、私は――私は、教会所属の研究者だ。神話の跡地を巡って、神々の遺《のこ》した奇跡を探している」

「教会の学者先生が破滅の運び手たぁ、ずいぶんな世の中じゃねえかっ。教皇の野郎は世界でもぶっ壊すつもりなのかよ⁉」

「違う！　話を、私の話を聞いてくれ！　ちゃんと全部話すから！」

はやる気持ちを抑えるために血が滲《にじ》むほど下唇を噛《か》んだ俺。悪魔のような形相で男の顔を観察し、この男が酔っていないか、まともな精神状態かどうかを見定める。

「ちょっ、ちょうど半年前のことだ。私の所属する研究チームが、〝クドの国〟にあるミルグラーナ岬の先で『あれ』を発掘したのは……。土の中から取り上げた時はただの銀の塊だったが、一晩のうちに酒杯に形を変えた。それで何らかの宝物《アーティファクト》とわかって、研究が始まったんだ」

俺の剣幕に恐怖しているものの、十分な理性が残った顔。

意味不明な言葉も今は出てこなかった。

「初めから、銀の天使喰いの残骸じゃないかという予測はあった。ミルグラーナという岬の名前は、現地の古い言葉で『銀被《かぶ》り』を意味する。神話研究者の間ではパンドラと銀の天使喰いが戦ったとされる場所だ」

「ほおぉ……⁉　それであんたが選ばれたってわけかよ⁉」

「そ、そうだ。たまたま――たまたま私が声を聞いたっ」

「天使喰いの声に操られていただけと⁉　それを俺に信じろと⁉」

「信じてくれ。頼む、頼むから――私自身に特別な素質があったわけじゃない。銀の天使喰いにとって、我々人間はすべて、ただの道具なんだ。移動のための！」

「天使喰いは何を言ってやがった⁉　ありゃあ何が目的で動いている⁉」

「完全な復活と破壊の再開だ。パンドラに敗れた銀の天使喰いは、再び立ち上がるため、失った中心核の代わりになれる大天使を必要としている。私の頭にこだましていた声は、『力ある天使を差し出せ』『獣と世界を殺せ』だった」

「それでサーシャかよ⁉」

「単純に彼女しか知らなかったんだ、大天使を召喚できる人間なんて」

「つーかっ、なんで世界まで破滅させる必要がある⁉　パンドラはもういねえ！　とっくの昔に最高神に殺された！　執行者なんざ用済みじゃねえのか⁉」

「――女神ヤーナだ」

「ヤーナだあ？」

「そうだ。執行者たちの製造にその骸《むくろ》を利用されたという女神。彼女の遺志が、憎悪《ぞうお》が、呪いのように執行者を世界の破壊者たらしめている。本来は対パンドラ用だった執行者の標的に、『世界』を加えた」

「――っ」

思わず舌を打った俺。

愛人だった最高神ゼンに利用された献身の女神ヤーナの無念はわかる。だがそれで世界そのものを恨むのはお門違いが過ぎるというものだ。

恨むなら性格最低な最高神だけを恨みやがれ。この世界で必死に生きる俺たちまで巻き込むな。

そう言い放ってやりたかったが、どこぞの神様が聞いてくれるわけもない。

「あんたからベルンハルト・ハドチェックの手に渡った理由は？」

「べ、ベルンハルト？　わからない――それは知らない。ベルンハルトというのが誰か、私はまったく知らない。本当だ」

そして次の瞬間――男は、親指以外の指を根もとから失った無残な右手を俺に見せてきた。

「私は教会の最重要研究対象を持ち出してしまった。追っ手は一人だけではなかった。もしかしたら、教会が協力を仰いだ中にそういった人物がいたのかも」

ギョッとはしたが、沸騰した俺の血がこの程度のことで冷めることはない。

むしろ——指の四本だけで済んで、ずいぶんと優しい追っ手じゃねえか——そう笑い飛ばしてやりたいぐらいだった。どうせ、最後まで『銀の酒杯』を手放そうとしなかったから、指ごと持っていかれただけの話だろう。

「ベルンハルトの奴に横流ししたクソ馬鹿がいる……！　探し出してぶっ飛ばしてやりてぇが、今はその時間もねえ……！」

俺はそう結論付けて、これ以上ベルンハルトのことについては突っ込まない。

召喚祭用に強力な宝物《アーティファクト》を求めたベルンハルトがどこかから銀の天使喰いの情報を仕入れ、その横取りを成功させたのだとしても、すべて『今さらの話』だからだ。

とにかく天使喰いを止める術が知りたい俺は、男にこう強く問うた。

「大天使じゃなくて力のない天使を喰った場合はどうなる？　いつか止まるのか？」

しかし男は幾らか視線を泳がせた後で細かく首を横に振った。

「駄目だ。きっと今の不完全な形態のまま、大天使を探して動き続ける」

「根拠は？」

「銀の天使喰いにとって天使は動力源ではない。『液状の身体《からだ》を固定させる楔《くさび》』なんだ。

執拗《しつよう》に大天使を求めるのも、パンドラを殺せる身体の構築が最優先だからだ。銀の天使喰いと旅した間、私がいつも見ていた幻想《ビジョン》……おそらく銀の天使喰い自身の記憶……七体もの天使喰いがパンドラの前に立ち、獣を傷付けることができたのは二体だけだった」

銀の天使喰いが複数体いたという新情報。

それをあえて聞き流した俺は、同期生への怒りを歯ぎしりへと変える。

「操られてなお、功を焦るたぁ……さすがはベルンハルト。その辺の天使で楽に済ませやがって……！」

すると、壁に押さえ付けられたままの男が、銀色の巨大触手が揺れる北の壁を眺めて呟いた。

「……あれほど不定形の天使喰いは、私の見た幻想《ビジョン》にもいなかった。銀の天使喰いにとっても望んだ形ではないはずだ」

慌てふためき続ける俺が馬鹿らしく思えるぐらい静かな声だった。

それで俺はようやく男の首から右腕を外し、真正面から向き合って言う。

「頼む、教えてくれ。俺たち召喚術師の力で倒すにゃあどうしたらいい？」

男は首を横に振ってから俺の顔を見た。

「わからない」

「幻想《ビジョン》とやらで見てねえのか？　昔は七体も天使喰いがいたんだろう？　パンドラはその

時、どうやって倒した？」

「単純な力業――中心核となった天使を拳で砕いたんだ。……あそこにいるのは、パンドラが倒した銀の天使喰いとは形も性質も違いすぎる。同じやり方が通用すると思えない」

それから男は不意に俺の背後へと視線をやり、「……サーシャ姫……」と、すぐさま目を伏せた。

「サーシャ――？」

目の前の男に集中するあまり周囲の変化に気付いていなかった俺。即座に振り向いた先にいたのは、剣虎王《けんこおう》ザイルーガにまたがったシリルとミフィーラ、そしてサーシャの三人だった。

俺の巨大バッタを通りに見つけてここに降り立ったのだろう。

「どこから聞いてた？」

俺は事情を説明するのではなく、そう聞いた。答えてくれたのはシリルだ。

「今到着したばかりだよ。だけど、すべて知っている」

「は？」

「フェイル。お前、叫びすぎだ。耳が壊れるかと思ったぞ」

ザイルーガから下りるなりそう言って舌を出すシリル。彼の舌には通信魔法・遠声鎖《ボイスリンク》の魔法陣が浮かんでおり……俺はそこで初めて、通信魔法を発動させっぱなしだったことに気付くのだ。

「悪い。消してなかった」

しかしシリルは文句らしい文句も言わず、「別にいいさ。僕ら三人、フェイルから話を聞く手間が省けた」ミフィーラとサーシャが巨大虎を下りるのを手伝った。

どうしてサーシャがザイルーガに同乗しているのか、俺は何も知らない。

銀の天使喰いに対抗する術《すべ》でも見つかったのか、そう思ってサーシャに歩み寄ろうとした瞬間だ。

俺の………いや、俺だけではない。

この場にいる全員の頭上に、突如として『夜』が出現したのである。

「ふっ、ふざけんなぁあああああああああああああああああああ――!!」

何事かと空を見上げれば、空がなかった。

小雪チラつく曇天の代わりにそこにあったのは、冬とはいえ真昼の太陽光を完全に遮断した『なめらかな平面』で――――今の今まで北の壁を守り抜いてきた数多《あまた》の飛行召喚獣たちもすべて、平面の下側に追いやられている。

銀の天使喰《ぐ》いだ。

飛行召喚獣や召喚術師に迎撃されるたび触手を引っ込めていた天使喰いが、いよいよなりふり構わず出てきたのだ。


壁の向こう側にあった膨大な量の身体すべてで、思い切り壁を乗り越えてきたのだ。

ドラゴンたちの全力の火炎放射が空気を焼く。

召喚術師たちのやけっぱちの大魔法が盛大に光る。

しかし、空いっぱいに広がった天使喰いが動じることは——もうなかった。俺たち人類側の攻撃のすべてを平然と受け止め、一切止まらない。


今まさに、交易都市ラダーマークに覆《おお》い被さろうとしている
「…………待て…………ちょっと、待ってくれ……」

俺はそう呟《つぶや》くしかなく……あとは最後、街に雪崩《なだ》れ込むだけとなった絶望の空模様に呼吸を忘れるのだった。尋常じゃない無力感に腰が抜けそうになった。

もう何も間に合わない。

どんな勇者だろうが英雄にはなり得ない。

沢山の人が死ぬだろう。避難所で身を寄せ合っている老若男女《ろうにゃくなんにょ》も、年老いた父母を背

負って走る善人も、この状況で盗みを働こうという悪人も、最後の最後まで自分の持ち場を離れなかった優秀な衛兵も、俺が世話になった親方やイリーシャさんも、人智《じんち》を超えた力を有するはずの俺たち召喚術師も……みんな銀の天使喰いに呑《の》まれて死んでしまう。

ゆっくり落ちてくる空。

せめて最後の光景だけでも見届けて終わらないと気が済まず、俺は意地でも目蓋《まぶた》を下ろさなかった。

だからこそ――温かい光を間近で見た。

「サーシャ」

俺の眼前にあったサーシャの身体が光に包まれたのと同時、女神のごとき崇高な美しさを持つ六枚翼の大天使が広い通りに立ち上がる。

この辺りにある建物を優に超える身長。

天使喰いの大移動が巻き起こした強風になびく金髪。

俺は大天使の足下からその顔を見上げ。

「……待てサーシャ……お前、まさか――」

人間の何倍もある右手がしとやかな仕草で仮面を外すのを見た。

そして、仮面の下に現れた――サーシャ・シド・ゼウルタニアの美貌。学院一どころか、シドの国一番と言っても過言ではない美少女の顔だった。

――召喚術師と召喚獣が一つになる『背中合《あ》わせ』――

きっと、今のサーシャと大天使ならば悪しき神すらも仕留められる。学院が保有する最美最高の召喚獣、交易都市ラダーマーク最後の希望がそこにいた。

「フェイル・フォナフ」

サーシャの紫色の瞳が俺を見下ろし、サーシャの唇が俺の名前を呼んだ。

「パンドラを召喚したのがあなたで、本当に良かった」

全滅の何十秒か前という最低最悪の状況に似つかわしくない優しい眼差《まなざ》し、ひどく落ち着いた声は、俺の心から恐怖を取り去り。

「待てよサーシャ。まだだ。俺たちはまだ、終わっちゃいねえ。何か手はあるはずだ。だから行くな――」

代わりに怒りの種を植え付ける。

やがてサーシャが光り輝く六枚翼を羽ばたかせ、ふわりと空中に浮いた。

その間も美しい彼女はちっぽけな俺を見つめ続け。

「あとのことは頼みます」

最後の最後、小さく笑ってこう言った。

「この街を、私たちの世界を、守ってください――」

次の瞬間、流星がごとく空へと飛び上がり、銀の天使喰いの巨体に大穴を開ける。

「クソ馬鹿がああああああああああああああああああっ‼」

俺の叫びなんて届きようがない速さ、距離。

ぶち抜かれた天使喰いの大穴から本物の空が見えた。

大穴の中心では――六枚翼を大きく広げたサーシャが白く燃え盛る剣を掲げ、大穴外周から大量に伸びてくる銀色触手を迎え撃つ。

サーシャの切り払いに合わせて巨大な触手の二、三本がまとめて消滅した。

とはいえラダーマーク上空をほとんど覆い尽くした天使喰い。サーシャの剣に触手を燃やされるたび、その身を新たな触手に変えて苛烈に襲いかかった。

五本消されれば、十の触手がうねり。

十本消されれば、五十の触手が飛び。

百本消されれば、三百の触手が諦めない。

待ち焦がれた大天使がそこにいるのだ。銀の天使喰いとて必死なのだろう。

物量の差はすぐさま表れ。

「やめろぉおおおおおおおおおおおおおおおおおおおおおおおおおおおおおおおおっ‼」

俺の再度の叫びもむなしく、隙を突かれたサーシャが銀色の触手に捕らわれる。

四肢を封じられ――――そこに更なる触手が容赦なく群がった。大蜘蛛《ぐも》に捕まった非力な蝶《ちょう》のように、ほとんど何の抵抗もできずに、あっという間に呑み込まれる。

その瞬間。

『この街を、私たちの世界を、守ってください』

サーシャの声が俺の耳に蘇《よみがえ》り、俺は「上等だぁ。やってやるよ――‼」と魔術師服の懐《ふところ》から『召喚の詩集』を取り出すのだ。勢いよくページを開いた。

そして、シリルには肩に手を置かれながら、ミフィーラには脇腹に抱き付かれながら、終界の魔獣パンドラの召喚呪文を力強く唱え始めた。

「絶望に抗《あらが》うための獣っ！　昏《くら》き海より上がりて、空へ向かうための翼ぁっ！」

三人して全身全霊で空を睨《にら》み付《つ》ける。

「終わりし世界より託された願いは獣を救い！　暁の氷に慟哭《どうこく》が響く！」

そこでは銀の天使喰いが創り出した『夜』が終わり、縦横に広がった銀色がすべて一《ひと》所《ところ》に収束していた。風を超えるような速度で、だ。

取り込まれたサーシャ――六枚翼の大天使を中心に、すぐさま巨大な人型が形作られる。

「喪失の果てで手にした明日に泣くことなかれ！　焼け跡で咲いた花に微笑《ほほえ》みたまえ！」

身長三百メジャールに届こうかという銀色の全裸天使。

姿形を変えて曇天から降りてくる天使喰いは、そう表現するのが最も適当だろう。

「獣は夜に一人！　崩れ落ちる星に旋律！」

そいつは………俺が今から召喚しようという神殺しの魔獣と違い、『ぶっ殺してやりたくなるぐらい神々《こうごう》しい姿』だった。

「今っ！　慈悲深き汝《なんじ》に！　祈りを受け取った獣に！　遠き旅立ちの時が来たり――‼」

21. 召喚術師、希望と共にあれ

かつて交易都市ラダーマークが始まった時、この地に集った最初の人々は将来の発展だけを願ったはずだ。子々孫々の平和な繁栄だけを。

まさか……神話時代のリベンジマッチの舞台になるとは露ほども思っていなかったはず。

「——パンドラの眼《め》、全展開完了」

耳元で聞こえたシリルの声。それは通信魔法・遠声鎖《ボイスリンク》が可能にした遠隔通信であり、シリル自身はパンドラの外の空中で大量の怪鳥《かいちょう》系召喚獣を使役中なのである。

「足下は気にしなくていい。好きに暴れてしまえ、フェイル」

パンドラの頭蓋骨内の壁面には幾つもの映像が投影されており——パンドラの主観視点や真横からの遠景映像はもちろん、真上からの見下ろし視点、パンドラ真後ろからの三人称視点、はては背後・左右の映像まで見事に網羅されていた。

そして俺は、主観視点の中の全裸天使を睨みながら。

「ありがとうよ天使喰い。余裕こいて突っ立っててくれたおかげで、楽に立ち上がれた」

獣のように禍々《まがまが》しく笑う。

その時、不意に——

「シリル‼　なっ、なな、なんなのよぉ、これぇっ！」

遠隔通信がルールア・フォーリカーの声を拾った。

突然の大魔獣パンドラに混乱した召喚術師たちが、外にいるシリルのところに詰めかけているらしい。

「フェイル・フォナフが召喚してるの⁉　嘘《うそ》——嘘でしょう……っ⁉　これが、あなたたちの切り札って——秘密兵器どころか、最古最強の神殺しじゃないの‼」

いちいち耳元でうるさいが、今は外の雑音を気にしている場合ではない。

「フェイル、魔力が足りなくなったら言って。すぐ薬打つから」

「ああ。くれぐれも殺してくれるなよ」

魔獣パンドラがただ立っているだけのこの瞬間も、四《よ》つん這《ば》いになった俺はパンドラの脳神経に電気を流し続けているのだ。パンドラの脳みそに片腕を突っ込み、細糸電《ラインボルト》で魔力を消費し続けているのだ。

俺のそばに膝をついたミフィーラが天使喰いを見やり、ぼそっと言った。

「……綺麗《きれい》だけど……なんかムカつく……」

俺は「くははっ」と短く笑って同意した。

「天使喰いの顔がサーシャに似てんのも、ことさら趣味が悪いな」

六枚翼の大天使を取り込んで完全体となった銀の天使喰《ぐ》い。

最高神に生み出されたというその兵器は――パンドラよりも小柄ながら、執行者たる名にふさわしい偉容と壮麗さだった。全裸天使とは言っても、ただ美しいだけではなかった。

染《し》みや汚《よご》れの一つすら見つけられない銀一色の肌。

しかしその銀色肌の全面には、植物をシンボル化した奇妙な彫り込みがびっしり入り、天使喰い自体の美しさと異質感を際立《きわだ》たせている。

そして、大小様々な剣を広げて固めたような銀翼が二枚、背中に見えた。

天使喰いの背中から直接翼が生えているわけではない。その――いかにも武器になりそうな物騒な翼は、超常的な力で天使喰いの背中近くに浮いているのだ。

顔付きは安らかに眠った女性。

ゆらゆらと揺れる長髪だけが、さっきまでの不定形生物の特性を残していた。

明らかに神の領域の存在……人類が、召喚術師が、どれだけ束になろうとも勝てる相手ではない。多分、シド王直轄の召喚術師隊でも、完全復活した天使喰いはどうにもならないだろう。

「でも――お姫様に託された戦い」

不意にミフィーラがそんなことを言い、俺は眼前の敵に恐れを抱くことなく「ああ」と答えた。

「あのサーシャ・シド・ゼウルタニアが命懸けでこの状況つくってくれたんだ。俺が命を張る理由としちゃあ、十分すぎるってもんだぜ」

「運命が、お姫様とフェイルを繋《つな》いだ？」

「……さあな。知らねえ」

天才ミフィーラの口から『運命』とは、珍しいこともあるものだ。

とはいえ――パンドラと天使喰いの一騎打ち――こんな好都合、幾らかの奇跡が起きなければ到底あり得なかった状況だろう。そう言いたくなる気持ちもよくわかった。

俺たちの辿《たど》ってきた道が最善手だったとは思わない。

だが、しかし、〝六鉄《ろくてつ》の執行者・銀の天使喰い〟が現代に蘇ってもなお――俺たち人類に、数多《あまた》の命が息づくこの世界に、生き残る道が残されていることだけは事実だ。

サーシャ・シド・ゼウルタニアが自身の大天使を犠牲に天使喰いを完全復活させ、『楔《くさび》であり唯一の弱点でもある中心核』を与え、俺とパンドラがそれを仕留める。

もしも昨日、あの月の下でサーシャがパンドラを見ていなかったなら。

もしも今日、サーシャが俺たちを信じて託してくれていなかったなら。

そもそも、俺の相棒が、死体とは言え終界の魔獣パンドラでなかったならば。

「こうして天使喰いを殴り殺せる状況にゃあならなかった」

ニヤリと笑った俺は飢えた獣がごとくに舌舐《したな》めずり。

「さてと、だ――行こうぜシリル、ミフィーラ。本番だ」

そう言って、『真横からの遠景映像』に一瞬目を移す。

――曇天の下に大きく広がった交易都市ラダーマークの街並み――

――その真《ま》っ只中《ただなか》で向かい合った二体の神話存在――

――北側に銀の天使喰い、南に終界の魔獣パンドラ――

正しく直立した銀の天使喰いに対し、青黒色の魔獣パンドラはだいぶ前傾姿勢だった。

なにしろ身長を超える二叉尾《ふたまたお》と背中の十枚翼がある。生前がどうだったかは知らないが、『俺のパンドラ』はこうやってひどく前のめりに立つのである。

そしていよいよ、俺の指先がパンドラの脳神経に新たなる電気を流し。

「ちょ――ちょっとシリル！　パンドラがっ、パンドラが動いてる!!」

「もう離れた方がいいルールア。ここから先は、神話たちの領分だ」

満を持しての行動開始。

遠景映像の中のパンドラは始動こそゆっくりだったものの、第一歩目を大きく踏み込ん

で地面の諸々《もろもろ》を噴き上がらせた直後——爆発的に加速した。

足下の家屋やら大型商店やらを小石がごとくに蹴散らしながら、天使喰いへと一直線だ。

天使喰いも動く。

右腕を一度液状化させて腕そのものを大槍《やり》に変えると、素早く半身を引いて、パンドラの突進に槍の一撃を合わせた。

リーチの長さは天使喰いの方がだいぶ上。

銀槍の穂先が先にパンドラの左胸に触れ——しかし材質不明の外骨格を突き刺すことはできなかった。水飴《みずあめ》のように容易《たやす》く穂先が潰れると、そのままパンドラの接近に沿って潰れ続ける。突っ張り棒の役目すら果たせなかった。

武器を破壊されて死に体となった天使喰いの顔面をパンドラの右手が摑《つか》む。

「うおおおおっらあああああああああああああああああ——‼」

俺は思いっきり叫んで、細糸電《ラインボルト》の出力を上げた。

巨大な天使喰いごとだ。顔を鷲摑《わしづか》みにした天使喰いごと、パンドラを前に突き進ませる。

天使喰いは足を踏ん張って耐えようとするが、無限とも思えるパンドラの力の前には無駄な行為でしかなかった。身体《からだ》の大きさだって、重さだって、こっちの方が遥《はる》かに優勢だ。

パンドラの頭蓋骨内にまで聞こえてくる轟音《ごうおん》。

超巨大召喚獣の力任せに、足下の何もかもが空に舞い上がった。

家も、馬車も、道も、すべてだ。

「フェイル気にしちゃダメ！　このまま行って！」

「わかってるよっちくしょおおおおおおおおおおおお‼」

人の姿が見えなかったのは俺にとって幸運で、パンドラの足下には誰もいないという、避難が間に合ったという一抹の希望が胸に浮かぶ。

「死ぬなよ‼　頼むから誰も――誰一人っ、死ぬんじゃねえぞ‼」

天使喰いを力尽くで押しやりながら大市場の上を駆け抜けたパンドラ。たった五歩か六歩で大市場を踏み越えると、その次は大きく広がった住宅街へと踏み込んだのだ。

どんなに広い大通りだとて三百メジャールを超えるパンドラには狭すぎる。

俺にできたのは、せめて人々の集まる指定避難所を避けることぐらいだった。

人々の帰る家を壊し、思い出が残る街並みを崩し――――それでも俺は、天使喰いを押し続ける力をゆるめない。

付近一帯の避難が完了していること、誰一人死なないことを強く強く祈りながら。

「出し惜しみはっ無しだあああ‼」

更に細糸電《ラインボルト》の出力を上げ、パンドラの巨体を駆動させた。

北の壁に到達すると。

「邪魔だああああああああああああああああああああっ‼」

パンドラと天使喰いの膝下ぐらいまでしかない分厚い壁をぶち破る。

巨大な瓦礫《がれき》をばらまきながら学位戦の舞台となる草原に出たらこっちのものだ。足下のことを一切気にせずひたすら速度を上げた。

草原の奥へ！

草原地帯の中央へ！

天使喰いを少しでもラダーマークから離れた場所へ！

パンドラの突進で巻き上げるものがラダーマークの石畳から大量の土砂に変わり、やがてパンドラの背後を捉えた映像にもラダーマークの影が見えなくなった頃。

「が、は――っ」

極端な魔力枯渇《こかつ》で呼吸すらできなくなった俺は、それでも最後の力を振り絞ってパンドラの空いた左手で天使喰いの顔を殴り付ける。

威力はあったはずだが、距離が甘くてダメージらしいダメージは与えられなかった。ちょっとよろけさせたぐらいだ。

だから。

「ミ、フィーラぁっ」

ミフィーラに助けを求めながら俺は、細糸電《ラインボルト》が切れる最後の瞬間、パンドラの身体を回転させた。長い長い二叉尾がうなりを上げた。

尾の先端は容易く空気の壁を突破しただろう。

そして――――――天使喰いの脇腹を薙《な》ぎ払《はら》って吹っ飛ばす。

俺は天使喰いの行方を確認することができなかった。とある瞬間、視界のすべてが真っ黒に染まって、そのまま意識を失いかけたからだ。

「ぶは――ぁっ」

ミフィーラ特製の魔力強壮剤がギリギリ間に合って命拾い。肺の奥底から空気の塊を吐き出すようなひどい呼吸で目が覚めた。

注射針の付いた試験管が首筋に刺さったまま、「まだだぁ――」細糸電《ラインボルト》の再発動を行う。

まずは膝が落ちかけたパンドラを立て直した。

嫌な汗が顔中の毛穴から噴き出し、汗と鼻水を数滴落とす俺。

魔力強壮剤の正体は致死性の猛毒である竜血だ。いくらミフィーラの手が入っているとはいえ、身体への負担が軽いわけがない。魔力が回復した代わりに今すぐ吐きそうだった。

「はあ、はあ、はあ――っ」

荒い呼吸で頭蓋骨内壁の映像を睨《にら》み付《つ》けるが、主観視点の中に天使喰いはいない。

――どこだ――

そう思った瞬間、「フェイルっ上だ！」と遠声鎖発動《ボイスリンク》中の耳元でシリルの声。

反射的にパンドラの顔を上げたら、主観視点いっぱいに天使喰いの足裏が広がった。

踏み付けるような飛び蹴り。

いくら体重差があるとはいえ、いくら直前にパンドラの首筋の筋肉を固めたとはいえ。

「きゃあ⁉」

「ちょっと待てぇい！」

パンドラの頭蓋骨内は大混乱だ。

四《よ》つん這《ば》いになってパンドラの脳みそに片腕を突っ込んでいた俺も、俺の首筋から試験管を引き抜こうとしていたミフィーラも、突然の衝撃に弾《はじ》き飛《と》ばされる。

ミフィーラが咄嗟《とっさ》に『クッションとなる巨大な腐乱死体』を召喚してくれなかったら、パンドラの硬い頭蓋骨に激突して死んでいただろう。

それは中型の鯨《クジラ》の死体で、ミフィーラが何を目的にこんなものを召喚獣としているかはよくわからない。

とはいえ――大きく開いた腹からこぼれた内臓に突っ込むことで、俺とミフィーラは救われた。しかし俺はホッと一息つくことすらなかった。

「──っ！」

繊維状の何かよくわからない肉片を頭から落としながら身体を起こすと、這《は》うように走ってパンドラ操作の定位置へと。パンドラの脳みそに片腕を深く突っ込んだ。

「逃ぃがすかあああああああああああああああああっ‼」

瞬間、パンドラの右手が、音速を超えて空へと伸びる。

小さくジャンプした青黒い巨体が、パンドラの顔面を蹴った直後の天使喰《ぐ》いの足首を捕まえた。圧倒的な握力で足首を握り潰しながらの着地。

そしてそのまま──力いっぱい、天使喰いの背中を大草原に叩《たた》き付けた。

大地崩壊。

まるで隕石《いんせき》が落ちたかのような衝撃と熱が巻き起こる。

突然の大爆発が草原のド真ん中にクレーターを生み、何十メジャールという厚さで地面がめくれ上がり、その下の硬い地盤までもが広く深く割れ砕けた。

砕けた地面に足を取られてパンドラの身体が沈み込むその瞬間、主観視点と遠景以外の映像が途切れて消える。

「無事かシリル⁉」

「僕の心配はいい‼　好きに戦えフェイル‼」

パンドラの外は暴風が吹き荒れているらしい。遠声鎖《ボイスリンク》を通じて聞こえるシリルの声には大量の風音が混ざり、聞き取るのも困難だった。

「フェイル！」

ミフィーラが叫ぶ。

パンドラの下敷きになって地盤に埋まった天使喰いが、開いた右手をこちらに向けていた。俺が反応するよりも早く、五つの指先すべてから純白の破壊光線が放たれる。

天使喰いの光線はパンドラの胸部を直撃。

とはいえ、パンドラの青黒い外骨格には何の変化も起こらなかった。おそらくは〝空中墓園〟の砲撃の数千倍以上という超大魔力を何事もなく受け止めた。

巨大な左拳が天使喰いの顔面に上から突き刺さり、ただでさえ割れた岩盤の中にいた天使喰いを更に深く地中に埋め込んだ。そしてその一発が小さな地震を引き起こすのである。

「ちくしょおおっ！　地面が脆《もろ》すぎんぞっ！」

クリーンヒットだったが、思ったようなダメージではない。盛大に砕けた地盤が天使喰いのクッションになったからだ。

それでパンドラは天使喰いの首を引っ掴む。強引に首を固定して、空いた片手で顔面を殴り付けた。

たった一発で天使喰いの顔面が大きく潰れる。

まるで精巧な粘土細工に拳をぶつけたような状態、それでも天使喰いは何の支障もなく動き続けた。両腕を剣に変化させるとパンドラの関節を狙ってくる。

左腕の剣はパンドラの右腕の付け根を突き刺そうとして、しかし切っ先が入ることなく刀身ごと潰れ。

右腕の剣はパンドラの左肘の内側を切り払おうとして、しかしあえなく弾かれた。叩き付けるようにもう一度剣を振るうが、パンドラは切り裂けない。剣の方がへし折れた。

「そんなナマクラぁあああああっ‼」

天使喰いがどれだけ変幻自在だろうが、パンドラの装甲を破れなければ意味がない。

だから俺は、反撃を恐れることなく隙を晒《さら》した。パンドラに思い切り拳を引かせたのだ。

大弓を引き絞るような体勢から繰り出された一撃は、天使喰いの顔面に触れるなり、硬質化していた銀色を元々の液状へと還《かえ》す。

天使喰いの頭部が丸ごとすべて背後の地面に飛び散った。破片すら残らなかった。

首なしとなった全裸天使。

勝ったとは思わないが、優勢だとは思いたかった俺。

追撃を狙ってまたパンドラに拳を引かせた瞬間だ。

「この野郎っ⁉　まだ――‼」

いきなり両膝を抱えた天使喰いにパンドラの腹を蹴り押され――俺はパンドラの脳みそにしがみつく。突然の浮遊感。天使喰いの両足蹴りでパンドラの巨体が浮いた。

「ミフィーラぁ！　どっか摑《つか》まれ！」

そう叫ぶなり、全神経を『召喚獣との感覚共有』に集中させる。ほとんど勘で空中姿勢を取ると、まずは右足、左足、右手、左手、二叉尾《ふたまたお》の順番で着地させていった。

大きく蹴り飛ばされたパンドラはクレーターから出て大草原に降り立つものの、着地衝撃も含んだ超重量に地面の方が耐えきれない。触れる端から壊れていき……やがて立ち上がったパンドラは、膝下まで地中に埋まっていた。

「はあ。はあ。はあ。は――」

荒い呼吸の俺はまたも魔力切れ。状況を察したミフィーラが「次の一本でフェイルの許容量限界かも……」なんて不安げに言って、二本目の魔力強壮剤を打ってくれた。

直後。

「おぇ――」

四つん這いの俺は、胃の内容物をその場にぶちまける。

「がはっ！　がはっ！　おえぇっ」

最終的に胃液までパンドラの脳みそに吐いて、濡《ぬ》れた口元を魔術師服でぬぐった。

「……パンドラの操作に酔っただけだ。心配すんな」

ちらりと見たミフィーラは、ひどく血の気が引いた顔で俺を見つめている。

「――フェイル、見ているか？」

その時不意にシリルから話しかけられ。

「天使喰いも起き上がるぞ。また形態変化を始めた」

「だろうな。さっきまでのぬるい攻撃じゃあ、パンドラの装甲は抜けねえ。今度はなりふり構わず攻撃特化で来るさ」

途切れていた各種視点映像がすべて蘇《よみがえ》った。

シリルが飛行召喚獣を駆使して届けてくれる様々な映像、そこに映っていた異変――それはクレーターいっぱいに噴き上がった純白の炎だった。

巨大な炎の柱の内部で、やたらスタイルの良い女性の影がゆらりと立ち上がる。

攻撃のほとんどすべてをパンドラの外骨格に阻《はば》まれ、頭まで潰された銀の天使喰いが身体《からだ》を造り替えているのだ。おそらくは、全機能を攻撃のみに振り切った特殊形態へと。

「ったく……こちとら、いっぱいいっぱいだってのによ……」

パンドラが砕けた地面から抜け出ると同時、炎の柱から女性のたおやかな指先がすうっと出てくる。

そして——だ。

まるで試着室のカーテンでも開くような優雅な仕草で、『それ』は現れた。

「…………サーシャ…………」

そう呟《つぶや》いたのは俺ではない。パンドラの外で実際の光景を見ているシリルだ。

俺は小さく舌を打っただけ。

——銀色のサーシャ・シド・ゼウルタニア——

翼を失った天使喰いの新しい姿は、そうとしか表現しようがない悪夢だった。

絶世の美貌も、長い白金髪も、紫色の瞳も、女神と見紛《みまが》うばかりの魅力的な裸体も、今までに俺が見てきたサーシャのまま。

違いと言えば、頭上に浮かんだ光輪と銀色の肌、胸元で大きく花開いた銀の薔薇《ばら》、そして三百メジャールに届こうかという身長ぐらいなものだろう。

…………………………………………………………。

神話存在に散々踏み荒らされた大草原、魔獣パンドラと銀の美少女が向かい合う。

最初は武器など持たない無手同士。

しかし、天使喰いが無言で両腕を広げた瞬間、彼女の背後にあった炎の柱が動いた。純白の炎のすべてが天使喰いの両手に吸い込まれて細身の双剣を形成したのだ。

正直……魔力量がどうだとか、切れ味がどうだとか……そういう次元の武器ではない。

疲労困憊《ひろうこんぱい》の俺を支えてくれていたミフィーラも気付いたらしい。

「気を付けてフェイル。あの双剣、きっと――」

「わかってる。万物を断つ神の権能の再現……あれならパンドラも斬れるだろうよ」

とはいえ、だからどうしたという話だ。

銀の天使喰いが神の力を使おうが、パンドラとて神殺しの魔獣であることに違いはない。

「だったら――今日、この場で、もう一回神殺しをするだけだ」

俺はそう強がってパンドラを前進させた。

大きく身体を揺らしながら前のめりに天使喰いに接近し――――まずは右拳を振るう。

瞬間、主観映像から天使喰いが消え失《う》せ。

「うぐっ――!?」

俺の右脇腹に走った鋭く熱い痛み。パンドラを召喚していて初めて感じた明確な痛み。

パンドラが死んでいようとも、この巨体の痛覚はまだ生きているのだ。死体操作のために召喚獣との同調を最大にしている俺にとって、パンドラの肉体の痛みはそのまま俺の痛みだった。

懐《ふところ》に潜り込んだ天使喰いに脇腹を斬られたのだ。

「がっ！　痛《い》ってぇ！」

そして今度は背中と太もも裏に熱さ。

信じられない速度で背後に回り込んだ天使喰いが、パンドラの十枚翼の根もとを縦に斬り付け、流れるような動きで大腿部《だいたい》にまで刃《やいば》を走らせた。

主観視点の映像だけを見たらとても間に合わない。それで俺は、遠景映像を頼りに、太く長い二叉尾で天使喰いを拘束しようとする。

すんでのところで逃げられて尾に左の剣を当てられるが、青黒い尾がそのまま両断されることはなかった。パンドラの体内に潜む内骨格は、天使喰いの剣を確かに受け止め、サーシャの紫色の目を見開かせた。

「ちくしょう！　尻《ケツ》の先まで痛《いて》えなんて聞いてねえぞ！」

まさしく肉を斬らせて骨を断つ、だ。

俺は尾の筋肉を収縮させて天使喰《ぐ》いの左の剣をがっちり固定すると、振り向きざまに大上段から手刀を落とす。

刹那――音速突破したパンドラの右手が天使喰いの左肩を叩《たた》き斬った。

これが天使喰いの選択の結果。攻撃に特化した天使喰いの身体は、ガラス細工でも割るかのごとく簡単に壊れてしまう。天使喰い本体から離れた左腕はいきなりヒビが入って細かく砕け散り、その後、再生することもなかった。

すぐさまバックステップを踏んで一度距離を取る天使喰い。

一方、俺はパンドラを歩かせない。どうせ速度では勝ち目がないからだ。魔力不足にあえぎながらも、「さすがは終界の魔獣パンドラ。神の権能にすら耐性持ってるたぁ」なんて小さく笑った。

はたして……手負いのパンドラと手負いの天使喰い、俺とサーシャは、何秒ぐらい無言で向かい合っていたのだろう。

こちらを凝視してくるサーシャの美貌を見つめた俺は、ふと、「……厄介な役目を押し付けやがって……」とぼやくのだ。

そして天使喰いの胸に咲く銀の薔薇に目を移して言った。

「……まだ救える見込みがあるってだけ……親父《おやじ》ん時よりは、だいぶマシか……」

銀の薔薇――その中にサーシャがいる。絶対に生きている。

確信と呼んでもいいような、妙にはっきりとした感覚があった。

そうだ。たかが『銀の天使喰いの楔《くさび》』にされたくらいで、サーシャ・シド・ゼウルタニアが死ぬわけがない。そんなことで大天使と同化した学院最強が終わってたまるか。

どんな逆境だろうと涼しい顔で乗り越えてみせる。だからあいつは最強なのだ。

今もきっと天使喰いの内部で踏ん張っているはず。

それで——今助けるからちょっと待ってろ——そう強く思った俺。

正直、あいつが助けを望んでいるとか、望んでいないとか、そんな話どうでもよかった。

世界のため一人犠牲になろうとしたクソ馬鹿に一言文句を言いたい。学位戦のリベンジだってまだなのに、勝ち逃げなんてさせない。

俺がサーシャのために命を懸ける理由なんて、この胸に溢れる激情だけで十分だろう。

「……………悪いなサーシャ。今日は、俺が小言を言う番だ」

それが俺が悠長に口にできた最後の言葉。


いきなり天使喰いが片腕一本、剣一本で突っ込んできた。

俺は巨拳で迎え撃つも、更に速度を増した天使喰いに当たるわけがない。速すぎて不可視となった剣舞踏者《ソードダンサー》に、突き出したパンドラの右腕がズタズタにされる。

「ちいぃっ‼」

ピンポイントで拳を当てるのは無理と判断。左腕を鞭《むち》のように薙《な》ぎ払った。

しかしこれも当たらない。パンドラが触れることができたのは、宙返り一つで背後に回った天使喰いの白金髪の先だけで、その瞬間、俺は『決死の耐久戦』を覚悟するのである。

「ミフィーラぁ！　構わねえ！　打ってくれ！」

そう叫び、三本目の魔力強壮剤を投入。

鼻呼吸のついでに大量の鼻血を垂らし、「がっ――がはっ‼　がはっ‼」胃液と一緒に血の塊を吐き出し、それでもなお前を見た。

主観視点はたいして役に立たない。遠景映像だって圧倒的な速度差を痛感するだけだ。

それでも――それでも俺は前を見る。

天使喰いに斬られながらもパンドラの拳を振るう。

遠景映像の中では、分厚い曇天の下、終界の魔獣パンドラが全身から血を噴き出しながら暴れていた。銀の天使喰いが紙一重《かみひとえ》で拳を避けながら、縦横無尽に獣の肉を切り裂いていた。

もう秘策はない。

パンドラ以上の隠し球はない。

何度斬られようと当たるまで動き続ける。獣らしく最期《さいご》まであがき続ける。それが、俺とパンドラに残された希望のすべてだった。

「ミフィーラぁ！　もう一発だっ！」

あっという間に魔力を使い果たし、俺はまたミフィーラを呼ぶのだが。

「だ、ダメっ！　これ以上はフェイルが死んじゃう！」

鼻血を噴き、血反吐《ちへど》まで吐き出した俺を見て、ミフィーラは手にしていた試験管を強く抱きかかえた。首をブンブン横に振って俺の要求を拒絶する。

直後。

「この状況で何を腑抜《ふぬ》けたことを――！」

俺は初めてミフィーラに手を出した。俺に寄り添ってくれていた彼女の胸元に手を伸ばすと、力ずくで試験管をもぎ取ったのだ。

「フェイルやめて！　お願いだから！」

ミフィーラの涙と制止を無視して、注射針付きの試験管を首筋にぶっ刺した。

「俺ぁ召喚術師だ……っ‼　例え心臓が止まろうが、脳が破裂しようが、ここで降りるつもりはねえ‼」

視界の左側が赤く染まっていく。俺の左目がドロリとした血の涙を流す。

俺は視界を直そうと思って顔の左半分を強くぬぐうのだが、血の涙を顔に塗りたくっただけだった。真っ赤になって見えなくなった左の視界は戻らない。

それがどうした。だからどうした。

どうせ天使喰いの動きは俺の動体視力の遥《はる》か上だ。俺とパンドラは、全身の肉と臓腑《ぞうふ》を切り刻まれる激痛に耐えながら、ほとんど闇雲に拳を振り回すしかないのだ。

一発だ‼　一発当たりゃあいいんだ‼　と自分自身に言い聞かせ続けた。

「サーシャと執行者が相手だろうがっ、こっちゃあ神殺しの獣ぉ！　ここまで来りゃあ、あとは魂勝負だろうがああっ‼」

血反吐《ちへど》を飛ばしながらそう吠《ほ》えて俺自身を奮い立たせ続けた。

パンドラの旋回式の裏拳が、空中を跳び回っていた天使喰いの両足を巻き込んで砕く。散々斬られまくった末のラッキーパンチにしては悪くない一撃だった。

両足を一度に失った天使喰いは立ち上がることすらままならず、剣を握り締めたまま地に転がるのである。

俺のパンドラ……青黒い異形の獣はまだ立っている。全身どこが斬られていないかわからないぐらいにズタボロだが、二本の足で大地を踏み締め、天使喰いを見下ろしている。

最後の最後で形勢逆転だ。

そして、トドメを刺そうとパンドラを一歩前に進ませた瞬間。

「あ――れ？」

俺は自分の身体《からだ》を支える力さえ失ってパンドラの脳みそに顔面から突っ込んだ。当然のごとく細糸電《ラインボルト》も維持できずに、パンドラもその場にゆっくり片膝をつく。

着地の際の震動が頭蓋骨内にも響き渡った。

「おいフェイル！　何があったフェイル！　大丈夫か――」

耳元で聞こえているはずのシリルの声がやけに遠い。

またも魔力切れだ。

俺は動かない身体で無理矢理ミフィーラを見るのだが。

「ダメっ。もう絶対ダメ!!」

俺の命なんぞを守ろうとしたミフィーラに魔力強壮剤の最後の一本を割られてしまう。

……地面に飛び散った竜血とガラス片……。

…………………………。

だが――俺はまだ終わっていない。俺には、まだ『絞り出せるもの』が残っていた。

なけなしの力を振り絞って魔術師服の首元に手を突っ込んだ俺は、愛用の首掛け財布を取り出して、中身の貨幣をその場にぶちまけた。

ヨレヨレの紙幣と薄汚れた銅貨が何枚か。

そして、死に際《しにぎわ》の親父から託された金貨と銀貨も。

「ちから――」

親父の金貨と銀貨を適当に掴《つか》み取《と》り、俺自身の口に突っ込む。

「力、を――」

死んだ親父のことを強く強く思いながら――金貨銀貨を奥歯で思いっきり噛《か》み締めた。

硬い銀貨を噛み切ろうとした。そして天へと首を伸ばしながら死ぬ気で叫んだ。

「ぢがらを貸せぇえええええええええええええええええええええええええ‼」

俺が最後に頼ったのは俺自身の魂。

俺の心臓の奥底でいつまでも燃え続ける強い思いだった。

その瞬間――――死んでいるはずのパンドラが、初めて俺の思いに呼応する。

ゴォアアアッ‼

脳神経への電撃魔法もなしに雄々《おお》しい咆吼《ほうこう》を上げたのだ。

片膝をついたまま俺と同じように天を仰ぎ、間違いなく世界中に轟《とどろ》く咆吼を上げたのだ。

――壊れた両脚で無理矢理跳んで真上から襲いかかってきていた天使喰い。

高く掲げられた剣が振り下ろされ。

「パンドラあああああああああああああああああああっ!!」

しかし今、この瞬間だけ、俺とパンドラは天使喰いよりも自由だった。

パンドラの十枚翼がいきなり開く。

力なく垂れ下がっていたはずの右腕が、天使喰いの超速度を超えて空へと伸びる。

――――――――!!

何かを求めるように指を開いた右手が、天使喰いの胸に咲いた銀の薔薇《ばら》をぶち抜いた。

パンドラの右手が天使喰いの胸を貫くと同時――――真っ青な大空が現れた。

天使喰いを貫くだけにとどまらなかった衝撃が、大草原上空どころか、ラダーマーク上空、はては遥か遠くにある山脈上空の重たい雪雲を吹き飛ばしたのだ。

…………。

…………。

…………。

ひどく眩《まぶ》しい……光溢《あふ》れる世界で、塵《ちり》に還《かえ》って風に流れていく天使喰い。

そして次の瞬間、パンドラの巨体が力を失って大草原に再び膝をついた。

世界すべてを揺るがしたあの雄叫《おたけ》びが嘘《うそ》だったかのように、ひどく静かに、ただの巨大な死体に戻っていった。

するとすぐさまだ。

「フェイル！　フェイルっ‼　やった――やったぞ！　天使喰いを倒した！」

興奮したシリルが、乗っていた大怪鳥《かいちょう》もろとも、パンドラの頭蓋骨内に飛び込んでくる。

ミフィーラは「フェイルぅ。フェイル死なないでぇ」なんて泣きじゃくるばかりで。

……………まだ生きてるよ。勝手に殺すな。

全身全霊を使い尽くしてその場に突っ伏した俺は、ミフィーラの可愛い声にそう思うばかりだった。

やがて、ヨダレまみれになった金貨銀貨を吐き出すと。

「見たかよ、親父《おやじ》……母さん……」

顔だけをかすかに持ち上げて主観視点の映像を見やる。

映像は草原に着地したパンドラの大きな右手を映しており……開かれたその手のひらの上では、パンドラが天使喰いの胸から奪い取った『中心核』が――サーシャと合体した六枚翼の大天使が、ゆっくり身体を起こそうとしていた。

太陽の光が降り注ぐ明るい世界を呆然《ぼうぜん》と見回し。

やがて、生きていることが信じられないとでも言いたげな顔で、パンドラの顔をを見上げてくる。

「……俺ぁ……ここで生きて……ちゃんと、救ったぁ……」

22. 召喚術師、億万の賞賛よりも

「ちょ——ちょっと待ってくれシリル！　尻《ケツ》と太ももがっ。尻《ケツ》筋がつってる！」

突如として尻と太ももを走った激痛に思わずそう叫んだ俺。

すると俺の腰を支えてくれていたシリルが「やはりやめておいた方がいい。そもそも、ベッドから動けないレベルの身体なんだぞ？」とため息を漏らすのだ。

それでも俺は諦めない。

シリルの軍服にしがみつきながら、少しずつ身体をフカフカの絨毯《じゅうたん》に下ろしていく。

「腕の方はまだ動くっ。こうやってシリルに摑まりゃあ、片膝をつくぐらい——ミフィーラぁ！　背中突っつくな！　こちとら羽化したてのセミ並みにフニャフニャなんだぞ⁉」

「フェイルの筋肉、ブヨブヨでスライムみたい」

「筋繊維があっちこっちズタズタだ！　当たり前だろうが！」

そのうち、左膝が絨毯に着地したものの、今度はシリルのズボンが離せなかった。

俺一人の力では片膝立ちの姿勢を維持できない。身体に力が入らない。

おそるおそるシリルのズボンから両手を離してみては倒れそうになって、またシリルのズボンの世話になる。

「とはいえ、竜血の過剰摂取としては軽い代償に違いない。ミフィーラに感謝だな」

「じゅ――危ねっ。重々承知してるさ。それでも全治一ヶ月だ。色々嘆きたくもなる。当分の間、一人じゃ風呂《ふろ》も入れねえしな」

「だから僕が世話してやってるだろう？」

「本当、マジで面目次第もねえ」

「シリルあのね。わたしもフェイルのお風呂手伝いたい」

「残念だが。異性の入浴介助は二十歳《はたち》からと、法律で決まっている」

「洗い残し多そうだしな」

「むぅ〜〜」

交易都市ラダーマークに銀の天使喰いが現れた召喚祭から――はや五日。

俺は学院指定の魔術師服を正しく着用しながら、しかしその実、服の下は全身包帯まみれだった。

ミフィーラ特製の魔力強壮剤を使いすぎた副作用だ。

魔力切れと竜血による無理矢理な魔力供給――そんな無茶を短時間に繰り返したせいで、人体の魔力貯蔵庫である筋肉が限界を超えた。細かい内出血と肉離れをほとんど全身で引き起こし、包帯で締め付けなければ、人としての形すら失いかねない有り様なのである。

ぎゃあぎゃあと元気なのは首から上ぐらいなもの。

「……さしもの陛下とて、フェイルには苦笑いだろうな」

「ボロ雑巾すぎるって？　実際ボロ雑巾だ。片膝一つで、こんな必死こいてる」

そして、ガーゼ生地の大きな眼帯で左目を覆い、いまだ左目の視力は戻っていなかった。

――満身創痍《まんしんそうい》の怪我人《けがにん》――

――どこからどう見てもベッドで寝ているべき重傷者――

そんな俺が今いるのは、〝シドの国〟の王宮、その客間の一つであり……シド国王ジークフリート・シド・ゼウルタニアとの謁見を控えて、挨拶の練習中なのだ。

「もういいだろうフェイル。確かに陛下の御前では『片膝』がルールだが、絶対というわけじゃない。事前に申し出れば立位だって許されるんだぞ？」

「……潮時か。ここまで手こずりゃあ逆に失礼だ」

いまだ片膝で自立できない俺がそう自嘲するなり、シリルが動いた。俺の背中と膝裏に腕を回すと楽々持ち上げる。お姫様抱っこ。そのまま革張りの長椅子まで運んでくれた。

「というか普通に心配される。陛下たちだって、フェイルの状態を知った上で呼んでいるんだ。礼儀うんぬんよりも、話の中身だろう」

長椅子の分厚いクッションに尻が沈み込み、背もたれがしっかりと体重を受け止めてくれ、ようやく一息つけた俺。

「……はあ……」

ため息混じりに首を回し、広い客間を見回した。

曇り一つない大窓から陽光差し込む白壁の部屋。高い天井。

優美ではあるが、華美ではない。壁や柱には花柄模様が様々彫刻されているものの、不思議と派手な印象はなかった。落ち着いた気持ちのまま目を楽しませてくれる。

そして、丸テーブルや椅子やグランドピアノなど、室内にある調度品はどれもこれも落ち着いた色合いだった。窓際《まどぎわ》の花瓶で咲く冬の花々が一番華やかなぐらいだ。

「……パンドラのことをあれこれ言われても困るんだがなぁ……」

なんとなくそんなことをぼやくと、一人掛けの椅子で脚を組んだシリルが話に乗ってくれる。長身なシリルに古い椅子がキィと鳴いた。

「陛下とて竜と契《ちぎ》りを結ぶ召喚術師だ。あまり無体なことは言うまいよ」

「つっても、天使喰いの破壊を誉《ほ》められてハイ終わり、とはならねえだろう？」

「それは――まあ、そうだろうが」

「何を聞かれるか、何を言われるか。どっちにしろ胃の痛い話だぜ」

その時、俺の隣にボフッと座ったミフィーラ。「じー……」俺の顔をまじまじ見つめ、やがて胸中をズバリ言い当てやがる。

「お姫様とは話せるのに、お父さんだと緊張する？」

俺は苦笑するしかなかった。

「召喚状のサインが君主号入りだったからな。サーシャの親父さんとしてじゃなく、王と臣民って立場で話をするってことだ。普通に不安だよ」

「気にしすぎ」

「型破りに見えて、時と場合はわきまえる男だものな」

「けっ。好きに言ってくれ」

そして滅入《めい》った気分を少しでも晴らそうと大窓の方に視線を移したら、窓から出入りできるバルコニーの向こうに綺麗《きれい》な青空が見えた。

雲の流れがだいぶ速い。強い風が吹いている。

今頃――

今頃、ラダーマークでは、俺のパンドラが踏み潰した大市場やら住宅街の片付けが急ピッチで進んでいることだろう。

俺のバイト先〝大衆酒場・馬のヨダレ亭〟では、アルバイトが一人欠けた忙しさに親方が厨房《ちゅうぼう》で怒り狂い、それをイリーシャさんがなだめているかもしれない。

俺のパンドラと天使喰いがぶつかりあったあの大事件。

聞くところによると、二体の神話存在が大暴れした割りに死傷者が極端に少なかったことから、〝ラダーマークの奇跡〟とか言われ始めたみたいだ。

犠牲となったのは、最初に天使喰いに取り込まれた召喚術師が何人かだけで……もしかしたら一般市民の死傷者はゼロなんじゃないかということが噂《うわさ》されている。今のところ。

俺とシリルは、そんな都合の良い奇跡があるわけがないと、交易都市ぐるみで学院の召喚術師たちに気を遣ってる可能性が高いと踏んでいるのだが……もしも本当にそうであったなら、あの日、俺がパンドラの中で『誰も死なないでくれ』と祈った甲斐《かい》があったというもの。

そういえば——直接の発端となったベルンハルト・ハドチェック。天使喰いの体内に消えたあいつの責は、奴《やつ》の実家であるハドチェック家が負うらしい。

とはいえ、その辺は大人たちがどうこうする話で、俺たち学生に多くが知らされることはなかった。多分、領地や財産が召し上げられて、それがラダーマークの復興財源になったりするのだろう。

とにもかくにも、だ。

俺たちの世界は魔獣パンドラによって守られ、少しずつではあるが落ち着きを取り戻しつつあった。

この期に及んでいまだ窮地なのは、王様から呼び出しを喰《く》らった俺たちぐらいなものだ。

「最後の一撃のことを聞かれたら、どう答えるつもりなんだ？」

「……最後ってのは？」

「パンドラが咆吼《ほうこう》した直後、天使喰いを撃ち抜いた一撃だ。フェイルお前、細糸電《ラインボルト》は撃てなかったと言ったじゃないか」

「まあな」

「外から見ていてもあれは特別と思った。天使喰いとの戦闘は、召喚術師隊が用意した遠視魔法で陛下もご覧になっていたらしいし。多分聞かれるぞ？　結局パンドラは生きていたのか？」

「……さてな。死んでるたぁ思うがな」

「じゃあどうして——神の奇跡とか言い張るつもりはないんだろう？」

「そりゃあな。んな便利なもん頼ったら、学院生の名折れだぜ」

「ほう？　……何か思い付いてるという顔だな？」

「別々に考えてた俺とミフィーラが同じ仮説に辿り着いたんだから、良い線行ってると思うぜ？」

「多分『背中合わせ』」

「背中合わせ？　そうか、ミフィーラ――」

「つっても、サーシャと大天使みたいな完璧なもんじゃねえ。俺も大概死にかけてたからな、たまたまパンドラの死体と同調しただけか……棺桶《かんおけ》に片足突っ込みゃあ、あの世にいるパンドラが助けてくれるのか。確かなことは何もねえのが困りものだ」

謁見開始の時間までは、まだ幾らかの猶予がある。

さっきまでシリルとミフィーラに紅茶や軽食を給仕《きゅうじ》していた宮廷使用人たちの姿も今はなく、広く美しい客間に響くのは俺たち三人の会話だけだった。

不意に――コン、コン、コン、コン。

花柄彫刻で縁取られたドアが上品にノックされれば、当然視線が動く。

「失礼いたします」

「私どもの主がご挨拶にまいりました」

ノックの後、十分な間を取ってうやうやしく部屋に入ってきたうら若き宮廷使用人。お揃《そろ》いの白黒メイドドレスを纏《まと》った彼女らはまさしく――学院でサーシャ・シド・ゼウルタニアとチームを組む少女二人であり――となれば、その後ろに立つ『高貴なる人』はたった一人だろう。

それで俺はすぐさまシリルに小声で確認だ。

「なんでサーシャが挨拶に来る？」

「さあな。フェイルの様子を見に来たんじゃないか？」

そして次の瞬間、五日ぶりに俺の前に顕現した〝シドの国〟第三王女の美貌。

長い白金髪と紫色の瞳。

金糸刺繍《ししゅう》を施された真っ青な肩出しドレスは、長いスカートがゆったり広がるのに、腰から上はサーシャの身体《からだ》にぴったり合わせた造りだった。乳房の形すら隠すつもりはないらしい。

……相も変わらず綺麗なもんだ……。

王族オーラ全開のサーシャに苦笑しか出ない俺は、「すまねえシリル」「まったく。変なところで真面目な男め」シリルに肩を貸してもらって立ち上がろうとする。

「痛《い》でででで――っ」

「ヘロヘロなんだし座ってればいいのに」

最後にはミフィーラの手まで借りて、どうにかこうにか第三王女サーシャ・シド・ゼウルタニアとお付きの少女二人を立って迎えることができた。

…………。

無言で向かい合う六人の召喚術師たち。

とはいえ沈黙はほんの一瞬だけだ。すぐさまサーシャが王族流の挨拶を見せてくれる。

「ようこそ我が父の城へ。歓迎いたします、ラダーマークの学生たちよ」

ボリュームのあるスカートのすそを両手で持ち上げつつ左足を斜め後ろに引いた。軽く頭は下げるものの、膝は折らない。

そして、下々の人間相手にはひざまずけない姫君の代わりと言わんばかりに、彼女の両脇ではお付きの少女二人がサーシャと同じ礼法で膝を深々曲げていた。

お辞儀一つであまりにも華やか。

対する俺は、「お邪魔してます」ひょこっと首を動かして会釈《えしゃく》しただけだった。情けない話だが、こんな失礼な挨拶でも、今の俺にとってはできる限りの精一杯。

「珍しいものを見たなフェイル。今のが、臣民が受けられる最上位の礼式だ」

シリルがそう教えてくれて。

「そうか。農家の息子が大出世だな」

しかし俺は手放しには喜べなかった。

俺たちを見る真顔のサーシャが眉をひそめたからだ。シリルとミフィーラに長椅子に戻してもらっている間、何だ……？　と考えていたら、やがて苦言を呈される。

「水筒持参で王宮に来るのはやめなさい、フェイル・フォナフ」

サーシャが見ていたのは、俺たちではなく――長椅子の上に置いてあった俺の革製水筒らしい。俺が王宮のサービスを断って水ばかり飲んでいるのがバレたわけだ。

「本当にあなたという人は……」

サーシャの呆《あき》れたような深いため息。

それで俺は、しばらく怒られそうだな……と内心ビクビクだったのだが。

「相変わらずフェイル・フォナフですね」

俺の気持ちを知ってか知らずか、フ――と微笑《ほほえ》みかけてくれたサーシャに、一瞬キョトンとしてしまうのである。

「息災のようで何よりです」

「そっちも。親父《おやじ》さんに事情を説明しに行ったきり、五日も帰ってこねえから」

「宮廷医たちに捕まっていたのですよ。大丈夫とは言ったのですが、彼らの検査は懇切丁寧ですから。明日にはラダーマークに戻ります」

「そりゃあいい。なら俺も、早いとこ復帰できるよう気張らねえとな」

「…………」

するとサーシャが、お付きの少女二人を「ミレイユ。ドロテア。あとは私一人で」と言って下がらせる。お付きの少女二人は特別何か言うこともなく、深く一礼して部屋を出て行った。

「シリル。おトイレ行きたい。付いてきて」

「王宮は迷子になりやすいものな」

少女二人がいなくなった直後、いきなりそんなやり取りを交わして歩き出したシリルとミフィーラ。

「トイレなら部屋出たとこにあるじゃねえか」

「知らないのかフェイル。この城にある『蒼《あお》の間』は世界一美しいトイレなんだぞ」

サーシャが二人の後ろ姿に「ありがとう」と告げると、シリルが軽く片手を持ち上げる。

――バタンと扉が閉まり――

あっという間に、俺とサーシャが広い客間に二人っきりだ。

「…………」

俺はこの状況をよく理解できないでいた。革張りの長椅子に身体を埋《うず》めたまま、無言でサーシャを見上げている。

…………。

そして、お互いの呼吸音まで聞こえるほどの沈黙が十何秒かあって、衣擦《きぬず》れの音。

あっ――と思った時には、サーシャが俺にひざまずいていた。

「勇者よ。心からの感謝を捧《ささ》げます」

そうだ。庶民相手には決して膝をつくことのない、〝シドの国〟第三王女サーシャ・シド・ゼウルタニアが、確かに絨毯《じゅうたん》の上にひざまずいているのだ。

両膝を折って、その胸に両手を当てて……まるで神にでも祈るかのごとく。

「シドの王女サーシャ・シド・ゼウルタニアとしてだけではありません。一人の召喚術師としても、私は、あなたを誇りに思います」

「――は、あ――っ？」

「ありがとうございます、召喚術師フェイル・フォナフ。神話に打ち勝ちし者よ」

宝石のようなサーシャの紫色の瞳が、俺だけを一心に見つめていた。

「フェイル・フォナフの前途にシドの祝福を。パンドラを召喚したのがあなただったから、あなたが最後まで諦めなかったから……世界は、ラダーマークは、私は、救われた」

声が出ない。

誇らしさやありがたさ、照れくささや申し訳なさ、世界で一番美しいものを見た感動、これほどの名誉を親父や母さんに伝える術《すべ》がないことへの怒り。

そういった沢山の感情が心に湧き上がり俺はしばし声を失うのだが……。

「ありがたい」

そうぽつり呟《つぶや》いた直後、「――くはっ」どういうわけかほんの一瞬笑いが込み上げた。

「どっちが勇者だ。無茶はお互い様だったろうに」

サーシャと目を合わせて言う。

「天使喰いを殺せる状況をつくったのはお前だサーシャ。サーシャと合体した大天使だったからこそ、天使喰いが本来の形を取り戻せて――パンドラで殴り倒せたんだ」

多分、俺は今、サーシャと同じような表情をしているのだろう。

全力を尽くした者の穏やかな笑み。

災厄の日を超えて今日という日に届いた者の安堵《あんど》の微笑み。

俺とサーシャは、お互いを称《たた》え合って、優しく笑い合った。

「やれる奴《やつ》がやれることをやっただけだ」

「それでも私は、あなたの偉業に報いたいと思いました」

ふと、サーシャが立ち上がって俺の隣に座る。少し動けば肩が触れ合うほどの距離。サーシャの光り輝く長髪から、真珠のごとき白肌から、薔薇《ばら》のような甘い匂いが漂ってきた。

「褒美《ほうび》に何を押し付けましょうか？」

「漫画が良《い》い」

「え？」

即答されるとは思っていなかったのだろう。サーシャが少し驚いたような顔で俺を見る。

俺も横目でちらりとサーシャを見返した。

「前に貸してくれるって言ってた薬売りの恋愛漫画。サーシャのオススメなんだろう？」

「……普段漫画は読まないのでは？」

「日がな一日寝っぱなしだ。せっかくだから、この機会にと思ってな」

「………………」

「主人公の名前、アカシャだっけか。リーフリズ先生の絵も綺麗《きれい》だったしな」

「……わかりました。その怪我《けが》ではまだ読みにくいでしょうから、既刊十五巻すべて、私が隣でページをめくって差し上げましょう」

いきなり変なことを言い出したサーシャ。俺は思わず声を裏返らせて釘《くぎ》を刺す。

「いいっ、いいい。漫画だけ貸してくれりゃあっ」

しかし次の瞬間サーシャの手が伸びてきて、まともに身動きできない俺は良いようにされてしまうのだ。

「ちょっ――痛《い》てっ。触んなっ馬鹿。ミフィーラみてぇなことしやがって」

まるで怪我の程度を確かめるように身体のあちらこちらをまさぐられた。

「これは……なるほど……回復魔法を使えばだいぶ免疫力を犠牲にしそうです。それなのに、疲労で免疫力自体も落ちている、と」

「そうだよ！　再生力上げりゃあっ、そのぶん免疫が喰《く》われて風邪で死ぬ！　だから死ぬほど寝て治すっきゃあねえんだ！」

やめろと叫んでもサーシャの綺麗な指先が俺から離れることはなく——ボフッ——子供っぽい戯《たわむ》れの果て、長椅子の分厚いクッションに二人して転がった。

サーシャが俺を押し倒したというより、不意に体勢を崩したサーシャすら俺が支えきれなかったという方が正しい。

……………。

気付けば、腹の上に乗り上げて俺の顔を覗《のぞ》き込んでいるサーシャ。

視界いっぱいに広がっていた絶世の美貌と白金髪のカーテン。

彼女の人差し指は、いまだ視力の戻らない俺の左目——ガーゼ生地の眼帯に触れており。

「…………？」

てっきり眼球をグリグリやられるかと思ったが、そうではないらしい。

……………。

やがて、微笑みのような、困り顔のような、なんとも言えない神妙な顔で呟いた。

「あの時……世界の命運を、あなた一人に託してしまいましたね」

すると俺はため息を吐きつつ目を伏せ……しかしすぐさま、もう一度サーシャと目を合わせると、はっきりこう言い放《はな》つのだ。

「シリルとミフィーラもだ」

直後、サーシャが「え？」とキョトンとするが、構わず言葉を続けた。

「とんだ見当違いだぜサーシャ。俺の眼《め》になってパンドラと天使喰《ぐ》いのガチンコを外で撮り続けてくれたのは、シリルだし」

「――フェイル――」

「ミフィーラの薬とサポートがなけりゃあ、俺ぁ、最後まで戦い続けられなかった」

俺の思いを理解したサーシャが顔色を明るくしていくにつれて、俺の口元の笑みも大きくなっていく。最後には犬歯まで見せて笑っていた。

「俺一人、たかが学生一人の力で世界なんか救えるか」

サーシャもだ。

「……本当に、良《よ》いチームです」

その瞬間、サーシャも最高の笑顔を俺に見せてくれた。

何の憂いも後悔もない、優しい微笑み——心からの笑顔だった。

「まだだ。これから、もっともっと良くなる……！」

そう言った俺が立ち上がろうとしたのがわかったのだろう。俺の腹から降りたサーシャが、何も言わずに手と肩を貸してくれる。

意外な力強さで引っ張り上げてくれて。

「身体《からだ》に障《さわ》りますよ？」

「馬鹿言え。こっちゃあ田舎育ちだ」

俺たちはぴったりくっつきながらひょこひょこ客間の大窓へと向かっていった。

サーシャがバルコニーへと続く窓を開けてくれたら、冷たい風。

「見事なもんだ。王都が一望たぁ」

「誇りなさいフェイル・フォナフ。この景色も、あなたたちが守ったものの一つです」

半円形の広いバルコニーに足を踏み入れると、『白亜の街』としても名高い『シドの国の王都』が眼下にある。

平原の中に現れた小山を切り崩して建造された立派な王宮。俺たちがいた客間は、その王宮の最上階だ。手すりの向こう側には、百万人が生きる白壁の街並みが広がっていた。

風に揺れるドレスのすそ、魔術師服のすそ。

ちぎれ雲を幾つか残した紺碧《こんぺき》の空が地平線で大地と繋《つな》がっていて――俺は、サーシャと並んで見る空の青、大地の白を心底美しいと思う。

外の空気を吸いたいと思ってバルコニーに出たは良いものの、目の前の絶景に圧倒されて呼吸を忘れてしまっていた。

「お父様とは上手《うま》く話せそうですか？」

不意にそんなことを聞かれて、苦笑まじりに現実に戻ってくる。

「出たとこ勝負はいつものことだし、サーシャに比べりゃぬるいもんだ」

「どういうことです？」

「お前と学位戦やった時の方が緊張してたって話だ。だから心配すんな」

すると俺の言葉に五日前を思い出したらしいサーシャ。犠牲となった何人かの召喚術師や果たせなかった俺との約束に思いを馳《は》せたのだろうか、不意にしみじみ言うのである。

「……召喚祭が中止になってしまったのは、残念でしたね……」

俺は彼女の感傷に付き合わなかった。いつもと同じ調子でニヤリと笑ってみせた。

「てっぺんで待ってろ。すぐに追い付く」

サーシャが俺を見る。

俺もサーシャを見る。

「また何か企《たくら》んでいるようですね？」

その美貌には笑みがあって、まるでイタズラに加担しようとする子供のようだった。

俺は「身体が治りゃあ、やることが山積みだ」と前を向く。

五日前と比べればだいぶ動くようになった右腕をゆっくり持ち上げ、遠い遠い地平線へと手を伸ばした。

「天使喰い一つ倒したぐらいで止まっていられるか」

こんなにも美しい青空と王都の白。

なんて清々《すがすが》しい冬の一日。

とっとと王様との謁見を乗り越えて、街を、あの地平線の向こうを見てみたい。

そんなことを言ったらサーシャに怒られるだろうか。それとも呆《あき》れて笑ってくれるだろうか。

「さすがはパンドラの召喚術師。神殺しの魔獣にふさわしい気骨です」

「相棒が死んでる分、俺がしっかりしねえとな」

「…………少しだけ、わかった気がします……あなたのパンドラが、死体である理由が」

「理由？」

「もしかしたら、死《し》に際《ぎわ》の未練——いいえ、『魔獣パンドラの最後の願い』が、あなたとの絆《きずな》になったのかもしれません。ですから、その願いを抱いた瞬間のパンドラが、あなたの元に」

　おそらくは何の裏付けも、たいした理屈もないだろうサーシャの言葉。しかし、そんな当てずっぽうが意外と正解であるような気もして。

「はっはっは！　上等――！」

　俺は思わず空に向かって笑った。

　それから、自分でも不思議に思うぐらいに落ち着いた声で言う。

「人間生きてりゃあ、勝手に色々背負《しょ》い込んでいくもんだ。母さんのこと、親父《おやじ》のこと。今さらパンドラの思いが一個増えようが、俺の生き方が変わるわけもねえ」

「まったく……本当に、フェイル・フォナフらしい」

「いつだって俺はこうさ。『託されたもの』にひいひい言いながらでも、必死こいて生きるぐらいしか能がねえんだ」

　瞬間、また風が吹いた。

　しかし俺は、風や太陽に目を細めることもなく、魔術師服をバタつかせながら白い息を吐くのだ。今日という日が次のスタートになるように決意を込めて。

「俺の召喚獣、死んでる――だからこそ、俺がとことん生きてやる」

母さんに先立たれ、親父を亡《うしな》い、相棒の召喚獣にすら死なれていようとも、俺はまだこの世界に立っている。

息を吐き、息を吸い、これから何が起きるか、これから何をしてやろうか考えている。

俺の一生なんてまだ始まったばかり。

やるべきこと、やりたいことは沢山あって――俺の前にはどこまでも続く世界が広がっていた。

召喚術師を名乗って地元の村に帰るのも、だいぶ先のことになりそうだ。

あとがき

初めまして、楽山《らくざん》と申します。

本書『俺《おれ》の召喚獣《しょうかんじゅう》、死《し》んでる』は、日々の仕事に追われる作者の「どでかい異世界を旅したい。どでかいモンスターを相棒にしたい」という願望《がんぼう》から生まれました。

主人公の相棒はやっぱりドラゴン？

いやいや、ここは巨大な狼《おおかみ》。

大海原を舞台にして、魚類を操る召喚術師というのも、新しいかもしれない。

そんな感じで主人公フェイル・フォナフが喚《よ》び出すモンスターに悩んでいたある日のことです。——物語の根幹《こんかん》となる主人公の相棒が、なぜか突然、死にました。

主人公の召喚獣は、世界最強の魔獣の死体。

そんな思い付きだけを胸に見切り発車した物語は——あとのことは『明日の自分』が考えてくれるはず——と色々ぶん投げた結果、仲良し三人組のドタバタ劇となり、学園バトルものの要素が加わり、最終的には『あのような形』での決着となりました。

さて、本書は第６回カクヨムＷｅｂ小説コンテスト異世界ファンタジー部門で特別賞を受賞させていただいた作品を加筆修正したものとなりますが、担当編集様にページをいただけたおかげで、エピローグが完全新展開となっております。

激闘《げきとう》の後日談《ごじつだん》にふさわしい爽《さわ》やかな一幕を目指しましたが、いかがでしたでしょうか？

そして、エピローグでも少し触れたとおり、主人公の前に広がる世界はあまりにも広く、目がくらむほどに色鮮やかだったりするのです。

次なる冒険は、三千年前に姿を消した聖女の探索か。

とある城の地下に眠る『生きた大迷宮』の攻略か。

他国の召喚術師養成学校との交流戦なんかも、意外と盛り上がるかもしれません。

……………………。

などと思い付くままに書き連ねましたが、これも——あとのことは『明日の自分』が考えてくれるはず——の精神ですね。明日は明日の風が吹くという奴《やつ》です。

明日の風、未来のことといえば、春頃から電撃マオウ様の紙面にて『俺の召喚獣、死んでる』のコミカライズも始まります。漫画家の根菜猫《こんさいねこ》先生が描く若き召喚術師たちの物語、是非ともお楽しみください。私も楽しみでなりません。

最後に、本書の刊行に携わってくださったすべての方々に感謝を。

イラストをご担当いただきました深遊《みゆう》先生、キャラクターだけでなく、小物の一つ一つに至るまで、素晴らしすぎるイラストを本当にありがとうございました。『清濁併せ呑《の》んでこその召喚術師』という物語の要素が、校章に描かれた『天使と悪魔の翼』で表現されているのを見た時は心底震えました。

担当編集様、新規追加シーンやエピローグ変更をご提案いただいたことで、読者の皆様が本当に読みたかった物語になれたと思います。

そしてなによりも本書をお手に取ってくださった読者の皆様、『俺の召喚獣、死んでる』という物語は、ド派手で楽しい異世界ファンタジー‼　をモットーに執筆いたしました。主人公フェイル・フォナフたちが生きる世界を少しでも楽しんでいただけたなら、これ以上嬉《うれ》しいことはございません。

またいつかお目にかかれますよう、日々の合間に少しずつ書いていきたいです。

お便りはこちらまで

〒一〇二－八一七七
ファンタジア文庫編集部気付
楽山（様）宛
深遊（様）宛

富士見ファンタジア文庫

俺《おれ》の召喚獣《しょうかんじゅう》、死《し》んでる

令和４年２月20日　初版発行

著者――楽山《らくざん》

発行者――青柳昌行

発　行――株式会社KADOKAWA
〒102-8177
東京都千代田区富士見2-13-3
0570-002-301（ナビダイヤル）

印刷所――株式会社暁印刷

製本所――本間製本株式会社

ISBN978-4-04-074445-2 C0193　◇◇◇

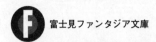